Uma história da terra e do mar

Katy Simpson Smith

Uma história da terra e do mar

Tradução:
Renato Marques

GLOBO LIVROS

Texto fixado conforme as regras do Acordo Ortográfico da Língua Portuguesa (Decreto Legislativo nº 54, de 1995).

Título original: *The Story of Land and Sea*

Editor responsável: Eugenia Ribas-Vieira
Editor assistente: Juliana de Araujo Rodrigues
Preparação: Jane Pessoa
Revisão: Huendel Viana e Celeste Varella
Diagramação: Negrito Produção Editorial
Capa: Sérgio Campante
Imagens da capa: © *David Lichtneker / Arcangel Images*
© *David et Myrtille / Arcangel Images*

1ª edição, 2014

CIP-BRASIL. CATALOGAÇÃO NA PUBLICAÇÃO
SINDICATO NACIONAL DOS EDITORES DE LIVROS, RJ

S649h
Smith, Katy Simpson
Uma história da terra e do mar / Katy Simpson Smith; tradução Renato Marques. – 1. ed. – São Paulo: Globo Livros, 2014.
228 p.: il.; 23 cm.

Tradução de: *The Story of Land and Sea*
ISBN 978-85-250-5814-0

1. Ficção americana. I. Marques, Renato. II. Título.

14-15311 CDD: 813
CDU: 821.111(73)-3

Direitos de edição em língua portuguesa para o Brasil adquiridos por
Editora Globo S.A.
Av. Jaguaré, 1485
São Paulo-SP – 05346-902
www.globolivros.com.br

Para meu pai

Existe uma terra que é deleite puro,
Um reino de santos imortais;
O dia é infindo e baniu o escuro,
Só há prazeres, não se ouvem ais.

Lá a primavera eterna reside,
E as flores nunca hão de murchar;
A morte, qual mar estreito, divide
Essa terra celestial do nosso lar [...]

Mas os tíbios mortais encolhem-se de temor,
Assustados com a travessia desse estreito mar,
Estancam à margem, tomados de tremor,
Falta-lhes a coragem de se lançar [...]

Se subir pudéssemos onde Moisés ergueu as tábuas
E contemplar a vasta paisagem,
Nem a torrente do Jordão, nem da morte as frias águas,
Nada enfim nos afugentaria da paragem.

Isaac Watts

PARTE I

1793

I

Nos dias de agosto, quando as tempestades no mar açoitam a costa da Carolina do Norte, ele arrasta até o vestíbulo um colchão de palha e narra à filha histórias, verdadeiras e inventadas, sobre a mãe dela. As venezianas de madeira estremecem, e Tabitha dobra cobertores ao redor deles para construir um abrigo aconchegante contra a tormenta. Ele sempre fala dos seus dias de flerte, da timidez da mãe dela. À distância ela parecia um pinheiro espigado; somente quando chegou perto ele pôde vê-la tremer.

— Ela estava com medo?

— Feliz — diz John. — Nós dois estávamos felizes.

Ele observa Tab erguer a colcha até o queixo, embora nem mesmo a tempestade seja capaz de soprar para longe o calor do verão. Ela está esperando para ouvir os seus segredos. Mas é difícil descrever a sensação de estar ao lado de alguém a quem se ama, na praia, ao entardecer. Ele não tinha de ver Helen para saber que ela estava lá. Alguma coisa no corpo dela atraía o dele, através do ar úmido entre os dois.

— Quando você for mais velha — diz ele, e ela assente, habituada à resposta.

— Por que o senhor nunca me fala sobre o navio? — ela pergunta. — Todas as coisas que o senhor deve ter visto com ela.

Ele percorre com os olhos o vestíbulo, vê as sombras chicoteando as ripas e pousa um dos dedos sobre a boca.

— Consegue ouvir algum pássaro?

Tab desliza até a cozinha para pegar um naco de pão na penumbra do temporal. Ela vai continuar perguntando até ele contar. De novo enrolada nas colchas, ela aninha-se junto dele. Enquanto o vento agita as palmeiras e a chuva derrete o vidro da janela, John entoa uma de suas canções de marujo para serená-la. Tabitha pede, aos berros: "Mais alto!", e ele põe-se de pé, desequilibrando-se em cima do colchão, e rege com as mãos bronzeadas a melodia. Sua voz ecoa pelos cômodos silenciosos.

Ele não conta a ela sobre o dia em que embarcou com Helen em um navio cujo capitão ele conhecia de seus dias de pirata, uma pequena sacola entre os dois, e ambos enrodilharam-se sob a amurada até que a fragata içou âncora e enfunou as velas e manobrou por entre os baixios baía afora. Somente quando o imediato deu uma piscadela, eles se levantaram — Helen cambaleante, agarrando-se a ele em busca de apoio, rindo feito uma menina, os cabelos esvoaçando-se ao vento — e viram a cidade encolher aos poucos, até que já não passava de um pedaço de madeira flutuante, um borrão marrom e dourado junto à orla.

Ele não conta a Tab sobre a beleza da mãe, que pelejava para encontrar alguma dignidade numa embarcação em alto-mar, com camadas de imundície. Durante um ano eles ficaram a bordo daquele navio, casaram-se e, por fim, ela carregava a semente de uma criança dentro de si, e Helen transformou-se de uma espécie de santa imaculada numa mulher de pele morena, tostada pelo sol, que arrepanhava as saias para ajudá-lo a esfregar o convés, e cujas mãos envolviam as suas quando à noite ele pescava no costado do navio. Essa mulher poderia realmente voltar a viver no mundo de novo? As imprecações que aprendeu, o bronzeado de sua pele, o modo como sua risada ficou mais barulhenta, como se competisse com as ondas.

O que Tabitha há de ser quando se tornar uma mulher?

Depois da tempestade, eles caminham pela praia para ver o que o oceano deixou para trás. Folhas e galhos caídos pelo caminho. Semienterrada na areia há a carapaça rachada de um caranguejo-ferradura. Tab raspa com as unhas a pele fina como papel do límulo e o deixa lá, para as ondas o devorarem de novo.

* * *

É 1793, e eles vivem em Beaufort numa casa de quatro cômodos, dois em cima e dois embaixo, construída por um primo sem filhos que negociava madeira e morreu esmagado por um pinheiro que desabou. Uma quadra ao norte da água, três quadras a leste da loja onde John vende miudezas. No verão as portas ficam escancaradas, a da frente e a de trás, e a brisa salgada serpenteia corredor adentro. Quando há trovoada, as janelas rugem. O quarto da menina no andar de cima dá para o charco e cheira a peixe de manhã e, à tarde, pega toda a luz do sul. Nas noites sem lua ela dorme com o pai por medo de bruxas voadoras.

A sra. Foushee dirige a escola na cidade, onde as crianças, a maioria meninas, passam o tempo — se suas mães não forem pobres ou não estiverem prestes a dar à luz. As mãozinhas delas roçam as ranhuras das carteiras de madeira e deslizam por entre as páginas dos livros de ortografia. As letras dançam para elas. A sra. Foushee é esposa de um soldado e dorme na cama dele e ouve o marido lembrar-se da Guerra de Independência, mas na sala de aula ela se enfada de suas obrigações. Passa a maior parte do dia sentada, e faz com que as crianças lhe tragam as tarefas. Deixa as alunas saírem antes da hora ou se esquece de chamá-las para o jantar. Mata o tempo com seus bordados, chupa balas, e às vezes cochila. De mansinho as meninas chegam perto de sua cadeira para espiar, algumas afagam o brocado rosa de suas saias, outras afanam fios do cabelo prateado caídos no seu colo e os queimam para sentir o cheiro. As pálpebras da mulher são caídas; seus lábios, ainda grossos na meia-idade, ficam entreabertos, flácidos. Ela deu aulas para a mãe de Tab também.

Aos nove anos, Tabitha sabe o alfabeto e a maioria das palavras pequenas e sabe contar xelins e pence nos dedos. É capaz de tocar três melodias no órgão da igreja, e se fosse levada para a França, saberia pedir pão e água. Também, todo o conhecimento da sra. Foushee resume-se a isso. Na maior parte dos dias Tab deixa que a mulher durma e que as outras alunas façam tranças nos cabelos. Ela, por sua vez, através da porta aberta, crava os olhos no oceano, que ela conhece melhor do que conhece sua mãe.

A cidadezinha está mais velha agora, do modo como algumas cidades envelhecem; a maioria dos jovens cresceu. Alguns foram para a guerra e morreram, e outros tomaram posse de suas pequenas heranças e se mudaram para Wilmington ou para Raleigh. Quando o primo de John morreu, nenhum outro parente voltaria para reivindicar a casa em Beaufort. Mas John tinha uma esposa grávida, e o mar não era lugar para um recém-nascido. As famílias remanescentes na cidade vivem numa faixa estreita de terra paralela ao mar, espaço de apenas algumas ruas. As que têm dinheiro amealharam os campos adjacentes para cultivar arroz ou extrair madeira, e, para além das plantations,* pântanos e florestas, estendem-se pelo interior. Uma única estrada rasga esse ermo e liga Beaufort a New Bern. A cidade parece estar lentamente matando a si mesma.

Tab não conhece muitas crianças. Há as alunas da sra. Foushee, alguns meninos esfarrapados que pertencem aos roceiros pobres dos confins da cidade, e os filhos dos escravos, que ela consegue identificar nos campos por sua pequenez. Eles são meios degraus nas longas fieiras de corpos dobrados. Raramente vêm à cidade e, quando o fazem, não levantam os olhos. Tab sabe que o pai tem alguns conhecidos entre os escravos, mas ela não acha isso tão insólito. Fios silenciosos percorrem a cidade em todas as direções, e Tab não é cega. Porém, ele jamais os leva para conhecê-la, e nunca fala diretamente com eles. Tab desconhece as regras acerca disso. Às vezes uma mulher entra na loja com ovos para vender e traz a reboque um menininho, do mesmo tamanho de Tab. John olha para eles com firmeza, e a mulher devolve o olhar duro, mas as palavras que eles trocam são na maioria das vezes triviais. O menino tenta tocar em tudo que há na venda. Tateia os tonéis e as enxadas e as sacas de milho seco como se fossem seda. Ele sorri para Tab, como se soubesse tudo que ela sabe. Mas Tab não é amiga dele, tampouco é amiga das meninas empoadas da sala de aula da sra. Foushee ou dos meninos que atiram pedras nos arrabaldes da cidade. Ela tem o pai.

* Plantation foi um sistema de exploração colonial utilizado entre os séculos XV e XIX principalmente nas colônias europeias da América portuguesa e em algumas colônias espanholas e britânicas. Consistia em quatro características principais: grandes latifúndios, monocultura, trabalho escravo e exportação para a metrópole. (N.T.)

* * *

Nas manhãs de verão em que a sra. Foushee está doente ou o sangue de Tabitha está fervendo, a menina caminha até os charcos ao longo da orla e nada com braçadas lentas até o banco de areia entre a enseada e o oceano. Deita-se sobre os pedregulhos, braços e pernas esticados, os dedos dos pés e das mãos enterrando-se na quentura. De olhos fechados, ela vê batalhas travadas na água. Navios — franceses, britânicos, e fantasmas — com canhões ribombando e bandeiras tremulando, suas formas precárias iluminadas pelas nuvens cúmulos do verão. Rajadas de artilharia pintam o poente.

Ela cava canais na praia para deixar a água entrar e constrói fossos e ilhas de defesa. Folhas de carvalho golpeiam-se umas às outras, e pedaços de musgo saltam para a superfície da água salgada, corpos lançados de chofre no mar. Seixos, que são balas de canhão, aterrissam sobre as folhas, condenando-as ao naufrágio, despachando seus destroços para as profundezas onde os caranguejos-de-pedra farão furos em seu casco, afundando--as ainda mais. Não há misericórdia nessa brincadeira.

Finda a batalha, soçobradas as folhas, Tabitha procura tesouros. Ela costurou na frente de seus vestidos bolsos enormes a fim de levar para casa conchas rosadas e espinhas de peixe secas. Costumava deixar seus achados em um poço no centro da ilha, mas uma tempestade esparramara tudo. Agora ela os leva consigo. Seu quarto fica uma bagunça com o entulho do oceano. Ela pisa em algo pontiagudo e, de dentro de uma fenda onde a água se infiltrou, tira um pedaço de latão lascado. Um fragmento de armadura, ela supõe. Seu pai, sem saber o que é melhor para ela, deixa a menina zanzar a esmo.

No lusco-fusco, o pântano fica púrpura e pesado. No banco de areia, o lodo enrugado da margem está lustroso. Os abetouros sacodem os caniços. Uma fieira de nuvens mergulha rumo a oeste, acobertando a última borda rosada. Quando Tab desliza para dentro da água escura, pincelada de prata, uma explosão de gaivotas alça voo, grasnando. Na superfície, ela abre os olhos e deixa-se boiar, os cabelos flutuando. O movimento de seu corpo junta água. Uma forma diminuta e escura passa debaixo dela, e ela ergue depressa a cabeça, arfando. Uma mecha de cabelo roça sua boca quando ela sorve o ar. Tab começa a dar chutes e a esticar os braços e, em poucos minutos, está de novo afundada até os tornozelos no barro marrom, as mãos buscando agarrar talos para tirar os pés da lama. Seus bolsos ainda estão pesados com os tesouros. Suas pernas molhadas recolhem areia ao longo de todo o caminho de volta para casa.

Aos domingos, Asa chega em um terno marrom. Embora ele e John raramente falem de Helen, os olhos verdes de Asa trazem à lembrança os dela. Ele carrega nas mãos um livro e espera pela neta no vestíbulo. John pede para ele se sentar, e ele faz que não com a cabeça, olhando fixamente para a porta dos fundos aberta. John pergunta a Asa como anda o crescimento das árvores, e ele responde: "Sofrível". John deixa o sogro lá, de pé, e se retira para a sala de estar a fim de ler os semanários. Mais tarde, ainda pela manhã, John vai perambular pelo porto e saudar os navios que atracam, procurando velhos amigos em meio às tripulações. Tabitha desce as escadas num vestido apertado, o único sem bolsos, e dá a mão ao avô, sem sorrir. Ela despede-se de John, e eles percorrem a pé os cinco quarteirões até a igreja. O prédio é de tijolos à vista e se equilibra com pouca firmeza sobre pilares de pedra. Asa é anglicano, mas o anglicanismo está morrendo, e sua velha igreja foi tomada pelos metodistas. A maior parte dos anglicanos refugiou-se nessa capela menor, onde se realinharam com os episcopais. Ele não dá conta de se manter a par de todos os nomes do cristianismo. As pessoas ainda estão buscando o que costumavam saber. Aqui não há vitrais e as tábuas do assoalho estão empenando. A igreja tem uma pequena torre quadrada e uma cúpula com um sino, mas da rua pode-se ver que estão inclinadas.

Sentado no banco da igreja com a neta, Asa anseia por almofadas. Quando era menino, os cultos religiosos eram realizados no fórum; ele tinha uma Bíblia com as bordas das folhas douradas e seu traseiro podia apoiar-se sobre um coxim enquanto ouvia a palavra do Senhor. Mas agora os filhos estão indo embora, abandonando as fazendas dos pais, e as igrejas deixam a desejar. A cidade pretendia construir um canal para ligar os dois rios na direção de New Bern, para que os barcos pudessem passar com mercadorias, mas os homens que detinham as verbas relutaram em gastá-las, e Beaufort — que poderia ter controlado o comércio interno — estagnou, e depois começou a afundar. A bondade do mundo que ele conhecia minguou; a sensação de comunidade que eles tinham sob o jugo régio converteu-se em egoísmo. Os homens agarram-se ao dinheiro e não à virtude. Todos os homens que ele conhece são reles bandidos. Ele espera que Deus esteja vendo.

Tabitha, que balança as pernas quando é obrigada a se sentar, chuta a parte de trás do tornozelo de Asa, cuja perna, por reflexo, bate no banco da frente. O pastor hesita, depois retoma o sermão. Asa belisca o pulso da menina e a fulmina com o olhar.

De pé diante do púlpito, o reverendo Solomon Halling gesticula suavemente. O púlpito é feito de pinho, entalhado com uma flor enorme e outras menores, que talvez também sejam cruzes de quatro pétalas. Asa sempre se pergunta se são obra de uma mulher. Halling vem de New Bern algumas vezes por ano; em geral eles ouvem os membros do conselho paroquial ou entoam cânticos entre si. A congregação diminuiu pela metade nos últimos anos. Em vez de se sentarem todas reunidas na frente, as pessoas se mantêm nos lugares de costume, os espaços entre elas aumentando. Halling lembra aos ouvintes o que é ser episcopal, que é meramente o anglicanismo sem a submissão à monarquia. Algumas mulheres se remexem nos bancos, inquietas. Uma criança espirra e começa a chorar, por isso Halling recorre a um hino. As pessoas ficam de pé, e as que ganham a vida à beira-mar alisam seus coletes de lã. Enrubescem ao ouvir o som da própria voz.

Durante os hinos, Asa sempre ouve a filha ausente. Outrora a limpidez do tom da voz dela o fazia se lembrar de sua própria perversidade. Ele é um dos homens que vão à igreja para se punir, embora, é claro, haja prazer nessa penitência. Quando olha de relance para a neta, ela parece uma estranha.

Depois que os paroquianos ofertaram suas orações e foram exortados à bondade e à doação, o reverendo dr. Halling se posiciona nos degraus capengas e troca apertos de mãos. Nesse domingo, Asa lhe dá meia libra para a nova igreja e empurra Tabitha à frente para apertar a mão do reverendo. Embora novato na paróquia, o pastor é um homem extenuado, com cãs crespas sobre os ombros e olhos castanhos embotados. Durante a guerra ele atuou como cirurgião, e depois de remendar os corpos dos homens, cuidar de suas almas deixou-o por fim esgotado. Quando sorri, seus dentes resvalam no lábio, por isso ele está sempre ajustando a boca a fim de aquietá-la.

— Minha neta — diz Asa, a mão firme sobre o ombro dela. Tabitha esfrega a palma das mãos no vestido. — Ela e o pai são instáveis na fé.

Halling meneia a cabeça.

— Ela tem o próprio hinário? — Ele entra de novo na igreja, frustrando um bando de velhotas que cantarolam baixinho atrás dele, e momentos depois retorna com um livro marrom em frangalhos e o entrega a Asa. — Sobretudo Watts — diz ele.

— Receio que eu seja a única orientação dela — diz Asa.

Halling balança a cabeça e estende a mão aberta, a palma para cima.

— Você se esquece do Senhor. — Volta-se para a multidão, que ainda está absorvendo a presença da ordenação.

Tab puxa o avô pela mão. As marés estão encrespando, e ela pode sentir o cheiro da safra de peixes, pode ouvir os buracos arfantes que os caranguejos fazem na areia.

No caminho de volta para casa, ele segura o livro, indagando-se se é certo deixar uma criança pagã possuir a palavra de Deus. Qual é o propósito de irrigar campos incultos? Asa gostaria que houvesse um ministério durante o ano todo. Seu Deus é volúvel, e ele nem sempre compreende as trajetórias das vidas ao seu redor. Procura apenas evidências de justiça. Procura razões pelas quais tem sido tão punido.

No verão de 1783, após um ano de dissipação, sua filha Helen voltou para ele. Havia sido seduzida por John, um reles soldado, casou-se sem a bênção do pai, abandonou a herança para partir com o soldado num navio de bandeira negra, e voltara para casa com uma criança no ventre. Asa esperou que o punho de Deus desabasse sobre o marido da filha. Enquanto John construía prateleiras novas na loja da qual comprara uma parte, Asa esperava que o martelo escorregasse e golpeasse a mão dele, que a tábua rachasse sua cabeça. Durante as borrascas de agosto, quando John e Helen ficavam de pé junto à água, braços entrelaçados, um corpo aquecendo o outro, Asa esperava que os vagalhões tragassem John, deixando sua filha sozinha na praia. Ele a queria de volta, intocada. Espreitou enquanto ambos consertavam a casa deixada pelo primo de John, pintando-a de branco, enchendo-a de quinquilharias e sobras do mar, arando o pedregulho do lado de fora para plantar batata e milho. Jamais os viu tristes ou ensimesmados. A alegria deles era a marca do diabo.

Quando a hora dela chegou em outubro, uma tempestade veio de repente do sudeste e atiçou as ondas. Asa quis levar a filha para dar à luz no interior, longe da costa, a fim de protegê-la em meio às árvores, mas Helen aferrou-se à casa que ela e John tinham adornado. Se o seu filho ia conhecer o mundo, ela queria que conhecesse tudo, tanto a ventania quanto a brisa. Apesar dos pedidos de Helen, Asa recusou-se a orar por ela. Ele havia rezado pela esposa durante uma tempestade parecida, durante a mesma passagem mortal, e a vida dela tinha sido arrebatada. Ele não era capaz de rezar de novo, não da mesma maneira. Mas quando Helen entrou em trabalho de parto, ele foi até ela, e esperou com ela, o que não havia feito pela própria esposa, e a cena toda era um espelho, como se Deus estivesse lhe mostrando o que ele deixara escapar da primeira vez.

Ele e John carregaram água para a parteira, rasgaram panos de linho, carregaram mais água. Não disseram uma palavra sequer, e quando John lhe estendeu a mão, Asa rechaçou o gesto. Homem nenhum deveria testemunhar o parto, mas Asa insistiu; não permitiria de novo que mulheres assumissem o controle nesse momento. Os dois ficaram no canto do quarto de braços cruzados, olhos fitos no chão. Espiando por sobre o ombro da parteira, cujas mãos estavam atarefadas com pano e água e toque, Helen implorou ao pai que lhe dissesse se aquilo era o que normalmente acontecia, e se a mãe dela tinha sentido a mesma coisa. Ela voltou a ser uma menina, e precisava da voz dele. Ele fez que sim com a cabeça e disse que estava tudo certo, embora não tivesse visto a esposa em trabalho de parto e não soubesse o que era normal, mas sim, não havia motivo para se preocupar, e sem dúvida Helen tinha a força necessária. Mas ela não estava ouvindo.

Enquanto a tormenta abria caminho à força por entre as ruas de Beaufort, uma criança chegou: vermelha e furiosa e berrando mais alto que os uivos do vento. A parteira aninhou a recém-nascida dentro de um cesto e comprimiu panos com vinagre sobre as feridas da mãe. Postados além da réstia de luz da vela, John e Asa fitaram os fios de cabelo colados às bochechas brancas de Helen, ouvindo sua respiração fraca. Ela começou a chorar.

Asa foi embora de manhã, depois que o vendaval se dispersou para o norte, e levou consigo o corpo da filha. Disse que voltaria para levar a criança viva.

Quando vai à igreja, Asa carrega no coração uma lista de pecados, à espera de perdão.

O verão amalgama-se com o outono. Mariquitas amarelas e revoadas de tristes-pias chegam aos pântanos salgados, e maçaricos voam a esmo ao longo dos alagadiços, procurando buracos. Nas florestas em torno de Beaufort, os sumagres tornam-se vermelho-fogo, e as uvas silvestres crescem roxas e carnudas. Em outubro, as noites finalmente esfriam.

Tab não consegue dormir na noite que antecede seu aniversário de dez anos. Alguma coisa que parece um biscoito seco raspa sua garganta. Então ela ajoelha-se junto à janela, enrolada no xale da mãe, e traça contornos nas estrelas, desenhando com a ponta dos dedos cães e carruagens na vidraça fosca, o queixo escorado no peitoril. Ela fecha os olhos, imaginando o modelo de navio que talvez apareça embrulhado em papel pardo ao amanhecer. Tem três mastros e é feito de finos painéis de madeira trabalhada tingida de marrom-escuro. Ao longo dos conveses há redes penduradas. O velame é de linho grosseiro, e um pequeno timão gira atrás do mastro da mezena. A estibordo há um pequeno alçapão, embutido nas pranchas, que se pode erguer para espiar dentro do porão de carga, cuja barriga vazia ela encheria de detritos. Bolotas, plumas, musgo. Ela viu o navio numa loja em

New Bern em sua última visita com o pai para comprar tecido para a loja. Tab fez questão de ficar imóvel diante da vitrine até que o pai, passos largos à frente, desse pela falta dela e se virasse.

— Navios, é? — disse ele, e tocou com delicadeza a gola do vestido dela.

— Me conte alguma coisa de novo — disse ela, e enquanto se afastavam do reluzente navio de brinquedo, ele começou a contar outra história sobre a mãe dela, e Tab sabia que o pai tinha entendido, que tinha visto o desejo nos olhos dela e compreendido.

Na charrete que os levou de volta para casa, o pai escondeu um enorme pacote debaixo do assento e piscou para ela. Tudo que ela tinha de fazer era esperar que o embrulho chegasse a suas mãos.

Às vezes John dorme em seu quarto do outro lado do corredor oblíquo, de frente para Tabitha, mas há noites em que pode sentir na cama o cheiro do corpo da mulher e, então, leva os cobertores para o andar de baixo. Encontra um espaço entre a mobília na sala de estar — móveis que a esposa ganhou dos pais e que eles receberam dos pais dele também —, sobre tapetes trocados ou roubados de navios que ele saudou na maré cheia, sob pinturas planas de rostos e de crianças segurando ovelhas encolhidas, entre cristaleiras com garrafas de vidro, ouro espanhol, balas de mosquete, uma coroa enferrujada, sinos. Os resquícios de butim que agora são tesouro somente para uma criança. Há nessa sala um espelho com um dorso de prata descascado, e às vezes nesses espaços Helen aparece, vestida de azul, os cabelos pretos entrançados atrás da cabeça, cachos brotando. Seus olhos verdes de cor profunda. John fala com ela, ou sente medo, o modo como os olhos dela o seguem, e então leva os cobertores para a sala da lareira, onde há panelas com banha alinhadas ao redor do borralho e prateleiras que expõem víveres secos, rolos de tecido, sacos de farinha. É onde ele guarda o excedente da loja. Quando os fregueses pedem semente de mostarda, é aqui que ele os traz, ou diz que terá de fazer uma encomenda especial e por isso ganha alguns pence extras. Jamais passaram necessidade, ele e a filha.

E ainda assim o fantasma dela se move por entre os cômodos, lembrando-o do que lhes falta.

Na noite da véspera do aniversário de dez anos de Tab, John dorme no sofá verde e baixo na sala de estar. Está de frente para um retrato da avó de sua esposa de quando ainda era moça e que em nada se parecia com Helen, de modo que ele pode imaginar que amou alguém completamente diferente.

Ele acorda no meio da noite, como sempre faz, ouvindo a voz dela chamando-o. Sai de casa, atravessa a estradinha de terra, caminha até o brejo, onde fecha os olhos e deixa o vento atingi-lo; em meio à aspereza da água salgada e da sujeira da margem, sente de novo o odor exuberante dela. Já adormeceu aqui antes, mas a filha assustou-se ao não encontrá-lo dentro de casa, por isso agora ele é mais cuidadoso. O luto, ademais, esvaneceu e deu lugar a ondas de melancolia, impressões sem ligação com nenhuma dor específica a não ser a consciência de uma constante. Ele não sente dor alguma, senão a dor de quem está vivo.

As rãs coaxam no breu, famintas de chuva. Se bandos de pássaros migram perto das estrelas, talvez os espaços entre aqueles pontos de luz não sejam escuridão, e sim os corpos dos pássaros; talvez a verdade seja que não há ausência de luz, somente estrelas e pássaros. Quando ele caminha de volta para a casa, vê um vulto miúdo junto à janela no andar de cima. A cabeça da filha adormecida, colada ao vidro. Então há noites em que nenhum dos dois consegue dormir numa cama. É isso que ela fez com eles.

John não teve família, por isso cada ato de amor e de desamor o surpreende. Seus pais morreram antes que ele os conhecesse, e John foi criado por parentes que tinham suas próprias famílias para cuidar. Cresceu entre uma e outra família, numa fazenda, sem laços com ninguém. Quando partiu para o mar pela primeira vez, o primo em segundo grau de sua mãe lhe entregou um saco com biscoitos e voltou para os campos antes mesmo que John alcançasse a metade do caminho. Quando John regressou como soldado, ninguém o recebeu com um abraço. Ele pergunta a si mesmo se para homens que tiveram pais é mais fácil ser pai.

Em outubro, cotovias-do-prado descem às praias e ilhas, e os sabiás-da-praia iluminam os primeiros dias de outono com canções. A estridência da manhã é um sinal de que o aniversário de Tabitha está próximo, de que o tempo está passando. Nesses dias, quando John vê a filha zanzar dentro de casa, com bolsos empanturrados e os cabelos escapando dos grampos, ele se dá conta de que não fez direito. Não foi um pai e uma mãe para ela. Afinal, ela é uma mulher — se não é ainda, em breve será —, e ele deixou que a filha crescesse assexuada e indômita. Devia ter convidado mais amiúde a sra. Foushee, ou a sra. Randolph, a criada de seu sogro. Elas poderiam mostrar à menina como fazer chá.

Algumas semanas antes, ele e a filha viajaram na charrete para New Bern e, enquanto Tab espiava as vitrines e jogava pedras no palácio do governador, ele comprava suprimentos para a loja. Tecido, sabão, remédios. Esfregando a fazenda entre os dedos, escolheu tecidos simples para seus fregueses de Beaufort, riscado e talagarça, serguilha, um damasco pesado. Mas havia uma seda que reluzia. Azul, com padrões em rosa e verde, e cujo lustro era como o da pele de sua esposa. Comprou uma metragem para uma menina de dez anos, mandou embrulhar em papel pardo, e no dia seguinte viajaram de volta. Ela tinha visto o sorriso orgulhoso dele. Ser pai não tinha fim. Não havia fase em que não se pudesse melhorar. Passaram por pântanos, pradarias e outeiros cobertos de mato, e enquanto guiava seus cavalos pelas estradinhas enlameadas, John olhou de soslaio e viu a filha encolher-se e pegar no sono, o rosto contra a lateral da charrete.

Ele retorna a casa, lama nas solas dos pés descalços, e enquanto o sol passa de roxo a cinza, coloca no fogo uma panela de canjica salgada, condimentando-a com banha velha e pimenta.

Ela dorme encostada no peitoril, sua respiração enevoando a janela em ritmo constante. O brilho da lua no céu começa a minguar. A cabeça dela repousa sobre um braço estendido, pressionado contra o vidro gelado. Seus joelhos estão dobrados, e uma das mãos enrodilha-se, parecendo segurar um copo vazio. Ela está sonhando com água; sempre sonhando com água.

Lá embaixo John mexe a canjica. Despeja dentro da panela de ferro uma colherada de banha e observa a gordura mover-se devagar em meio aos grãos de milho. Quando Tab era mais nova, o pai da esposa dele emprestava-lhes a sra. Randolph, que cozia comida de verdade na cozinha perto do poço. Mas como toda mulher-feita, ela o fazia lembrar-se de Helen. Agora os anexos da casa são o lar das galinhas soltas que Tab não deixa que ele mate, por isso John compra galinhas mortas no mercado. Às vezes ela cozinha, às vezes ele. John de cócoras, as mãos segurando a concha, e encara o fogo. As chamas se movem feito uma mulher.

O aroma almiscarado da gordura sobe as escadas, e Tab desperta. Seu rosto se contrai num princípio de choro. Seu corpo dói por dormir encostada à parede, embora às vezes essa dor seja melhor do que acordar numa cama macia. Seu bafejo cobriu com uma camada de gelo a parte mais baixa da janela. Ao sul não há amarelos cálidos, somente um cinza-fosco que clareia quando ela vira a cabeça para um lado e depois para o outro. Quando uma garça-branca-pequena se sacode em voo lento além do pântano longínquo, branco-pálido contra cinza-pálido, ela se lembra de que é seu aniversário.

Tabitha desce as escadas descalça, sentindo a cabeça cheia de pedras pontudas. Ela segue o perfume do café da manhã. John está ajoelhado ao pé da lareira, segurando a concha. Ela se encosta no batente da porta e fecha os olhos. John vira-se ao ouvir os diminutos ruídos dela, e sorri.

— Vejam só esta desconhecida, uma menina de dez anos. O que ela deseja?

— Canjica, por favor — diz ela — e pudim. — Tab senta-se numa cadeira e pousa a cabeça sobre a mesa, que recende a sal e banha velha.

— Você podia ter ficado na cama — diz John.

— Não estou me sentindo muito bem — diz Tab.

John enche de mingau duas tigelas de prata que exibem os arabescos do brasão da família da esposa, e apalpa a testa e as bochechas da menina para sentir-lhe a temperatura.

— É de dormir ao lado da janela, creio eu. — Oferece a ela uma colher. — A quentura vai ajudar.

Ela come enquanto ele esboça uma imagem do dia. Propõe uma caminhada ao longo da praia. Quando ela pergunta sobre a sra. Foushee, John diz que hoje o dia é deles dois. Nem mesmo Asa pode se intrometer. Inclusive dá a entender que há um presente. Ela sorri ao pensar no navio de madeira com o alçapão no convés. Eles se amam ainda mais por serem apenas os dois. A mãe é um fantasma em quem ela pensa com carinho, como algum anjo do Milton que o pai lê em voz alta, mas ela não consegue imaginá-la nessa casa, braços e pernas movimentando-se nesse ar salgado. Assim como não gostaria que Deus vivesse em seu quarto, é melhor também que a mãe se mantenha incorpórea.

A boca de Tab fica seca e uma bolha se aloja na garganta. Ela engole em seco diversas vezes, depois arrota. Olha para o pai, como que buscando uma resposta. Um mar avoluma-se dentro dela. Rapidamente ela se levanta e vai para o canto, onde grânulos quentes e água azeda do estômago jorram de sua boca. Um fio ferruginoso atravessa a poça no chão.

John a leva de volta para a cadeira. Molha um pano na bacia de água e o estica na testa dela, depois pega outro para limpar o vômito e o sangue. Começa a entoar uma cantiga de trabalho. Quando a respiração dela se aquieta, ele a carrega escada acima para a cama. Ela abre os olhos quando ele a deita sobre o lençol.

— Vamos mandar buscar o doutor Yarborough — diz ele, e fica lá parado, braços pendurados, até ela adormecer de novo.

Quando ela acorda ao cair da tarde, há quatro homens inquietos em seu quarto. Um escorado na cabeceira da cama, outro segurando de leve o seu pulso, dois de pé num canto, grisalhos, murmurando. As costas dela se comprimem de dor, como se algo estivesse crescendo lá. Há estilhaços em sua cabeça. Ela não consegue desvencilhar o pulso da mão que o segura. O quarto parece aquoso. O homem de óculos sentado solta a mão dela e esfrega com o dedo a lateral do próprio nariz. Olha para o homem aos pés dela, que, quando se move, assume a forma do pai. Um deles diz: "Agora só nos resta esperar", e os outros três homens assentem.

John acompanha o doutor até a porta, e Asa se aproxima com o membro do conselho paroquial. Ele não fala com clareza, mas ela acha que o homem a está abençoando. Embora tenha dez anos de idade, ela se sente muito jovem, e é sábia o suficiente para saber que a morte só chega para as mães, e isso ela tem planos de nunca ser. Quando Tab pisca, o homem está ensopado, como se o avó o tivesse resgatado do mar, e há gramas do pântano grudadas em seu crânio careca. Os olhos do homem são as órbitas vazadas de um peixe-manteiga. Os pulsos terminam em lulas. Quando ela abre de novo os olhos, o quarto está às escuras e vazio. Seu travesseiro está úmido, e seus joelhos doem. Ela encolhe as pernas contra o peito para depois esticá-las e, nessa bola de dor, faz o corpo rolar para o chão. Sabe que o baque vai acordar o pai, mas daqui ela pode ver a lua, puxando e empurrando o oceano, amassando-o ao longo da costa. Ela ouve suas vozes e acalma-se na friagem das tábuas do assoalho.

Quando John aparece no vão da porta, ela pede para ele deixá-la onde está.

Quando o sol nasce, estão ambos no chão do quarto. Tab está sonhando com o que existe debaixo d'água. Ela acorda e se lembra de toda a dor, que trespassa suas costas e joelhos e provoca tremores em seus músculos e uma arruaça em sua barriga. Arrasta-se escada abaixo e vai para os restos do jardim de sua mãe e vomita sangue mais uma vez.

Asa a encontra lá, em volta de uma rosa centifólia.

Na cama de novo, enrolada em colchas pesadas demais para delas escapulir, Tabitha escuta os homens lá embaixo. Tem a sensação de que está desmaiando, embora saiba que, se estivesse, não saberia distinguir. Nos interstícios entre saber e não saber, ela vê a mãe sentada na beira da cama, uma perna balançando sob o colchão. Tab sabe que uma das duas deve ter dez anos. Ambas têm cachos pretos entrançados e afastados dos rostos pálidos. Os olhos da mãe são verdes, e Tab acha que os seus são castanhos. O vestido da mãe é branco e fino. Ela estende a mão para tocá-lo, mas seus dedos curvam-se sob o peso das colchas. A mãe não está sorrindo;

se isso fosse um sonho, a mãe estaria sorrindo, então deve ser real. Quando move os olhos, sua cabeça tem um espasmo, por isso ela os fecha e saboreia a sensação do peso da mãe ao seu lado na cama.

— Em Long Ridge ela receberá melhores cuidados — diz Asa. Ele nomeou essa plantation de terebinto depois que sua mulher morreu ao dar à luz e um roceiro lhe disse que uma terra sem nome é chamariz do demônio. Fica a quase dois quilômetros a oeste da cidade, uma casa branca plantada entre hectares de pinheiros ao norte e uma clareira relvada que desce em declive até a água, ao sul. Uma casa branca no meio do nada.

— Ela fica. — John não está olhando para Asa, mas para os juncos oscilantes na orla inferior da cidade. Eles se agitam de um lado para o outro e nada dizem acerca da direção do vento.

No sofá, Asa cruza uma das pernas e deixa a mão cair sobre a mesinha lateral, que guarda resquícios da vida de sua filha. Uma alfineteira, uma presilha de cabelo, uma pequena miniatura sobre marfim que ele chegou a julgar que tinha sido pintada para ele, antes de saber que a filha havia se apaixonado. Com o polegar, aperta a cabeça dos alfinetes na almofadinha.

— Faço isso pela criança, você entende. Não tenho intenção nenhuma de puni-lo.

John se vira da janela e apura os ouvidos, atento a qualquer ruído no andar de cima.

— Não foi o mar que matou Helen.

— Não — diz Asa —, mas foi você, o que dá no mesmo. — No instante em que diz isso ele sabe que não é verdade, mas é boa a sensação de infligir dor, e também não é de todo uma inverdade.

— Então despreze Tab também. — John vai até a mesinha e pousa o dedo sobre a alfineteira, para que Asa recolha a mão de volta ao seu colo. — O senhor é bem-vindo, mas minha filha vai ficar comigo. O doutor Yarborough está cuidando dela, e se houver algum perigo, será o mesmo tanto lá como aqui.

Asa põe-se de pé.

— E quanto à alma da sua filha? Vai permitir que ela vá para o outro mundo sem um pastor presente? — Quase diz: *Você não vai orar por ela?* Ao culpar John, ele está culpando a si mesmo.

John se detém na escada, de costas para Asa.

— Tab não vai a lugar algum. E se é por meio das almas que elas continuam vivendo, então eu sou o guardião das almas delas.

A sra. Foushee chega com um bolo de limão, mas não pede para ver a menina. John a conduz à sala de estar, onde ela se senta e polidamente o aguarda se levantar de novo para buscar uma faca e dois pratos. Ela corta fatias grossas.

— O senhor sabe o quanto gosto de sua família — diz ela. Antes de se casar, a sra. Foushee ensinara a Helen as primeiras letras. Embora a professora tenha deixado sua marca na maior parte dos jovens de Beaufort, ela e Helen haviam sido íntimas. Ela intercedera a favor de John quando dos primeiros galanteios. Porém, como outras amigas de Helen, depois de sua morte ela se afastou. Está pensando nisso agora, enquanto passeia os olhos pela sala bagunçada. — Tentei ficar de olho em Tabitha, mas ela é do tipo independente, não? Não é minha intenção negligenciá-la, tampouco ao senhor, certamente. Tenho certeza de que o senhor vai me informar caso eu possa ser útil de alguma maneira. Se a menina precisar de alguma orientação feminina. — Ela terminou sua fatia e pousou os olhos no restante do bolo de limão sobre a mesinha lateral.

John pergunta se ela quer mais um pedaço.

— Não posso, não seria admissível. É realmente para Tabitha, Deus a abençoe. O senhor sabe que meninas dessa idade estão sempre ficando doentes. Faz parte do processo de crescimento. Logo ela vai encorpar e virar uma moça e tanto, o senhor verá. — Como se estivesse removendo migalhas, a sra. Foushee alisa suas amplas ancas, demonstrando qual é a aparência exata de uma mulher. — A mãe dela era assim também. Pequenas queixas. — Apesar de ter um marido em casa, ela nutre pelos rapazes da cidade um afeto que não é de todo maternal. Sente falta dos homens que durante a guerra ficaram aquartelados em Beaufort — William Dennis, Daniel Foot, coronel Easton. E que depois foram fazer a vida em lugares mais prósperos. De todos os soldados, John é o único que permaneceu. A perda sabe como paralisar até mesmo os valentes. Ela estende a mão e afaga o joelho dele. — Ela vai sair dessa, o senhor não se preocupe.

Quando a mulher vai embora, John fica grato pela quietude. Nos primeiros anos após a morte de Helen, ele achou que poderia se sentir solitário, mas Tab é tudo que ele quer como companhia. Sobe as escadas levando uma fatia de bolo, mas a filha está dormindo, a boca aberta.

Yarborough retorna à tarde e apalpa com suas mãos frias o corpo da menina. Ela adormeceu de novo, embora não haja sossego nela. John senta-se num canto, numa cadeira com assento de junco, e observa o rosto do médico. Yarborough abre a boca de Tab, inspeciona a língua. Levanta suas pálpebras, que ainda estão imóveis e flácidas. Esfrega os dedos na pálida parte interna dos braços, à procura de sangue. Ele a examina como uma criança que belisca o jantar, mesmo sabendo o que está servido.

Quando o médico se vira, John está balançando a cabeça.

— Febre amarela — diz Yarborough. — Talvez ela melhore. O mais provável, de fato, é que ela melhore. Mas o perigo está na recaída. Repouso absoluto, líquidos, sossego.

— Nada a ser feito? — pergunta John.

— Rezar — responde o médico. — O pastor de New Bern retoma a sua rota amanhã. Melhor convidá-lo para dar uma passada aqui e dizer umas palavras.

John fica sozinho no quarto da filha. Ele se lembra de ter a idade dela, de amar a Deus e ser devoto. De acreditar numa bondade sem fim, e na ira para os indignos. Mesmo a bordo do navio, com seu canhão apontado para outra tripulação, seus pecados poderiam ser purificados. Mas, quando do nascimento de sua menina, ele havia se esquecido de invocar o Senhor. Tinha olhos somente para a esposa, o ventre dela, a filha. E sem as orações dele, ela tinha sido levada. Foi aí que ele começou a conhecer Deus como uma criança vingativa que, se ignorada, rouba seu brinquedo favorito. Por isso ele nada ofereceu a Deus. Incapaz de culpar a filha, John compreendeu que Ele era o único a ser punido.

John tinha deixado Asa enterrar Helen no adro da igreja, mas as asas de pedra acima do nome dela pareciam-lhe uma marca da vitória de Deus. Nenhum parente dele encontraria repouso lá. Ele só era feliz, Helen só era saudável, firme e forte, no mar aberto. Era a terra que matava, não o mar.

Quando Tabitha acorda, John não consegue se aproximar, por medo.

— Quer comer alguma coisa? Canja? — Ela mexe a cabeça tentando dizer não. — Yarborough diz que amanhã você já vai estar subindo em árvores. — Ele se levanta e volta a se sentar, a cabeça nas mãos, os dedos cravados nas raízes dos cabelos. Olha para os veios no chão da casa que ele não construiu mas ocupa.

Tab vê apenas uma silhueta movendo-se aflita.

— Quer velejar um pouco? — ele pergunta.

Agora ela se lembra do navio de brinquedo embrulhado em papel pardo, e nesse pensamento há clareza, um pequeno foco no nevoeiro.

Na segunda noite em que Tab está adoentada, John deixa a filha por uma hora sob os cuidados do dr. Yarborough e caminha para o leste, longe da cidade e rumo à plantation de Cogdell, contígua a Long Ridge, e dá a volta até as habitações dos escravos, atrás dos arrozais. Sabe qual é o barraco dela. Um homem atende a sua batida, e manda chamarem Moll. A mulher que vem até a porta ainda é jovem e forte, tem os cabelos amarrados num pano vermelho e o rosto sem cicatrizes. Um bebê se move junto ao seu peito, abre e fecha as mãos, agarrando dobras de tecido, procurando leite.

— Qual é o problema? — pergunta Moll. Não importa que há anos ele não fala com ela, ainda que outrora ela o tenha considerado quase um irmão.

— Sinto vergonha de vir aqui desse jeito — diz ele. Faz dez anos que Helen, sua esposa, morreu, e essa mulher segurando o bebê tinha sido propriedade dela, sua criada, sua confidente, sua amiga. Contudo, agora que ele está aqui de pé, não sabe se Moll teria se esforçado para essa amizade.

— Minha filha está doente.

— O que ela tem?

— Eles não sabem. Talvez febre amarela.

Um menino emaranha-se no quadril de Moll para ver o visitante, mas ela o empurra barraco adentro.

— Não entendo muito de ervas — ela alega. — E ninguém aqui pode fazer muita coisa com a febre.

Ele assente.

Ela vê que ele deseja mais alguma coisa. Está com pena dele. Sente falta de Helen, mas não deve coisa alguma nem a John nem à filha dele. Depois da morte de Helen, seus caminhos se separaram; Moll tinha a batalha de sua própria vida para travar. Trabalhava nos campos, não era um anjo da guarda. As preocupações dele não eram maiores que as dela. O bebê começa a chorar: uma longa e penetrante sílaba que se dissolve em soluços.

— A gente não pode fazer nada com a febre amarela — ela repete. — Peça a algum outro curandeiro.

— Eu não sabia — diz ele, apontando para o bebê. — Meus parabéns.

Ela espera que ele enrubesça, que vá embora, que peça licença e se retire, mas ele não se move. John também está esperando alguma coisa. Se é solidariedade, bateu no barraco errado.

— E o menino?

— Davy — diz ela.

— Posso vê-lo?

Com a mão livre ela coça a cabeça coberta, depois chama o filho. O menino corre de novo até a porta, quase saltitando. John fica exausto de ver tanta energia frenética. Ele meneia a cabeça uma vez. O menino repete o gesto, três vezes.

Moll, segurando o bebê com uma mão frouxa, pousa a outra sobre a cabeça de Davy, percorre o couro cabeludo dele, apertando-o, como se tateasse em busca de pontos fracos. O menino chacoalha a cabeça para se desvencilhar, mas Moll leva a mão até o pescoço dele para mantê-lo no lugar.

John seria capaz de ficar ali durante dias a fio vendo a mãe amar o filho.

— Onde você arranjou seu casaco? — quer saber o menino, apontando um dedo na direção do peito de John.

John olha para baixo e diz que foi feito por um alfaiate em New Bern.

— Qual é o nome dele? Caso um dia eu queira um.

John espera para ver se ele está caçoando, mas os olhos da criança estão felizes e sérios, por isso John lhe diz o nome.

De dentro do barraco o marido de Moll chama por ela, que pode ouvir as vozes das filhas aumentando de volume até descambar em briga. Ela embala o bebê para acalmá-lo, a mão ainda envolvendo os ombros de Davy.

— Sinto muito não poder ajudar — diz ela. Deveria dizer que vai rezar pela menina, mas não diz.

Ele esfrega o rosto e vai embora.

De manhã Tab não consegue parar em pé. A tontura converte seu corpo em pontos vibráteis. John enrola a menina na colcha, ergue o fardo úmido e carrega-o escada abaixo para descansar no sofá enquanto enfia farinha e batatas num embornal e junta algumas moringas de água. Para salvá-la do cemitério, deve levá-la para o mar. Outrora ele levou a mãe dela, e estar na água a fez florescer. Tab vai melhorar longe do alcance da religião de Asa. Ele olha para o embrulho de papel em cima das prateleiras na sala da lareira e se pergunta se daquela seda tão delicada seria possível fazer um vestido a bordo de um navio desregrado, com vilões como costureiras. Não, a seda ficará aqui para quando eles retornarem. A filha voltará saudável e uma mulher.

Nessa manhã a visão de Tab está límpida, e embora o corpo rejeite sua orientação, ela está suficientemente bem para empolgar-se com o que o dia lhe reserva. Está trilhando o caminho da mãe.

É domingo e os navios estão atracados. Navios mercantes e navios-baleeiros e navios fantasmas cujas tripulações conhecem o pai dela. Quando a sra. Foushee lê histórias sobre eles, ela os chama de bucaneiros. Homens perversos que atraem embarcações para saqueá-las, que amarram mulheres aos mastros e as obrigam a berrar para assim chamar a atenção das marinhas de guerra. John conta muito pouco desses tempos, por isso as cenas na cabeça de Tab são fruto de sua imaginação. Ela tem dez anos, idade em que os malvados são os heróis. Ela já passou da fase dos contos infantis moralizantes.

No meio da noite, quando ela tinha gritado de dor, John disse que eles iriam para o mar com uma tripulação sombria. Ela seria a rainha do navio, e com seu cetro os guiaria até as Índias. Açúcar, ouro, periquitos, praias sem lodo nem mato. Ele falou do azul e do amarelo das ilhas e do sol que ensopava os ossos e de mulheres indômitas que preparavam poções para seus amantes. Tab disse que ela não tinha amante, e John pediu que ela ficasse imóvel e em silêncio.

Agora ela o vê fuçando pela casa, fechando janelas e pegando tralhas, e gostaria de ser mais bonita para causar boa impressão como a dama de um navio. Sente que seu rosto ficou diferente, pois o pai não olha diretamente para ela.

Assim que está pronto, John amarra o embornal às costas e ergue a menina, ainda enrolada na colcha, e com o pé fecha a porta de sua casa. Deixou um bilhete para Asa, outro para seu sócio na loja. Helen o teria instruído a parar, diria que ele ainda não pensou numa centena de coisas; e uma escova para os cabelos de Tab? Se ele parasse, não seria capaz de voltar a se mover. Ele sempre foi guiado por um instinto soterrado, que lhe trouxe a esposa e lhe trouxe a filha, por isso John confia nele agora e não volta para pegar uma escova de cabelos para Tab.

Ele a carrega, fazendo paradas ao longo da estrada para ajeitar o peso, até o porto, onde os únicos homens são estrangeiros de olhos cansados; os santos da cidade estão fazendo seus preparativos para a igreja. Ele deita delicadamente a menina no chão, encostada a um poste de amarrar cavalos, e vai procurar seu velho companheiro Tom, que aporta ali de tempos em tempos. Perguntando por ele em meio a tripulações esfarrapadas, encara feições e olhares vazios. Dirige-se a um navio de guerra que ainda está embarcando provisões, e o capitão até que é bastante cortês, mas não viu o amigo de John.

— Precisa de braços extras?

O capitão faz que não com a cabeça.

— Naveguei por dois anos antes da guerra, depois prestei bom serviço ao Exército. Posso mostrar as cartas — diz ele, mas não possui carta alguma.

— Sinto muito — o capitão diz.

Numa escuna menor, pedem para ver suas credenciais, então ele se apruma e com um olhar enfurecido diz que trabalhou em navios duas vezes maiores e pela metade da paga, e eles o enxotam.

Ele deveria voltar para a filha, que talvez estivesse com frio, mas não consegue se afastar das docas. Não é capaz de enxergar outros caminhos. Um marujo passa por ele com uma pilha de redes e uma barba familiar, e John pergunta mais uma vez por seu amigo, que lhe daria passagem em qualquer barco.

O marinheiro estaca e ajeita o fardo.

— O Tom foi enforcado. Foi pego por alguma coisa. Roubar rações, talvez. — Como John não responde, o marujo segue adiante, arrastando uma corda atrás de si.

John encara com olhos semicerrados o horizonte ao sul e o nível do mar.

— Tom Waldron? Ele cuidava do mastro para mim.

John se vira e vê um jovem cavalheiro com um fino nariz aristocrático fumando um cachimbo, a mão livre brincando com os babados de sua gola.

— Hezekiah Frith — diz ele, inclinando a cabeça. — Procurando passagem?

— Você não ia querer me levar. Tenho uma filha, doente.

— E para onde vão?

— Longe daqui, só isso. As Índias.

Frith dá um piparote no cachimbo, depois endireita as mangas do casaco. — Estou precisando de um homem. Em que navios você esteve?

— O *Mohawk*, o *Victory*, o *Tryon*. Mas uma mulher...

— Não tenho superstições a esse respeito. Gosto delas como disfarce.

— E a febre.

— Temos um médico a bordo. Mantenha-a separada e bem arejada. — Frith olha de relance para a estrada e avista o flácido pacote feito de retalhos. — Menininhas — diz ele. — Estamos indo para Bermuda, pegando o que quisermos ao longo do caminho. Você assume o posto de Tom, sem pagamento. E nada de roubar. Nosso negócio é pequeno, com poucos danos. Deixamos vocês na ilha, e se você voltar para o mar, ofereço paga. Aceita esse acordo?

John vê sua vida morta recobrar o alento. Lembra-se de embarcar com outra mulher num navio, de carregar Helen — não adoentada, mas uma noiva — para o convés, o sorriso dela refletido no sol, o mar que não era vasto o bastante para espelhar o afeto de ambos. Aqui está ele de novo, sôfrego, porque é egoísta acerca da filha. Não pode perder outra parte de sua família. Mas Tab também parece ansiar por isso. Em sua paternidade, ele a está protegendo da morte e de Deus e do sofrimento, e por isso faz o que todo homem faria. Aperta a mão de Frith e leva a filha a bordo do *Fanny e Betsy*, uma corveta de três mastros e casco de cedro. Do convés, eles ouvem os dobres dos sinos de Beaufort.

Dentro da pequena igreja, Asa está sentado no último banco. Assim que terminar o culto, vai agarrar o dr. Halling e levá-lo até a casa branca na praia para falar sobre sua neta. John perdeu a fé, mas Tab ainda é uma planta verde em crescimento, aspirante ao Senhor. Ele não conseguiu salvar a filha, mas vai salvar essa pequena relíquia dela. Ainda há tempo de se redimir. Ele abaixa a cabeça enquanto o pastor visitante faz seu sermão. Deveria mudar-se para uma cidade grande, onde poderia ouvir semanalmente o evangelho. Deus está sempre ouvindo, mas Asa não pode escutar sua voz o suficiente.

Os fiéis levantam-se para o hino. Logo Tab estará de novo ao lado dele, seu pequeno hinário nas mãos, a voz dela ressoando sua jovem fé. Eles entoam versos sobre o paraíso e suas delícias, sobre o estreito mar que separa os vivos e os mortos. As mãos de Asa começam a tremer. Ele respira fundo e ouve o peito soltar sua expiração. As vozes se erguem.

Mais dobres dos sinos liberam a congregação para um cálido meio-dia de outubro. Dos degraus da igreja, pode-se ver o porto lá embaixo, onde um único navio está prestes a zarpar para o mar aberto.

2

O balanço ajuda Tabitha a adormecer, seu corpo dolorido envolto numa rede feita de corda e lona numa cabine ao lado da do capitão, sob o convés de ré. Ela ouve o murmúrio do pai na porta contígua, o suspiro de pranchas acima dela, a bulha de gaivotas através da janelinha aberta no alto da parede da cabine. Pressiona a orelha contra a lona da rede. Através do tecido, consegue ouvir os sinos.

Frith escala John para um dos turnos de vigia, apenas duas horas. Nesse meio-tempo, o marujo vai limpar o convés com seus confrades. John pergunta qual é a rota, e o capitão desenrola um mapa sobre a mesa. John posta-se de lado e não olha para o mapa, mas para o rosto de Frith. Ele cutuca a pele abaixo dos olhos, crava os polegares na carne atrás das orelhas. Balança. John não é capaz de dizer se o capitão ainda tem consciência de sua presença. Parece que os olhos dele não estão se movendo de um lado a outro do papel, mas sim fixos nas profundezas do oceano pintado.

— Vamos direto para a ilha? — pergunta John, numa voz alta demais.

Frith pousa uma das mãos abertas sobre o mapa, cobrindo as rotas, e encara John com um olhar penetrante.

— Quantos anos tem a menina?

— Dez — responde John. — Ainda não tem idade para atrair seus homens. Diga isso a eles. — Ele já esteve a bordo de navios em que qualquer coisa de saias era uma tentação. No mar as semanas passam e a moral definha. Mas certamente homem nenhum se exporia ao perigo da febre.

Frith concorda com a cabeça.

— Eu tenho uma de cinco anos, Fanny.

— O navio está indo atrás dela, então?

— Não é o que eu tenho em mente. — Frith rasga a borda do mapa. — O plano é o rum. Vamos primeiro para o sul. O porão de carga ainda está vazio demais para irmos para casa.

Quando John volta à cabine, Tab está sentada na rede feito um caranguejo preso em uma armadilha, as pernas arqueadas na altura dos joelhos. Ela está arfando, tentando vomitar.

No convés, John está curvado atrás de um esfregão, trabalhando na imundície que cresceu desde a manhã. O porto de Beaufort se dissolveu feito um reflexo e se foi, tendo o horizonte engolido seu lar. Eles singraram através dos baixios, e agora a água esverdeada tornou-se escura e cinzenta, uma fundura invisível. Os homens a bordo são desconhecidos. Quando mais jovem, John tinha sido o ousado moço do convés, o que lançava e recolhia cabos e amarras, o que se inclinava sobre a amurada para sentir as rajadas de água. Mas depois de dez anos em terra firme, suas mãos adquiriram a consistência do papel, de tanto lidar com moedas e tecidos. Elas se esfolam em volta do cabo de madeira do esfregão.

Ele raptou a filha e levou-a consigo a bordo de um navio negro, longe de Deus e da medicina, sem outra esperança a não ser uma ilha distante, cujo alcance provavelmente vai exigir a morte de homens tarimbados. Embora a guerra tenha acabado, esses homens ainda continuam lutando. Não há motivos para trazer uma criança a bordo de uma corveta, exceto egoísmo e uma reação tresloucada à perda. Se John teve uma visão da filha como a mãe, absorvendo o mar aberto, a culpa é apenas de sua própria cegueira obstinada. Tab é uma menina; está doente. John não pode recriar o que já aconteceu. Consegue imaginar Helen como uma jovem encorajando a aventura dessa menina, rindo do subterfúgio dele, mas, e como mãe? John jamais a conheceu como mãe. Talvez ela tivesse assumido o protecionismo feroz que John agora está violando. Ele traiu a mulher que ela teria se tornado.

Ele torce o esfregão num canto do navio. Vai desembarcar em Charleston, depois que o ar marinho tiver feito o seu trabalho, em seguida viajarão de volta para casa, devagar, por etapas, e quando ficar mais velha, Tab se lembrará disso como algo perdido e precioso, o coração sonhador de uma infância feliz. Quando lhe perguntarem como foi tornar-se uma mulher sem mãe, ela dirá: "Mas eu tinha meu pai", e pensará em quepes de marinheiros e nas estradas pantanosas correndo em meio aos arrozais, as garças dando passos delicados. Um lento círculo de sua casa para a água e de volta através das Carolinas.

Por isso ele embarcou no *Fanny e Betsy*, por ela, para arrancá-la à força de uma morte bíblica, um passamento autorizado nos braços famintos de Deus, ou foi seu anseio de privar-se da terra firme que o arrebatara como uma maré? Ele se lembra de Asa, após o nascimento de Tabitha, arrastando para longe o corpo da esposa.

O discurso dos pássaros esmorece enquanto a janela vai escurecendo, e tudo que Tab consegue ouvir é o insistente impacto aquoso das ondas sobre o cedro. Depois de um cochilo, ela acordou na penumbra, e por isso não sabe dizer que soleira do dia está atravessando. O odor de suor e carne salgada é um lembrete de que ela não está em sua casa, nem na casa de quem quer que seja, mas numa embarcação de pilhagem. Se seus joelhos não doessem tanto, o pensamento a faria sorrir.

Um homem espreme-se pela porta e, incapaz de se erguer ou de virar o corpo na rede, Tab supõe que é o seu pai.

— Médico do navio, senhorita — e uma mão morena e peluda se estica e tateia a rede buscando o seu pulso. Ela cola os braços junto ao corpo. — Calminha agora — diz ele, e com um puxão violento agarra o seu braço. Mantém os dedos sobre o pulso da menina, e à luz da vela que ele segura na outra mão, Tab vê um grande rosto redondo e hirsuto, repleto de pelos eriçados, da sobrancelha à orelha, do nariz ao queixo.

— Barba Negra — sussurra Tab. A sra. Foushee havia lhe mostrado um retrato do homem.

— Febre amarela, me disseram. É isso que está afligindo a senhorita? — Ele apoia um cotovelo na lateral da rede, que pende e quase a derruba. — Agora deixe-me dizer o que eu sei sobre a febre. Ela vem quente e fria, não é, e enche os braços da pessoa de urticária de cima a baixo. À noite, os vapores deixam o corpo e vão embora dançar com o diabo, eu vi isso com meus próprios olhos, vi mesmo, e de manhã eles voltam para se instalar de novo, exaustos, e é quando as urticárias ficam azuis. Nas damas os pés começam a sapatear, e isso também é obra do diabo. — Olha para ela com ternura, para os olhos dela, que ainda estão arregalados. — Os pés da senhorita estão sapateando?

Ela faz que não com a cabeça.

— Ora, a cura, a senhorita me pergunta. Muita gente vai dizer que é aplicar uma sangria, e isso talvez funcione, mas eu daria primeiro um caldo para acalmar os pulmões, e um pouco de pasta de mostarda para diminuir as urticárias.

Tab sussurra de novo.

— O que foi, minha senhorita?

— Eu não tenho urticária nenhuma.

— Ah, isso é só com o tempo. A senhorita não se preocupe. Descanse, vou mandar o seu papai trazer o caldo. — Ele ergue o corpo apoiado sobre a rede, e ela começa a balançar de novo. — Ânimo, minha senhorita. Curei metade dos homens que não matei.

Quando John retorna à cabine, as mãos cobertas de bolhas e as costas latejando de dor, Tab está no escuro, desperta e em silêncio. Sob a rede dela há uma pequena poça de vômito. Ele leva uma das mãos à testa da menina e fecha os olhos.

— Isso não é estar morrendo, é? — pergunta ela.

Ele se afasta, acende uma vela, encontra um trapo velho em meio às pilhas de bugigangas da cabine e limpa os vestígios da doença.

— Não há sol que você não vai ver. Que tal isso como promessa?

Ele busca o caldo na mesa do rancho, com uma colher o recolhe de uma tigela de estanho e o leva à boca da filha, cuja cor é de um rosa pálido.

— O que a gente vai ver nas ilhas? — pergunta ela.

John enceta mais uma vez a sua lista de maravilhas: elefantes, ele promete, e canela. As paisagens que ela não viu são as que a animam.

A cabine é abafada e quente, iluminada por uma vela bruxuleante em cima de uma prateleira. Sombras são maiores que objetos. Um cacho de cabelo desgruda-se do rosto suarento de Tab e projeta na parede um monstro marinho serpentiforme. No silêncio mútuo, ambos podem ouvir o tinir dos canecos na mesa do rancho, as erupções de humor profano, o infinito marulho do oceano.

— O senhor avisou o vovô?

John pondera. Tinha deixado a carta ao lado da miniatura de Helen na sala de estar, onde Asa a notaria. Em suas visitas o velho sempre procurava a pequena pintura, segurando-a nas mãos sempre que podia. Tinha uma possessividade que abarcava a sua casa, suas terras e suas mulheres. E tudo o que não pertencia a ele pertencia a Deus. Asa ficaria feliz de ver sua menina no paraíso, lugar que ele talvez considere mais seguro que Beaufort, mas John não possui esse tipo de fé. Ele não seria capaz de deixar o corpo da filha com um homem que não se importa com ele, cuja visão de Deus implica a recuperação de Seu rebanho. John acredita na carne. Seu amor não sobrevive à transubstanciação alguma.

Um marinheiro encontrou sua rabeca e está marcando um ritmo simples para uns poucos dançarinos bêbados. Logo John deve assumir seu posto na proa, vigiando as estrelas mais uma vez e atentando para os movimentos no breu. Antes de conhecer Helen, nos períodos de pirataria, tinha passado um ano em um baleeiro e aprendeu as mais ínfimas ondulações da água, o pontapé revelador dos esguichos das ondas ociosas, um zumbido submerso. Aqui não precisa procurar coisa alguma a não ser outros mastros. Põe numa prateleira o caldo inacabado de Tab e come sua própria ração de biscoito seco e lima-da-pérsia. Os olhos de Tab fecharam-se de novo e ele mais uma vez pousa os dedos sobre a bochecha dela. Seu rosto adquiriu novamente um revestimento febril. Suas roupas estão úmidas. O cacho solto ainda está longe da testa, tremulando na brisa leve que se infiltra furtivamente pela janela da cabine. Ele a beija e a deixa só, sem o que os fervorosos chamariam de esperança.

No tombadilho ele encontra Blue Francis, o cirurgião do navio, que pergunta sobre sua filha. John agradece por ele tê-la examinado. O médico sorri e balança a cabeça hirsuta.

— Se as mulheres são a perdição dos marinheiros, então creio que as jovens são tesouros. As pequenas são as luzes que amenizam a nossa escuridão, não é verdade?

Do mastro, John não avista nada. As ondas próximas do navio têm a cor amarela de velas ardendo, as mais distantes são prateadas. Ele sabe que há corpos abaixo dele. Sob o lábio do oceano nadam cardumes de cavalas e corvinas, abaixo delas, as baleias, mergulhando para encontrar comida, e abaixo destas, todos os indizíveis, as serpentes, o kraken, o congro gigante. O que John aprendeu da Bíblia são os trechos que Asa recitava para ele e os fragmentos que falam dos marinheiros, a história do Leviatã de Jó, que *faz ferver o abismo como uma caldeira,/ e transforma o mar em queimador de perfumes./ Deixa atrás de si uma esteira brilhante/ como se o oceano tivesse cabeleira branca*;* John vê a frigidez do monstro se espalhar por toda a extensão da água, o desconhecido, o perigo universal à espreita.

Quando era jovem, John achava que a noite acobertaria aqueles que o roubariam de sua cama, aqueles que o escolheriam como prêmio em meio ao punhado de primos entre os quais ele dormia. À noite, as sombras agrupavam-se e não deixavam um centímetro a descoberto. Somente quando foi para o mar é que John encontrou de novo a luz, em esfregaços concentrados no céu e na água, cobrindo e perfurando a escuridão. Ele tinha ensinado Tabitha a ver isso. Ele a levara para os charcos ao anoitecer para que ela pudesse apurar a visão, pudesse assistir ao sol se pôr e se reconstituir. Agora ela parece não temer nada.

* Jó 41,23-24. (N.T.)

Depois de uma explosão de gargalhadas vinda dos beliches dos marinheiros, da popa vem um ruidoso fragor. O contramestre está andando a esmo. Esses homens parecem estar muito além do escopo de John. Embora outrora tenha sido tão desordeiro e despreocupado como os imediatos, agora ele se vê girando em círculos em torno de um único conjunto de imagens — filha, Deus, mulher, casa —, e seu fardo jamais se atenua.

O ar marinho que abre os pulmões é o mesmo que esfola a pele até descamá-la. Não existe versão dessa peça em que John tenha desempenhado bem o seu papel. Ele escolheu a via temerária, e as estrelas esmaecidas são lembretes do lar para onde todos irão, professe ele fé ou não. Se é que Helen aguarda em algum lugar, é lá que ela está esperando a filha.

Um barulhento tumulto de marujos e baldes e cabos içados desperta Tab. O sol já jorra janela adentro sobre as prateleiras e as barricas e sobre o leito vazio de John, a um canto. Ela se sente fraca, mas também faminta. Seus músculos, que haviam se retesado, afrouxaram de novo, e ela é instigada, emocionalmente, pelo desejo de ficar de pé. Na tentativa de se desembaraçar do firme abraço da rede, ela vai ao chão, e tenta se agarrar a ela com mãos de pudim. Não há vômito aqui da noite anterior. Ela senta sobre as pranchas até sua visão aclarar-se, depois se põe de pé como um novilho. O balanço do navio é familiar aos seus pés, e ela agarra a corda da rede em busca de apoio. Não há espelho na cabine, mas, trocando de mãos na corda para manter o equilíbrio, ela solta os cabelos, puxa-os para trás e os prende na fita amarfanhada. As pernas oscilam. O fim da febre deixou-a tonta. Desiste de ajeitar a aparência, mas aqui não há ninguém a não ser um bando de marinheiros desgrenhados; se ela quiser juntar-se à companhia deles, não é um pouco de sujeira que vai impedi-la. Ela abre a porta da cabine, desliza devagar por um estreito corredor e passa pelos aposentos do capitão e sobe três degraus e sai para a glória da luz do sol e do oceano. Ela é uma cativa, a escrava de mal-afamados bucaneiros, o topo do mastro de um navio de vilões. Seus pulmões absorvem o sal e as gotas da liberdade.

Os conveses estão vivos de homens e movimento, velas estalando e cordas sendo puxadas e amarradas, silhuetas escalando mastros, o mar chacoalhando o navio em um plano infinito e sem chão sob um céu arredondado. É assim que uma cidade de verdade deveria ser, um formigueiro de atividade descoberto. Ela entra na balbúrdia e ziguezagueia lentamente entre os homens às voltas com seus afazeres. Gaivotas deixam um rastro de espuma. Toda onda parece quebrar sobre as costas de um peixe. Tab está tonta, mas certa de que agora consegue fazer qualquer coisa com seu corpo. O que havia mantido seu pai por tanto tempo longe desses homens maltrapilhos e perfeitos? Da casa deles em Beaufort, tudo que podiam avistar era areia e pântano e um mar sossegado e silente. Aqui no *Fanny e Betsy*, até mesmo o oceano é um distúrbio.

Ela se equilibra encostada no mastro da mezena. Por cima do estalido das velas retesadas pelo vento, os homens estão cantando. Ela enlaça os dedos no cordame. Um assobio vindo do céu chama a sua atenção, e ela espia um marujo empoleirado num mastro entre as velas mestras e as de joanete, as pernas dependuradas como as de uma criança. Ele acena para Tab, e em seu entusiasmo para responder ela fica na ponta dos pés.

Um marujo enrolando cordas junto aos ovéns de estibordo berra:

— Johnny, a sua senhorita está zanzando por aí!

Seu pai vem trotando pela proa, agarra Tab pela cintura e a coloca a um metro do mastro, onde, sem a madeira para se agarrar, ela cambaleia. Para escorá-la, o pai lhe agarra o braço.

— O que você está fazendo de pé, Tab? — John sente a testa da filha.

— Eu me sinto cem vezes melhor — diz ela, e se pendura no casaco dele. — O senhor viu o navio? Já esteve em toda parte?

— Vou levá-la de volta para a cabine e pedir para o doutor examiná-la. Você precisa ficar quietinha — John a abraça. — O navio estará aqui quando você ficar boa de vez. Eu sou o responsável por sua saúde.

De volta à cabine escura, jogada na rede, Tab deixa Blue Francis apalpar suas costelas e lhe examinar a parte de trás das orelhas.

— Parece que as urticárias deram uma trégua.

— Eu *nunca* tive urticária — Tab alega.

— Mocinhas não se preocupam com as urticárias. Essas danadas deixam manchas no rosto, não é verdade? E depois é uma dificuldade agarrar um bom partido, eu não sei disso? Eu me casei com uma dona que tem essas manchas, e seria difícil imaginar uma moça mais bonita, exceto a senhorita. Uma pena deixá-la para trás, faz um bom par de anos que não a vejo, mas imagino que a essa altura ela já ajeitou direitinho as coisas e mantém uma chaleira no fogo esperando o meu regresso. Daqui a um ano, mais ou menos, assim que chegarmos a Barbados de novo.

Tab peleja para se sentar.

— Ela é negra, doutor?

— Não consigo encontrar mais sintoma nenhum na senhorita, e os batimentos do seu coraçãozinho estão fortes. Nem sequer tive de usar a pasta de mostarda, que em todo caso não temos a bordo, mas provavelmente, para alguém como a senhorita, eu poderia comprar em Charleston. De vez em quando Frith me dá alguns pence para comprar isto ou aquilo. O melhor capitão que eu já conheci, o jeito que ele deixa a gente agir. Uma vez fui cirurgião de um navio da marinha de guerra, uma fragata, e os homens da Rainha não te dariam um frasco de infusão de casca, não dariam, não. Dizem que os homens sob a bandeira negra não passam de uns patifes, mas aqui posso tratar uma senhorita como bem me aprouver. E agora a senhorita está na ponta dos cascos, novinha em folha. Pode mandar me buscar se alguma outra coisa acontecer, se entrar uma farpa na sua unha, ou se dos conveses a senhorita começar a enxergar sereias.

— Este aqui é o navio mais feliz do oceano, não é? — pergunta ela.

Do vão da porta iluminado, o doutor olha de soslaio para a menina.

— Se a senhorita diz que é feliz o lugar onde homens morrem.

Depois que o doutor sai ela fica em silêncio.

Ela não pensou em batalhas, em ataques, em doenças, em sede e fome. Em balas de canhão aterrissando e rachando as pranchas do convés principal, alojando-se com baques estrondosos no casco. Os tubarões à espera para devorar marujos quando o navio vier a pique. Ela teve febre amarela e agora está melhor. Sua mãe embarcou em um navio como este e era uma rainha. Somente a terra é capaz de matar as pessoas. Somente a solidez e a longa imobilidade e o silêncio pesado podem pôr as pessoas de joelhos e esmagá-las até morrerem por falta de ar. O médico não deveria se preocupar com ela, mas sim com a mulher dele confinada na terra, que está sujeita a morrer no parto enquanto o sol reluz nessa água salgada.

De sua rede ela pode ver apenas o céu através da pequena janela. Uma solitária andorinha-do-mar voa rasante, gritando. Tab sairá de novo de seu quarto e perguntará ao pai sobre seu presente de aniversário, mas depois de um breve sono. A caminhada da cabine até o mastro, e o retorno, deixaram uma agradável languidez nas pernas. Ela abre as mãos, deixando um espaço para segurar o navio de brinquedo de New Bern, o filho de madeira desta imponente nau.

Ela acorda à tarde sentindo-se ainda mais forte. No tombadilho, procura o cozinheiro e o encontra dormindo atrás de um caldeirão de ferro onde um ensopado está fervendo. O aroma é saboroso, denso e pouco rançoso. Ela volta para o sol levando sua tigela e biscoito seco, e acha espaço entre dois tonéis para ficar a uma distância segura dos cabos. Duas dúzias de homens parecem estar jogando algum jogo com espirais de cordas, enormes velas de linho e o alto-mar. A corveta avança, mas Tab não sabe dizer em que direção estão se movendo, ou se círculos estão sendo transcritos no lugar de uma rota em frente. Sempre que ela olha para o sol, é mais um passo para o meio-dia.

Mesmo com o vento, o ar está mais quente aqui do que na orla de Beaufort. Ela enfia no bolso do vestido um prego torto. Chegando a Bermuda, não vai encontrar somente conchas e carapaças de caranguejo, mas as carcaças encalhadas de monstros marinhos com presas de marfim. Vai ajudar o pai a construir uma casa lá, e tudo que ela fizer será como um eco da mãe, e assim John ficará contente de novo. Essa é a vida para a qual ele foi talhado, a vida de que Tab o mantivera afastado. As mulheres, com sua morte, com seus partos, não são marinheiros aptos. Mas Tab firma um pacto, não morrer e tampouco gerar vida, e pede que o Deus de seu avô sirva de testemunha. Asa sempre lhe dissera que, se ela fosse boa, Deus seria sua derradeira morada, e embora a descrição do avô fosse insossa, ele dizia que sua mãe a estava esperando lá. Tab não sabe ao certo se é boa, mas sabe que em seu antigo lar o pai estava desassossegado, infeliz, fatigado. Nada vicejava naquela orla a não ser a sra. Foushee e a igreja, e o fantasma de uma mãe que para sempre, a cada dia, seria uma recém-morta.

Em seu canto entre os tonéis, Tab diz a Deus que será boa, que buscará aventura e assim redimirá a ausência da mãe, e nesse momento, com o sol no semblante como uma mão cálida, ela escolhe acreditar em Sua promessa de vida eterna. Para selar o pacto, Tab canta um dos hinos de Asa. Ela vê John junto ao mastro enchendo de pólvora dois barriletes, e embora não possa vê-lo sorrindo, sabe que aqui ele é feliz, e livre.

John trabalha com uma alegria renovada. Sua filha recobrou a vida, uma vítima da febre que se tornou criança de novo. Ele sabe que a febre amarela tem sempre essa pausa, esse adiamento, alívio temporário que leva os entes queridos a nutrir esperança, e que depois disso os pacientes se curam ou morrem. Mas vendo o corpo dela em movimento, as pernas tropeçando desajeitadas pelo convés oscilante, ele engole a esperança e a deixa arder dentro de si. Arrancou a filha da devota areia movediça de Beaufort e agora, no ar livre e límpido, a salvou. Fez pela filha o que não pôde fazer pela mãe dela. Uma paz instala-se dentro dele enquanto carrega os barriletes de pólvora para a coberta guarnecida de canhões. O navio é um porto seguro, e mesmo em meio a duas dúzias dos homens mais rudes, ele não teme pela filha. Ela é menos uma mulher do que um anjo rarefeito, o espectro da mãe que partiu.

Como marujo sem paga a bordo de uma corveta de bandeira negra, sem outro propósito a não ser incursões de pilhagem, as obrigações de John são poucas. Ele esfrega o convés descoberto, enrola cordoalhas, às vezes encarapita-se nos ovéns para amarrar as velas mestras, mas nunca as de joanete, que são da alçada de outro homem. Arruma os beliches no convés de proa, onde dorme o restante dos homens, e dá uma mão ao cozinheiro, que não tem ajudante. Eles rateiam a carne-seca e a cevada, repartem o malte e as limas-da-pérsia. John não falou com Frith desde que zarparam, embora somente uma fina parede de pranchas separe suas cabines no tombadilho superior.

Ele assume alguns serviços apenas para manter as mãos ocupadas, para que não seja flagrado dançando com a filha do traquete ao mastro da mezena. Depois que os barriletes de pólvora estão seguros lá embaixo, ele cuida das costuras soltas entre as pranchas do convés, encontrando algodão e estopa nos porões e calafetando as frestas com tiras de pano e piche. É um trabalho que se faz sentado e que não requer nada além de mãos persistentes e uma escovinha. Ele deveria fazer isso quando o navio está atracado e seco e a madeira encolhida, mas seus dedos precisam de uma tarefa. Aqui, agachado perto do gurupés, ele pode olhar para toda a amplitude do *Fanny e Betsy* e observar a pequena colônia de homens e a menina de dez anos, que se esgueira por entre os grupos azafamados, abaixando-se para pegar o que John supõe ser um tesouro. A visão dela e de suas mãos curiosas traz de volta a esposa de John. Ela foi a primeira a saber quais objetos eram importantes.

Anos antes, ele e Helen e a mais diminuta versão de Tab estavam a bordo de um navio igual a este. O ventre da esposa avolumava-se até formar um pequeno tambor. Ele perguntou que tipo de mãe ela seria, e ela perguntou que tipo de pai ele seria, e ambos riram, não tendo guias. O navio rumava para o norte, de novo para casa, carregado de mercadorias roubadas, mas naquele dia, no azul e dourado do verão, eles atracaram em Antígua. Os homens foram para a cidade, alguns gastaram moedas com mulheres, outros as gastaram em bugigangas para as mulheres que haviam deixado para trás: cocos esculpidos, tigelas pintadas, ossos. Levantariam âncora na manhã seguinte, acreditando o capitão que era possível escapar das doenças que medravam nas Índias.

Na cabine que dividiam, que mal tinha dois metros de largura, com uma rede pendurada por cima da outra, a tarde cintilava nas paredes. Helen o arrastara para lá enquanto os homens marchavam em fila para desembarcar. Ele perguntou se ela não queria ver Antígua, e ela o beijou e disse que não, John também não quis. Essa cabine era o refúgio de Helen quando o navio empenhava-se em combates com navios mercantes no oceano; embora raramente corressem perigo, ela ainda receava a criminalidade.

— Venha ver — disse ela, a mão segurando com firmeza o braço dele.

O rosto franco dela o fazia se lembrar da infância. Havia uma canção que os meninos entoavam para provocar as meninas.

— "Seja boazinha, meu bem, seja boazinha, e não se esqueça..."

— "De que uma longa, longa ausência não há de bagunçar a minha cabeça" — ela sorriu.

Ambos tinham sido crianças um dia; e ali estava ela, carregando no ventre uma criança.

Ela o fez se sentar de pernas cruzadas no chão. Seus cabelos pretos tinham reflexos de bronze. De uma prateleira ela retirou uma caixa com fecho de metal e sentou-se diante dele, as solas descalças dos pés coladas uma à outra, sua barriga, uma bolinha sob as saias. Ele esticou a mão para tocá-la.

Ela estendeu a sua.

— Queria te mostrar — disse ela.

Helen tirou da caixa uma série de objetos estranhos — estranhos não porque fossem incomuns, mas porque tinham ido parar dentro de uma caixa, reunidos por uma única mão. Primeiro ela mostrou o botão, tirado do casaco dele quando ela o estava remendando, e depois um pedaço de vidro polido de Granada. Uma bala de mosquete. Oito centímetros de corda puída de quando os cabos e vergas foram ajustados. Ele riu ao ver um caroço de ameixa.

— Você me beijou com a fruta ainda dentro da boca — disse ela. Ele não se lembrava.

Esses eram os seus tesouros, os pedaços de vida que ela colecionava para lembrar-se da vida, as recordações da experiência. Sua história da terra e do mar. Ele ficou curioso para saber por que ela precisava dessas coisas, que eventualidade ela estava prevendo.

Ela dispôs tudo sobre o chão de madeira, por ordem de tamanho. Ele abriu os braços, e ela se arrastou até ele, os dois — ou três — emaranhados num nó apertado. John beijou as orelhas dela e disse que não havia necessidade de lembranças, de tanto que a amava. Ela aninhou a cabeça no pescoço dele.

Um marujo apareceu por lá com peixe fresco recém-assado na praia, e eles acomodaram-se numa das redes e comeram o peixe com as mãos, e John encostou a cabeça na barriga dela e ouviu, enquanto ela olhava para a fileira de tesouros, do sino de latão até a minúscula pérola rachada, e a luz deslizou janela afora e mar adentro, e a tumultuosa algazarra dos homens acompanhou o sono deles.

Agora ele é cauteloso, para não esquecer as coisas.

Ele tapa outra fresta com fiapos de estopa. Esse mundo é azul e marrom e branco. O céu e a água com seus vagos tons de palidez e profundidade refletem somente um ao outro. Essa é a pureza que existia entre ele e Helen, e aqui está ela de novo, apenas esperando para ser aceita e retomada.

Ao cair da noite, ele encontra Tabitha encarapitada no enfrechate, como uma aranha na teia, e ele a arranca de lá, um pacotinho risonho. Eles juntam-se aos outros na mesa do rancho e John ajuda o cozinheiro a servir um novo ensopado e nacos de pão seco. Assim que a refeição é distribuída, ele senta Tab e, usando seu corpo como escudo, protege a menina da brutalidade de boa parte dos homens. Excetuando o cirurgião do navio, eles não têm uma afeição especial pela menina, e julgam que ela não é muito diferente de um grumete jovem demais para ter suíças, e de menos serventia ainda. Não moderam a linguagem por conta de sua presença.

Blue Francis bate sua caneca na mesa duas vezes.

— Se é fantasmas que vocês querem — anuncia numa voz rouca, e os outros reviram os olhos e bufam, preparando-se para um longo relato, fadado a ser mentiroso. — Escutem, escutem — pede ele. Suas costas curvadas erguem-se mais que os ombros, e ele apoia-se na mesa com os braços estendidos sobre a madeira manchada de gordura.

John o interrompe.

— Nada sangrento, Frank. Você está se esquecendo dos mais jovens. — Ele mantém uma das mãos nas costas da filha enquanto engole o resto do ensopado.

O médico dá uma piscadela para Tab e se volta para a plateia.

— Foi no *Bonny Jane*, há muitos e muitos anos, no...

— Quando você era só um velho — berra alguém.

— Isso mesmo, apenas eu e a sua meretriz — devolve ele.

Com um cutucão John tenta tirar Tab da mesa, mas ela implora para ficar.

— Era um navio negreiro e estávamos nos aproximando de Charleston para vender os escravos, com mais da metade deles ainda em boa saúde.

— E os outros? — sussurra Tab, e John pende a cabeça para um lado querendo dizer "atirados ao mar".

— Eles gemiam e se lamuriavam, é claro, por isso o navio inteiro parecia um boi com a garganta cortada, mas depois de semanas ouvindo os queixumes já estávamos acostumados, não dávamos a mínima. Na última noite antes de chegarmos ao porto, o capitão mandou o Little Tom subir no mastaréu do joanete para ficar de olho nas luzes, e o Little Tom tremeu feito vara verde, nunca se viu um menino tiritar tanto de medo. Ele jamais tinha visto um negro antes e achava que eles estavam cantando pela sua alma. — Blue Francis perscruta Tab, que estende o pescoço atrás de John. — Ele era mais ou menos da sua idade, senhorita. Ora, Tom estava acostumado com fantasmas, pois não havia navio que não tivesse um marinheiro morto zanzando pelo convés, o pescoço quebrado por ter desabado do topo do mastro, ou a cabeleira toda pairando sobre a água que o afogara. Por isso, quando ouvi o menino começar uma gritaria e o vi descendo ligeiro as vergas feito um homem perseguido, achei que ele tinha avistado alguma coisa concreta. Ele correu direto para a cabine do capitão dizendo que estava chovendo negros cujas mãos golpeavam-lhe a cabeça. Olhei para cima e nada vi, por isso fui atrás dele e gritei que esse tipo de coisa não existia, mas ele guinchava e sacudia as mãos para lá e para cá, e agora todos os homens haviam acordado e saíram para ver. O Little Tom irrompe na porta do capitão, e que o diabo me carregue se o capitão não se ergueu de um salto da cama e com a pistola em punho não lhe acertou um tiro à queima-roupa que o transfixou. — Faz uma pausa para um efeito dramático. Alguns dos marujos esgaravatam os dentes. — Segurei-lhe a cabeça enquanto a sua vida se esvaía, e ele disse: "Blue Francis, tinha uns negros chovendo em mim, eles estavam caindo do céu direto em cima de mim, me arranhando e gemendo e chamando meu nome", e antes que eu tivesse tempo de dizer que eram apenas fantasmas, a cabeça dele tombou e ele morreu bem ali.

— Então os negros vão para o céu e o resto de nós está condenado ao inferno? — pergunta aos berros um dos homens, e há um tinir de canecas e tigelas de estanho. Enquanto Tab aninha-se no colo do pai para impedir o próprio coração de bater tão depressa, um dos homens começa a martelar um ritmo na mesa e dois outros se levantam e dançam com passos pesados. A tripulação entoa palavras que Tab nunca ouviu, e John a leva de volta para a cabine, atravessando o convés recém-calafetado, sob as estrelas alvas.

Mais uma vez confinada em sua rede, Tab pergunta ao pai por que alguns corpos vão para o céu e outros para o inferno. Ela sabe desses lugares por meio de Asa, mas por que alguns marinheiros seriam condenados ao inferno e os escravos não, e por que os fantasmas eram sempre malvados?

— Foi só uma história — diz ele.

— Os fantasmas não existem de verdade, existem?

John ajeita os cabelos dela, que sem a escova estão ficando embaraçados.

— Quando uma pessoa morre, é só o corpo dela. Existe uma coisa dentro que continua viva para sempre.

— As nossas almas — Tab diz.

— Almas, espíritos, fantasmas. Lembranças. Eu me lembro sempre da sua mãe.

— E ela está no céu, o senhor não acha?

— Alguns o chamam assim — diz John. — Onde quer que haja bondade, é lá onde ela está, eu imagino.

Tab fecha os olhos e fala num sussurro:

— Eu não a vejo. — Quando John afasta sua mão, ela tenta fazer a miniatura ganhar vida, a cabeça pequena da mãe com pontinhos verdes no lugar dos olhos, uma fita em volta do pescoço. Em sua mente, ela move a cabeça da mãe de um lado para o outro, imaginando-a em diferentes cômodos, na praia, no convés. A cabeça jamais se move, tampouco sorri.

— Você é o que restou dela — diz John, e ela abre os olhos. — Se você quer saber onde ela está, às vezes acho que ela está inteira em você.

— Os piratas sempre cantam músicas tão ruins?

Ele ri.

— Não.

Tab segura a mão do pai entre as suas e sorri para ele. John se inclina e lhe beija a testa, que está fresca e seca, e cantarola baixinho enquanto ela deixa os músculos relaxar até cair no sono.

De manhã, Tab acorda em um compartimento verde e distorcido. A cabine está tremendo. Não, os olhos dela estão tremendo. Ela se senta e enche o colo de bile, depois se arrasta para fora da rede e desaba com tudo no chão. Seu nariz está molhado e ela o limpa esfregando-o nas pranchas, deixando um rastro vermelho. Alguma coisa está acelerada dentro de seu peito. Seu coração bate tão depressa que deixa uma brisa fresca adejando por entre seus braços e pernas. Não resta peso algum em seu corpo, somente uma espuma de dor. Pela janela, ela vê uma chuva de corpos negros, bocas escancaradas, sua pálida mãe entre eles.

Ela começa a tremer e é virada do avesso. O que existia dentro dela, secreto, invisível, é arremessado no chão, seu vômito, seu sangue, os membros em espasmos afastando-se de seu âmago. Ela é uma folha de carvalho girando no fosso, musgo expelido por sua própria respiração. Até mesmo suas partículas a estão abandonando. A cabine mergulha nas sombras. Seu delírio já não é capaz de se amalgamar para encontrar o fantasma de sua mãe nessa miragem. Os gritos das gaivotas são como estilhaços em sua cabeça. O mundo está se rompendo.

* * *

John retorna à cabine com duas batatas vermelhas na mão e encontra a filha em convulsões no chão. Ele debruça-se sobre o corpo de Tab, usando o próprio peso para refrear os tremores dela. Um marujo de passagem vê a cena e vai correndo buscar o médico. As batatas rolam para um canto da cabine, depois rolam de volta quando a corveta empoleira-se na crista de um vagalhão. O corpo da menina está começando a aquietar quando Blue Francis entra às pressas. John ergue os olhos, os braços ainda em volta da filha, e balança a cabeça. Com delicadeza o médico o ajuda a se levantar, coloca a menina de lado para limpar sua boca e soltar sua língua, e lhe massageia os braços e as pernas até ela se acalmar. Pede a John para buscar água, e o pai sai aos tropeções no convés descoberto. As lágrimas secam e se encolhem em seu rosto. Não existe emoção que o vento não seja capaz de apagar.

Ele enfia os braços no emaranhado de ovéns que sustentam o mastro e lá fica, esfregando a testa no cordame. Este dia sempre esteve a caminho. Desde que perdera Helen dez anos antes, sua vida tinha sido uma série de respirações cortadas. Ele vive somente para esperar a perda. Sem acreditar no deus da salvação e do perdão, tem fé em Deus, o Punidor.

Quando ele volta, o médico está cortando linhas finas no braço da filha, tirando o sangue que sobe em gotículas até a superfície da pele. Ele olha para John enquanto seus dedos envolvem o cotovelo de Tab. O rosto amarelo dela, ictérico, sobressai em contraste com o branco de sua roupa. Suas pálpebras vibram, mas não se abrem. Sua boca abre e fecha como um peixe. John encosta o ouvido no peito da menina o ouve o som de uma mulher que atravessa um jardim coberto de mato, seu vestido de seda roçando, engastalhando, rasgado pelas roseiras. O coração de Tab está caminhando por esse jardim.

O doutor enterra os dedos em sua barba crespa e alisa o emaranhado.

— Eu queria que a gente tivesse algum bálsamo para espalhar um pouco sobre a pele, mas seria mais para aliviar do que para curar. Tivemos um homem na Filadélfia há algumas semanas, e muitos outros acamados, e ninguém sabia como proceder. Nada resta a fazer a não ser dar infusão de casca e acalmá-la um pouco. Quaisquer humores dentro dela vão sair pelo sangramento assim que sentirem o cheiro da maresia.

John aponta para as gotas de sangue nos braços de Tab.

— Isso não é o suficiente, é?

— Ela é pequenina, não é, senhor? Olhe só o corpinho dela.

— Sangre mais — John diz.

— Ela é magrinha feito uma ripa, e o coração dela não está batendo forte.

John arranca a lanceta da mão do médico e fura o antebraço amarelado da filha; um filete de sangue jorra no linho do vestido.

Com a punção, a menina desperta, o rosto contorcido. Incapaz de chorar, ela se vira de lado e expele o conteúdo do estômago, que é preto e úmido. Seus olhos não se abrem.

— A bile negra, senhor — diz o médico, como se fosse um sinal que John é capaz de decifrar. Ele observa o cirurgião limpar a bagunça de Tab, o vômito preto das tábuas do assoalho, o sangue de seus braços amarelos.

Quando a menina está serena e limpa de novo, o médico traz um cobertor umedecido em água gelada para estender sobre o seu corpo.

— Avisei o capitão, senhor — diz ele. — Ele deixou o senhor de fora do turno de vigia. — Ele se demora junto à porta. — Não posso fazer por ela mais do que faria por qualquer outro homem, nem menos. Nunca tive uma paciente mulher. Ela é um cordeiro nas mãos de Deus agora, apenas uma criança que talvez esteja indo para casa.

Durante toda a tarde John e Tabitha dormem e acordam, um gritando em meio aos sonhos, outra debatendo-se de dor. John encontra uma das batatas e a come crua. Quando Tab geme, ele se ergue na cama e pousa as mãos sobre as maçãs de seu rosto, absorvendo o calor. Quando ela treme, ele arranca o cobertor molhado e deixa-o cair diretamente no chão.

O quarto escurece e John acende duas velas. Ele come a carne de porco salgada que um marinheiro lhe traz, mas Tab não ingere coisa alguma. Mesmo a água que ele despeja na sua boca escorre feito baba.

Mais dez anos e ela ficaria parecidíssima com a mãe. A luz da vela vislumbra o sangue que está começando a vazar dos olhos e do nariz. Os lábios dela já estão matizados de vermelho.

A aparência dela — sangrando, flácida e pálida — assemelha-se ao crucifixo pendurado na sala de estar de Asa. Ele costumava sentar-se e encarar o corpo encurvado de Cristo na parede enquanto esperava pela companhia de Helen. A esposa, por sua vez, morrera sem um pingo da fraqueza do autossacrifício. O rosto dela ficara afogueado, os braços roliços, os olhos brilhantes por causa do esforço extenuante. Ela deu à luz Tabitha num tumulto de som e movimento; somente quando o bebê saiu, seguido por uma poça de sangue, ela empalideceu, mas partiu de repente e ainda vibrante, rodeada das pulsações da vida. No vigor de sua morte, John pôde negar o poder de Deus. Parecia obra da própria Helen.

Mas isto é diferente. A vida de Tab está escoando, está sendo drenada. Que força a não ser o universo a está sugando? Que poder a não ser de uma espécie negra e sagrada?

Quando o lusco-fusco já se tornou noite, e somente um dos lados das coisas é iluminado pela incandescência da vela, Tab murmura:

— O navio.

Ele soergue-se de um semidescanso e entrelaça os dedos nos dela. Ela olha de relance para a palma da própria mão.

— Nós *estamos* num navio — diz ele. — O *Fanny e Betsy*, rumo a Bermuda. Você está na cabine agora.

— Pequeno — diz ela, e faz um gesto com a mão vazia. — Aniversário.

— Você fez aniversário há alguns dias. De dez anos. Você estava doente, por isso eu te trouxe a bordo do navio para respirar um pouco do ar marinho.

— Aniversário — repete ela. Uma lágrima mistura-se ao sangue que escorre de seu olho e desenha uma risca rosada na têmpora.

— Pena que você não estava bem. Eu tinha um presente para você.

Ela aperta os dedos dele.

— Deixei em Beaufort… era uma coisa refinada para os piratas. Estará lá quando a gente voltar. Mas vou dizer o que era. Cinco jardas da mais fina seda, para fazer um lindo vestido para você, uma dama agora. — Tab fecha os olhos. — É azul, com um padrão de vinhas em rosa e verde de alto a baixo. Vou pedir a senhora Randolph que faça algo para festas e tal, e você será a pequena rainha. A imagem da sua mãe.

Tab está chorando agora.

— Você vai ficar boa daqui a alguns dias, e vou mandar Frith dar meia-volta e nos levar ao porto na hora que você quiser.

— O naviozinho — diz ela, e fecha a mão.

Em sua última hora de consciência, Tab flutua sobre o oceano, sem navio sob os pés, rodeada por sua mãe, seu pai e seu avô e todos os irmãos e irmãs não gerados no ventre da mãe. A essa altura ela poderia ter quatro irmãos ou irmãs, e todos a seguiriam até a orla e ficariam junto dela à noite para mantê-la aquecida no inverno. Ela é parte de uma família interrompida. Tab culpa o mar por ser romântica e Deus por matar. O aposento se enche de fantasmas.

Seu avô está cantando a morte para ela. Tab pede às mãos que lhe cubram as orelhas, mas elas não obedecem. Ela não se renderá. Seus braços e pernas estão retesados contra a investida de Deus.

Seus pelos penetram cada poro com alfinetadas; seu corpo inteiro está vivo com a agudeza da dor. A luz da vela na cabine amalgama-se com a escuridão, e aos poucos sua visão desvanece numa mixórdia enegrecida. As vozes avolumam-se ao seu redor. Sua rede está molhada de suor e sangue, está molhada de mar. Ela está deixando o mundo numa tormenta vermelha, através do corpo de alguém que já morreu. Agora ela consegue se lembrar do que sentiu ao nascer.

O navio está quieto à noite. Os pássaros encontraram seu repouso em algum lugar desse grande vazio, e os marujos dormem. O vento escapuliu das velas. O oceano embala os homens com suavidade.

John limpa o sangue do rosto da filha. Sob a pele dela ainda persiste uma centelha. Uma alma preparando-se para uma jornada, se ele acreditasse nisso. Nada do que Asa lhe dissera ele jamais havia compreendido, mas agora tenta evocar os versículos e hinos que falavam sobre a imortalidade. Ele não é capaz de deixá-la ir embora. Todo o alívio que encontrou após a morte de Helen existia nessa menina, e se o espírito dela for levado por um sopro de vento feito um dente-de-leão, não restará nada além de uma vastidão impreenchível. Os buracos o engolirão. Ele se agarra com força ao braço amarelado dela. Não se dá conta de que está rezando.

Ele desperta de manhã com um calafrio, seu corpo esparramado sobre o dela. Ele faz menção de fechar a janela de seu quarto, mas o balanço do navio o faz se lembrar. O frio vem de sua menina, que jaz na rede tão docemente como num caixão. A icterícia ainda viceja em sua pele. Ele dispõe as mãos dela em cruz sobre o peito e lhe beija a testa, que parece uma pedra numa manhã de outono. É hora de levá-la para casa.

Ele encontra Frith no convés da ponte de comando. Blue Francis está lá, com semblante pesaroso, para assumir o leme a mando do capitão.

— Ainda estamos a um dia de Charleston — diz Frith. Os dois homens fitam a popa e a lenta ebulição que a passagem do navio provoca na água. — Não mantemos os mortos a bordo.

— Vou construir um ataúde para ela — diz John.

— E enterrá-la onde?

— Há um espaço ao lado da minha esposa.

— Ela vai apodrecer antes de chegar lá, mesmo em outubro. Não há desonra no mar. Temos um homem que pode fazer as vezes de pastor, se é disso que você está atrás.

Os dedos dele ainda estão tingidos do vermelho do sangue dela.

— Dessa vez deve ser feito do jeito certo — diz John.

— Eu não sou o senhor da sua consciência — diz o capitão. — Tenho um navio para cuidar. Vou deixar você num porto, pois você é de pouca valia, e então você levará consigo a criança se tem de se manter fiel a ela. Mas é uma longa estrada até Beaufort, e não há como evitar o cheiro. — Frith pousa uma das mãos nas costas de John, gesto breve como um lampejo.

— Condolências — diz ele. Pisa entre as cordas e começa a dar as ordens do dia.

Blue Francis vira-se e sussurra para John:

— Quer voltar para casa com a menina intacta?

John olha de relance para ele, a mão ainda esfregando a amurada da popa.

— Certa vez a minha avó teve de tomar conta de um corpo, anos atrás, quando ela e minha tia foram raptadas por índios. Num piscar de olhos eles escalpelaram a minha titia, sim, senhor, e disseram à minha avó que ela era mais do que bem-vinda para ficar e encontrar uma família e repartir o milho, mas lá estava a minha avó se desfazendo em lamúrias por sua perda. Os índios, sendo um bocado amáveis, deram-lhe um tacho para ela conservar a minha tia em salmoura. Com as últimas moedas britânicas que ela ainda tinha consigo, comprou bebida dos índios e encheu o tacho até a boca e preservou a moça, a minha titia, durante três anos, até que o irmão do marido dela encontrou o esconderijo e levou-a embora junto com o tacho, e eles se casaram, sem fazer o menor caso do meu avô, e viveram felizes e tiveram a minha mãe e todo o resto. — Francis volta-se de novo para o manejo do leme. — O rum fica guardado lá embaixo.

John dorme no chão, debaixo da rede da filha, nas pranchas manchadas com a doença dela. O cobertor molhado trazido para esfriá-la ainda está numa pilha úmida num canto. Nessa nova vida em que nada lhe restou, ele é acossado por Deus. Esse Deus é uma tempestade que exige apaziguamento, e John não é capaz de pensar no que O acalmaria a não ser abrir mão de Tabitha, renunciar à filha e consagrá-la em nome de Deus. A paz esquivou-se dele desde que viu o corpo de Helen ser levado sem seu consentimento pelo sogro, e agora não há nada a fazer além de acreditar em sua própria insignificância, lançar sua sorte ao vendaval e deixar que seu corpo seja arrebatado pela torrente das águas, purificado. Seu pecado foi aferrar-se à esposa e à filha como se elas lhe pertencessem. Mas elas se foram, e isso está consumado. Ele solta a vela, e a vê voar e ser engolida pelo vento da borrasca.

Ao anoitecer, quando os homens estão à mesa do rancho, John leva um balde para a despensa, onde tomba os barriletes até encontrar os que fazem barulho de líquido. Desarrolha um dos barris e esvazia o rum, um balde de cada vez, levando o excesso para cima a fim de jogá-lo ao mar, até que a pipa fica apenas pela metade. Com seu canivete ele talha a madeira e arranca a tampa, e encara o líquido que restou. Caminha sorrateiramente até sua cabine e tira Tabitha da rede, içando sobre o ombro o corpinho magro e abraçando as pernas da menina, que são cobertas pela lanugem macia da juventude. Os pés dela estão descalços. Devem ter sentido frio à noite.

Em meio a uma explosão de gargalhadas no convés de proa, ele a carrega até a despensa e a escora no barril aberto, e com as mãos sob os braços dela a impede de escorregar. O olhar fixo de John vai da menina para o barrilete. Ele deita Tab nas pranchas do assoalho, dobra os joelhos da filha junto ao peito e os envolve com os bracinhos mortos. Ergue e arria o corpo dentro do rum — os pés primeiro, depois espreme bem o centro, e a seguir o resto, observando o álcool flutuar ao redor da menina. Os cabelos dela ficam suspensos no líquido e se abrem em leque, ouro sobre ouro.

A sua filha.

Ele fecha com pregos a tampa do barril e veda a madeira com estopa e piche. Com giz desenha um X numa das laterais e, abaixo dele, o ano: 1793. Não há razão para marcar o tempo, exceto pedir a Deus que refreie Sua devastação.

Sobe ao convés e pega seu prato de carne e pão e aceita as encaradas dos marujos, que sabem que ele trouxe a febre para o navio. John chama Blue Francis de lado e conta do barril que o médico deverá rolar barco afora em Charleston, diretamente para ser vendido no mercado, e que lá será entregue nas mãos de John.

— E quando o capitão perguntar do dinheiro da venda?

— Você perdeu. Foi roubado.

— Bem, o rum não é meu — diz Blue Francis — Vou dizer a ele que o cozinheiro pediu um dinheirinho extra para comprar sal e farinha, por isso nós tivemos que vender um barrilete. Ele não registra a contabilidade. Mas eu gostaria que você me deixasse ficar com o extra.

Um dia depois, em Charleston, um marujo de barba eriçada desembarca do *Fanny e Betsy* rolando um barril mais leve que os demais, enquanto seus companheiros procuram as tavernas. Ele pechincha com um punhado de mercadores nas docas e depois se esgueira para uma viela ao lado do adro de uma antiga igreja, onde passa sua carga para um homem mais alto, de rosto ainda jovem. O segundo homem aluga uma carroça e um cavalo com o que sobrou de seu dinheiro e amarra o barril com a ajuda de um cavalariço. É um dia quente para outubro, e os dois homens suam. O cavalariço acha que vai receber a oferta de um trago do barril, mas o homem parte em silêncio. Em cinco ou seis dias chegará a Beaufort, onde abrirá uma cova ao lado da esposa para enterrar o barril com a filha. Lá ele vai esperar para ver como Deus há de escrever o resto.

PARTE II

1771-1782

I

No seu aniversário de dez anos, ela ganha de presente uma menina chamada Moll, com fitas azuis nos cabelos, que fica de pé num canto. Assim que seu pai as deixa a sós, Helen encara a criança e pensa que preferia ter ganhado as fitas. Helen pedira ao pai uma escova de prata com cerdas de javali e um espelho de mão. Não tem a menor ideia do que fazer com uma menina negra, senão mandá-la buscar coisas. Ela avança devagar e, uma vez que a outra menina não recua nem se encolhe, estende a mão e desata os laços de cetim.

— São minhas — diz Moll.

Helen enrola as fitas entre os dedos.

— Vou contar para o meu pai.

Moll estica um braço, agarrando Helen, que vira o corpo para proteger o espólio. Moll atraca-se com a outra menina, e instantes depois que a porta do quarto se fecha as duas estão engalfinhadas no chão, uma puxando as orelhas da outra. A luta é silenciosa, regida pela arrogante solidariedade da infância. Moll, dois centímetros mais alta, leva a melhor, e as duas meninas deitam-se no chão arquejando pesadamente enquanto a escrava amarra as fitas de cetim nos pequenos anéis de seus cabelos.

— Se você tentar de novo, eu te mato — diz ela.

No jantar, Helen faz questão de se mostrar amuada. O pai passa-lhe a faca para cortar o bolo de canela que a sra. Randolph assou, dizendo: "Você é a mulher da casa agora", e Helen cruza os braços sobre o peito. Mais uma vez

Moll fica de pé num canto, no espaço sombreado, entre a luz que incide de duas janelas, suas fitas reluzindo. Depois que, com um suspiro, Asa serve a Helen uma fatia de bolo, ela fulmina com o olhar a escrava, empanturrando a boca, vingativa.

Nessa noite as meninas dormem no mesmo quarto, uma num colchão estofado de penas de ganso, a outra no chão. Quando Helen acorda em lágrimas, Moll sobe na cama e deixa a menina menor aninhar-se no seu ombro. Mesmo em setembro, o chão fica gelado sem sol.

De manhã, Helen arrasta Moll para a plantation vizinha de propriedade do sr. Cogdell, para a choupana que foi reservada para reuniões e cultos. Um punhado de escravos mais velhos agrupa-se nos primeiros bancos, as mãos no colo. Helen posta-se diante deles.

— Esta é a Moll, ganhei ela de presente no meu aniversário ontem, quando completei dez anos. Ela é professora também. Quem tiver qualquer pergunta, pode fazer pra ela.

— Quem é a família dela?

Helen olha para a mulher de cabelos grisalhos sentada no banco da frente e vira-se para Moll, que balança a cabeça.

— Ela não tem ninguém além de mim — diz Helen. — Talvez tenha vindo da Virgínia. — Ela instrui o grupo primeiro no alfabeto, depois no catecismo. Moll acompanha Helen aos trancos e barrancos, arremedando sua autoridade. Ninguém lhe faz pergunta alguma.

Terminada a aula, Helen leva Moll de volta à terra do pai e vai com ela para a curva de rio, que abre caminho desde a enseada e ainda carrega um gosto de sal. Helen é péssima nadadora, mas está com calor e sente certa responsabilidade como anfitriã de mostrar os encantos de Long Ridge. As meninas se despem e boiam.

— Da próxima vez você pode ajudar eles no abecedário — diz Helen. Acima dela há apenas algumas riscas finas de nuvens.

— Bem que eu deveria, eu sou mais velha.

Helen ergue a cabeça da água.

— Quantos anos?

— Tenho onze. Você num tinha nem nascido quando eu nasci.

— E você sabe o catecismo?

— Eu sei muito mais.

Helen tenta ficar em posição vertical, de olho em Moll para se certificar de que a outra não vai tentar nenhum truque. Certa vez ela teve uma amiga que dava cambalhotas dentro do riacho e sempre jogava água nela.

— A maioria do pessoal é lenta — diz ela —, então isso é o máximo que a gente consegue ensinar pra eles antes que fiquem com a cabeça cheia. O principal assunto é Deus, já que é quem vai tomar conta deles.

— Ele toma conta de gente negra?

— De gente negra e branca, zela pelas duas — diz Helen. — E dos índios pagãos. Todo mundo que acredita n'Ele vai pro céu.

— E os que não acreditam?

— Vão acreditar. Essa é a nossa tarefa, Moll. Somos as criadas do Senhor.

— Ele gosta dos escravos?

Helen deixa os pés flutuarem até alcançar a lama lodosa, e fica de pé. Abaixa a cabeça de modo que somente o nariz fica na superfície da água, os cabelos soltos pairam em filamentos ao redor do rosto. Ela olha para o reflexo escuro dos próprios olhos.

— Acho que sim — diz ela, e com as mãos empurra uma pequena ondulação na direção de Moll.

— Não molha o meu ouvido. — Remando com as mãos Moll afasta-se de Helen, mantendo a cabeça fora da água feito um rato-almiscarado.

— Cuidado com o buracão que tem ali — diz Helen. — Dentro dele vivem tartarugas-mordedoras, por isso não coloque os pés.

Moll volta chapinhando às pressas.

— Você tá mentindo.

— Este riacho é meu, e você não sabe nada sobre ele.

— Então já chega — diz Moll, rumando para a margem.

— Espere!

As meninas entreolham-se. Moll emite um ruído de exasperação e mergulha. Reaparece segundos depois com uma concha na mão.

— Não vi tartaruga nenhuma — diz ela. Com a concha recolhe água e despeja sobre a outra mão. Isso é para mostrar que não tem medo.

Helen sorri e afunda na água, de modo que o riacho roça seu queixo.
— É quase como ser batizado. Olhe aqui, qual é o seu nome?
— Não seja boba.
Helen espalma a água, espirrando-a por todo o lado.
— Qual é o seu *nome*?
— Moll!
— E quem te deu esse nome?
— Algum homem branco.
— Não, você diz: "Meus padrinhos e madrinhas no meu batismo".
— Não tenho padrinho nenhum. — Moll nada em direção à margem do riacho, sua roupa clara fica marrom por causa da lama. Seus cabelos murcham.

— Bem, é o que se diz. Se você quiser ensinar os outros, precisa aprender. Aqui, eu serei a sua madrinha, e vou te chamar de Moll.

A menina na margem joga sua concha na menina na água. Helen recita as perguntas seguintes, depois se move rapidamente para um tronco meio afundado, onde ainda brota um ramo de folhas verdes de carvalho.

É 1771, e Long Ridge assenta-se na beira da enseada, desviando a água para seu moinho, e se estende mais além, abrindo caminho em meio a pântanos e terras baixas de aluvião até adentrar um bosque plano, onde se extrai terebintina de pinheiros. A casa foi erguida com a intenção de ser temporária, mas nos anos que se seguiram à apressada construção por seus antepassados, Asa acrescentou duas asas, uma fachada clássica e uma ninhada de anexos. Uma escadaria sobe em curva três metros acima do porão até uma varanda coberta e uma porta larga que dá vista para o mar. Degraus estreitos atrás da casa levam do sótão dos criados ao que Asa chama de "os hectares", onde pinheiros menores, arbustos e árvores mirradas foram roçados para criar veredas entre os imponentes pinheiros amarelos. É onde meninos teriam brincado, se ele tivesse tido filhos homens.

Asa nasceu nessa terra, quando a casa sustinha-se sobre quatro estacas e não passava de tábuas toscas fixadas umas às outras por pregos e cobertas palmo a palmo, quando seu pai tinha tempo, com telhas finas de cipreste. Sua família derrubou árvores e cortou madeira e construiu navios e iniciou o projeto de aquisição que Asa herdaria. A terebintina era o negócio do futuro. Exigia apenas um punhado de escravos agrilhoados, e os demais eram arrendatários, o que permitiu a Asa juntar-se à distinta classe dos latifundiários da costa sem compartilhar do receio deles de ter a garganta cortada por mãos negras em pleno sono. A esposa de Asa era sua vizinha, e ele ficou mais contente quando estendeu sua cerca de troncos ao longo das terras dela, a fim de demarcá-las, do que quando sentiu pela primeira vez o seu calor no leito nupcial. Jamais a amou como deveria, até que ela se foi. Mas tanto os hectares como a mulher contribuíram para uma imagem singular que Asa continua a perseguir.

Nos dias de semana, ela manda a filha para a bela srta. Kinsgton, que lhe ensina as letras e aritmética. Helen traz essas habilidades para Long Ridge e as pratica com os escravos. Sua educação será uma marca de status, e Asa vê no novo mundo o suficiente do velho para reconhecer que a aparência de riqueza pode ser tão valiosa quanto a própria riqueza em si. Em sua exuberância e maneira de pensar, Helen em nada se parece com a mãe, que era exatamente o tipo de mulher fadada a se casar bem e ser amada placidamente. Talvez ela pudesse ter ensinado à filha um pouco dessa passividade. Mas as únicas mães de Helen foram substitutas: a professora, a cozinheira, a escrava. Se ela não pode ter uma mulher para abraçá-la e amá-la, deve ter uma mulher a quem dar ordens. Moll, pelo menos, lhe dará o orgulho e a responsabilidade da sua posição. Sua filha precisa ser domada o suficiente para arranjar um bom marido e trazer um herdeiro para a terra, mas de resto seus caprichos não o preocupam muito.

Helen contrai catapora dias antes do Natal. Quando sua pele fica rosada, Asa está no salão paroquial na cidade, discutindo impostos com os presbíteros. O representante colonial de Beaufort morreu recentemente, seu corpo desapareceu num naufrágio e sua esposa não teve o que enterrar, e os anciões pedem a Asa, o segundo na hierarquia dos proprietários de terras mais abastados, que assuma o lugar dele numa câmara em New Bern e defenda os interesses da cidade. Asa está no ramo da construção de impérios, embora sua visão seja estreita. Está treinando a filha para um dia criar bem seu neto, para ser uma imagem da qual o neto, quando for homem-feito, se lembrará com satisfação. Ele não tem dúvidas de que haverá um neto. Aceita a oferta dos presbíteros.

De volta a casa, encontra a filha prostrada e ardendo em febre no sofá, espreguiçando languidamente os braços, enquanto Moll dança ali perto e, temendo ser flagrada, afasta-se rodopiando.

— O que é isso? — ele pergunta, estendendo uma das mãos na direção da testa da menina, mas recolhendo-a antes de tocá-la.

— A Moll disse que é feitiço — responde Helen; Moll agora está empertigada e imóvel junto à lareira, a cabeça baixa.

— Vamos mandar buscar Stevens. — Ele procura um cobertor para cobrir a filha. — Senhora Randolph?

— Ela está lavando roupa — diz Helen.

A sra. Randolph tem seus próprios filhos, todos com cabelos louro-claros, atrás dos campos onde os munícipes cultivam arroz. Quando trabalha, ela arregaça as mangas até os cotovelos, e quando se senta com as saias arrepanhadas, curvada sobre alguma panela ou tábua, Asa vê suas panturrilhas acima da frouxidão de suas meias. Ela é apenas uma mulher para manter Helen alimentada e limpa, não uma substituta de sua esposa.

Ele a encontra atrás da casa, no pequeno jardim que está se deteriorando no inverno, ajoelhada sobre um balde cheio de sabão, as mãos esfregando um par de calças. Calças *dele*. Ela descreve as medidas que tomou, um pouco de conhaque e um pouco de infusão de casca de salgueiro, e diz que os seus filhos tiveram a mesma coisa e ainda estão todos vivos:

— Exceto a Betsy e o pequeno Andrew, mas eles não tiveram catapora, senhor.

Asa entrelaça as mãos às costas e meneia a cabeça.

— Vou mandar Moll chamar Stevens. — Não faz sentido ter tantas mulheres em sua propriedade.

A sra. Randolph sorri de novo para ele daquela maneira simples e maternal que o atormenta. Ele deixa a mulher, cujos braços molhados estão vermelhos por causa do frio cortante.

Quando Stevens chega ao anoitecer, Moll, cansada de sua corrida até a cidade, está encolhida no chão da sala, a cabeça pousada sobre as pernas agasalhadas de Helen. Ambas as meninas dormem. Os dois homens conferenciam aos sussurros junto ao fogo, que tosse faíscas pelo cômodo. O médico balança a cabeça para tranquilizar Asa. Prescreve repouso e alternância de calor e frio a fim de confundir a doença e quaisquer demônios responsáveis. Asa aperta a mão dele e o acompanha até a escadaria da frente, ao pé da qual o cavalo de Stevens está batendo com força os cascos no chão.

Ele carrega Helen escada acima até o quarto que ela divide com a escrava. Ela está quieta e nem um pouco infeliz. Deixa a mão demorar-se sobre o braço de Asa depois que ele a põe na cama. Uma boneca feita de juncos secos com uma fita amarrada na cintura está deitada no travesseiro ao lado dela. Cabe na palma da mão de Asa.

— A Moll que fez — diz Helen.

— Para você?

— Moll me deixa brincar com ela às vezes. O senhor pode deixar em cima da penteadeira.

Esses são os relacionamentos que deveriam ser supervisionados por mulheres; são as mães que mantêm os escravos no devido lugar e impedem que saiam dos trilhos. Ele teme que de alguma maneira tenha permitido que as coisas desandassem.

De manhã, a vermelhidão de Helen abrandou um pouco, e já está suficientemente boa para ser levada para o andar de baixo, onde ela e Moll jogam pife-pafe junto à janela. Helen encosta a bochecha no vidro para sentir o ar do lado de fora.

— O que você quer ganhar de Natal?

Moll pensa, manuseando as cartas. Leva-as à boca e mordisca as bordas.

— Pare! — Helen estica uma das mãos e lhe acerta um tapa.

Moll abaixa de novo as cartas.

— Não vou negar que sempre quis um vestido amarelo.

— Você está sendo vaidosa.

— Você tem um — diz Moll.

— E tenho o direito de ter.

Moll pousa as cartas e cruza os braços.

— Você vai me dar o que quiser. De nada adianta eu querer alguma coisa.

— Que tal uma Bibliazinha só pra você? — pergunta Helen.

— E você vai ler pra mim?

— Você sabe a maior parte das letras agora. Vai, é a sua vez, já faz um tempão. — Helen se abana enquanto Moll volta a analisar cuidadosamente as cartas, selecionando um valete, que Helen agarra assim que é posto na mesa.

No Natal a doença já foi embora de Long Ridge, e Helen está contente com sua tez. Os poucos escravos reúnem-se nos degraus dos fundos e pedem em voz alta *Presentes de Natal*, e Helen lhes leva pacotes de tecido e laranjas. Um homem mais velho cospe numa moita de ervas daninhas.

Dentro de casa, Helen desembrulha um casaco de lã e um romance, presentes do pai, e um avental da sra. Randolph, que bordou com linha rosa o nome da menina, copiando as letras do livro de lições da própria Helen. Mais tarde, quando a sra. Randolph e Moll estão trocando presentes na copa, ela diz ao pai que não lê romances.

— Dizem que esse é bastante edificante. O autor conta sobre as viagens dele, e achei que você ia gostar.

— Li a primeira página e me parece uma tolice — diz Helen. Ela tem dez anos de idade, não é uma criança.

— Você é quem vai julgar. Por certo uma dieta à base apenas de orações…

— *Apenas* orações, papai? Não existe nada melhor; é o que a senhorita Kingston diz. Se eu quero salvar a mim e a todos os negros, devo me manter no caminho reto. — Ela lhe oferece o romance, com as mãos esticadas, como se estivesse segurando um sapo morto. — O papai também faria bem se desse ouvidos ao chamado do Senhor.

— O Senhor não fala comigo, menina.

— Chegará o dia em que os surdos ouvirão as palavras do livro. Isaías.*

Asa se pergunta se não seria melhor tirar a filha dos cuidados da srta. Kingston.

Em seu quarto, Helen dobra e guarda o casaco novo dentro do armário, ao lado da Bíblia de bordas douradas da mãe, que ela esconde debaixo dos espartilhos para que Moll não a roube. Gosta de pensar nos dedos delgados da mãe folheando os Evangelhos, ou talvez os dedos dela fossem grossos, mas certamente deixaram um vestígio nessas páginas. A bem da verdade, a srta. Kingston não é tão religiosa, mas certa feita ela disse às meninas que Deus era uma atribuição das mulheres, e isso fez sentido para Helen. As mulheres eram as únicas que morriam.

A sra. Randolph defumou o presunto, mas é Helen quem o leva à mesa, onde ela e o pai comem sozinhos.

À tarde, Helen oficia um culto na choupana do qual participam alguns escravos, chupando suas laranjas. Ela dispôs ramos de pinheiros verdes e fios de hera ao longo da pequena mesa que faz as vezes de altar. Ela enfatiza a importância de ser bondoso porque Jesus o era, e quando menciona que é seu aniversário, alguns dos congregantes demonstram surpresa. Helen inicia um cântico, que em parte ela canta em latim para impressionar a plateia. Eles a acompanham aos balbucios. Não há dúvida de que o fervor dela é contagioso. Quando o fogo se extingue eles vão embora, e Helen considera que foi um bom dia. Almas estão sempre prontas para serem salvas.

À noitinha Moll a veste com seu vestido de seda verde para um baile de Natal na casa de um vizinho, onde ela é sempre a convidada mais jovem. As outras meninas de sua idade usam um branco sem graça e não se metem na administração de uma plantation. Na hora de dormir elas ganham um beijo do pai e da mãe, muito antes de Helen ir para a cama.

* Isaías 29,18: "Naquele dia, os surdos ouvirão o que se lê,/ e os olhos dos cegos, livres da escuridão e das trevas, tornarão a ver". (N.T.)

Moll pergunta se ela também pode ir, e Helen lhe dá um tapa no traseiro. Na perseguição que se segue, uma manga do vestido é rasgada, e a sra. Randolph a costura à luz de vela antes que chegue a carruagem. Moll come um biscoito gelado e por baixo da mesa acerta um chute em Helen, cujo braço, preso pela agulha da sra. Randolph, está impossibilitado de revidar.

A srta. Kingston está no baile, vestida em tafetá, e as duas mulheres dançam juntas, fazendo uma pausa para respirar sob um visco. A professora, ruborizada, beija a menina na testa.

Nessa noite, aninhadas juntas, feito gatas, Helen diz a Moll que, quando for uma dama, não haverá espaço para uma escrava em sua cama. A srta. Kingston está dançando em sua cabeça, o fantasma de sua mãe atrás dela, marcando o ritmo.

— E quando vai ser isso? — pergunta Moll. Seus olhos estão fechados e ela já entrou e saiu de um sonho.

— Muito em breve, eu acho.

Em 1778, Helen tem dezesseis anos. Asa agora passa semanas a fio em New Bern, à espera dos britânicos, canhestro demais para manejar um mosquete, orgulhoso demais para se esconder em casa. Seu envolvimento nos Congressos Provinciais condenou-o ao patriotismo, embora suas inclinações sejam inteiramente legalistas.* O negócio de terebintina está prosperando, com sua filha cuidando dos livros contábeis; ela herdou o interesse do pai pela exatidão. No arejado prédio do governo, ele ouve sem atenção os argumentos para novos impostos e fixa o olhar além das janelas que dão vista para um bosque de cornisos em flor. Asa imagina-se governador, se esses esforços por parte dos moços não forem em vão, ou em algum cargo permanente que satisfaça seu pendor para a organização e o controle. Tal-

* O termo "legalista" (*loyalist*) refere-se aos colonos norte-americanos que, durante a Guerra de Independência dos Estados Unidos (1775-83), apoiavam o lado inglês e mantinham lealdade (*loyalty*) à Coroa Britânica. (N.T.)

vez ele abra estradas desde Wilmington até as florestas mais afastadas, da costa aos afloramentos rochosos dos cheroquis.

É preciso tomar providências quanto a Helen logo. Quando os delegados mais jovens propõem novas ações militares, Asa recomenda simplicidade e rapidez. A guerra interrompe a estabilidade. Em Beaufort os homens aptos para o casamento estão em sua maioria ausentes. A cidade está se tornando um macrocosmo de Long Ridge. Quando ele retorna para casa durante os recessos, parece estar invadindo um mundo feminino. A solução para a escrava da filha é simples; Cogdell, seu vizinho cultivador de arroz, tem um escravo moço, bastante hábil, que requer algum disciplinamento. O jovem tinha sido repreendido uma vez depois de um complô incipiente, mas não foi considerado perigoso o bastante para se desconsiderar sua serventia como ferreiro. Não há nada melhor para apaziguar um homem do que uma mulher. Um casamento também poria freios em Moll, que por causa das indulgências esporádicas de Helen está se tornando voluntariosa.

Ele fecha os olhos contra a réstia de sol. À medida que envelhece, Asa constata que seu corpo repousa mais e sua mente dá caminhadas mais longas. É assim que geralmente ele reencontra a esposa. Informe, tranquila, silenciosa. Seu caos emudecido. A imagem mais forte que tem dela é a última. Ele foi mantido longe da sala de parto, ou melhor, ele se manteve afastado. Passou a tarde colhendo maçãs no jardim dos fundos para evitar que o vento não as arremessasse contra a casa. O céu estava baixo e nublado, e quase todos os pássaros tinham sumido. Uma borboleta ainda adejava nos arbustos de salva, seu alaranjado iluminando a penumbra. Ele podia ouvir as ondas quebrando no pântano. Os escravos haviam desaparecido dos bosques de pinheiros. Na ausência da tagarelice deles e dos gritos das aves marinhas, Asa escutou o primeiro choro agudo da filha, a primeira de sua prole a viver além da infância e a última a nascer. Eles estavam casados havia quatro anos, e duas crianças vieram ao mundo e os deixaram antes mesmo que Asa se sentisse pai. Um temporal caiu, vergastando-o, e quando a ventania obrigou Asa a voltar para dentro, as maçãs caindo do cesto, sua esposa já havia ido embora. Ela procurara abrigo entre os tordos e as gaivotas, encontrara um canto escuro espremido entre os escravos, havia caminhado na escuridão protetora e deixara o vento carregar para longe sua alma. Um olmo veio abaixo no gramado leste e desabou sobre a casa, sua copa rasgando o telhado de fora a fora. A parteira e o médico acotovelaram-se para acudir a criança aos berros e a tiraram da chuva. A mãe ficou lá, flácida e molhada, seu corpo só seria resgatado no fim da tormenta.

Não Asa, mas um escravo havia buscado sua esposa e a levara, ainda úmida e enrolada num xale, para o cirurgião, cujo filho construía ataúdes de pinho.

A morte não é incomum. Ele havia perdido três irmãos e dois filhos homens recém-nascidos antes do nascimento de Helen. Seus pais morreram havia muito, sua esposa está a sete palmos debaixo da terra junto com as esposas de outros homens. Essa guerra reivindicaria outros milhares. Corpos são fracos, apenas carne e vísceras. Os homens deveriam ficar surpresos com o fato de estarem vivos. Asa abre os olhos, contente. A Assembleia decidiu pedir às mulheres roupas feitas em casa, e Asa concorda. Os cornisos em flor erguem-se na brisa.

Helen está agachada atrás do altar na choupana de Cogdell, as mãos agarradas às pernas da mesa. Moses, que tem vinte anos e é uma figura cheia de cicatrizes e músculos, atira sua Bíblia na parede acima da cabeça dela. O livro cai no chão, páginas abertas, feito um pássaro alvejado. Ela fecha os olhos e diz que vai mandar açoitá-lo por desobediência. Quando os abre, ele se foi. Desde menina ela o está instruindo no comportamento cristão.

A salvo em suas terras de novo, ela encontra Moll, que está passando o domingo junto ao estuário, os pés mergulhados na lama salobra. Tem metade de um ovo cozido na mão, e outra na boca. A primavera trouxe consigo os aromas suculentos de decomposição, revelados pela neve derretida. Daqui a um mês Long Ridge começará a ter um cheiro mais fulgurante, verde e novo. Com mãos trêmulas Helen tira os sapatos e as meias e entra na água fria. Arrepanha as saias para mantê-las secas.

— Falei com ele sobre as ordens do Pai.

— Pode falar o que você quiser, ninguém vai se casar com ninguém — diz Moll.

— A escolha não é dele.

— Ele te falou da garota que ele já tem? Com uma criança na barriga?

— Quando o Pai está ausente a administradora sou eu. — Os peixes que a primavera tornou preguiçosos estão começando a beijar os tornozelos dela.

Moll joga a gema no rio e lambe os dedos.

— Ainda não vi ninguém tentando juntar *você* e um desconhecido.

— Isso é porque eu não *deixo*! — Helen chuta um espirro de água na margem.

Moll não responde, mas usa a saia para secar lentamente os braços.

Helen está constrangida por sua explosão. Com acessos de fúria ela não é melhor do que Moses. Ela sente orgulho de seu coração ordeiro, pois foi resultado de anos de treino. Moll vai aprender, assim como ela aprendeu. Ela se recompõe e olha de novo para a amiga com uma expressão serena.

— Quando você se tornar administradora de uma grande fazenda, Moll, vai pode fazer o que quiser.

— Até lá, me anule, me pondo pra procriar.

— É o que todas nós fazemos. Você está sendo mimada.

Moll espera para ver se Helen vai perceber o absurdo, se vai retirar o que acabou de dizer. Ela não o faz.

— Deus vai odiar você por isso — diz Moll.

Helen deixa cair uma parte da saia e dá um tapa no rosto de Moll, de leve. Avança com dificuldade até a margem e torce o tecido molhado. As duas voltam para a casa-grande carregando os sapatos, que deixam nos degraus dos fundos para que a sra. Randolph os limpe.

Helen janta em silêncio, sozinha. Com uma das mãos sorve colheradas de sopa de coelho enquanto com a outra folheia os mais recentes recibos de farinha, algodão e café. Ela precisa pagar de antemão por espaço nos navios que carregam os barris de terebintina para serem vendidos na Nova Inglaterra e no Caribe. Depois de passar uma hora com seu bordado e mais uma hora lendo *O progresso do pecado* na edição da Sociedade de Panfletos,* ela se despe e se arrasta sozinha para a cama. Moll começou a passar mais noites longe. Helen não sabe aonde ela vai, que amigos ou amantes tem, mas sua ausência a deixa furiosa. Furiosa porque ela mesma está presa, imóvel feito uma planta num vaso. Entretanto, para onde iria se pudesse passear? Amarrando Moll a um casamento, ela está mantendo ambas no mesmo solo, enraizadas. Ela não consegue decidir se isso é uma crueldade.

Helen concentra-se numa linha de suas leituras, *Do mesmo modo, toda árvore boa dá bons frutos, mas a árvore má dá frutos ruins,*** e repete a frase até tornar-se um lodaçal das impressões do dia. Moses e Moll e os peixinhos primaveris. A carta do pai, a voz da mãe. O dia de seu próprio casamento. O dobre dos sinos.

De manhã, Helen visita as terras, onde a seiva da primavera está escorrendo. Dois homens arrancam a casca dos troncos dos pinheiros, deixando-os pálidos e nus, e um terceiro abre incisões angulares na carne crua. O pai dela as chama de "árvores cara de gato". A seiva escoa dos cortes numa lenta sangria. Uma tina de madeira recolhe a resina, que a destilaria vai transformar em terebintina. A floresta ergue-se nua um metro e vinte do chão, um metro e vinte de pele branca, antes que os troncos criem casca novamente. Helen é sábia o bastante para não tocar nesses cortes reluzentes.

Algum desses homens é um homem com quem Moll se casaria? Ela os observa enfiar as lâminas nas cascas das árvores, as costas suadas ao sol. Por alguns momentos ela se permite pensar em mãos ao redor de sua cin-

* A Sociedade Americana de Panfletos (American Tract Society), entidade missionária protestante interdenominacional, foi fundada em 1825 com o objetivo de "fazer Jesus Cristo conhecido em Sua graça redentora e promover os interesses da religiosidade vital e sã moralidade pela circulação de panfletos religiosos, preparados para receber a aprovação de todos os Cristãos Evangélicos". Esse texto é do pastor inglês batista reformado Benjamin Keach (1640-1704), *The progress of sin, or the travels of ungodliness: wherein the pedigree, rise (or original), antiquity, subtleby, evil nature, and prevailing power of sin, is fully discovered, in a apt and pleasant allegory*. (N.T.)

** Mateus 7,17. (N.T.)

tura, e depois pergunta ao capataz se Moses está trabalhando nas terras hoje. Ele balança a cabeça sem sequer olhar para ela. Homens, de qualquer cor, são animais brutos.

Com a bainha já enlameada, ela atravessa o fio de água que separa Long Ridge das terras de Cogdell. A choupana, sua igreja, está vazia. Morto, um ramo do Natal jaz num canto. Ela esmaga as folhas de pinheiro entre os dedos e os cheira. Provavelmente ela não salvou uma única alma. Os homens e as mulheres que se sentam nesses bancos duros estão em busca apenas de abrigo. Ela teve a arrogância de uma criança ao iniciar essa congregação, mas nenhuma missão. Os corpos deles eram uma graça divina para ela. Quem é uma graça divina para eles? Eles não podem manter um fogo aceso dentro dessa choupana, e ainda assim eles vêm, mesmo no inverno. Descanso, libertação. Vêm até ela para ficarem sozinhos, sentados com seus próprios pensamentos, ao passo que ela os procura pela companhia. Deus é meramente a falta de um chicote.

Ela joga fora o ramo morto e caminha de volta para casa.

O casamento é realizado no verão, em meio às raízes soerguidas do carvalho americano, a árvore solitária que se curva sobre o gramado da frente, dobrada e contorcida nas formas que o vento leste moldou. Moll está irrequieta num vestido de linho amarelo com duas anáguas e segura um ramo de virga-áurea que ela colheu no jardim dos fundos; ninguém mais tinha pensado em fazer isso. Um dos membros do conselho paroquial da St. Paul, cujo telhado está perdendo as telhas, joga o peso do corpo de um pé para o outro diante dos dois negros e celebra aos resmungos a cerimônia. Depois Helen o agradece com um pedaço de bolo do casamento, e ele dobra o corpo em sinal de respeito e imediatamente volta para a cidade com a fatia desmoronando na mão. Asa está ausente, acompanhando um carregamento de madeira para um forte recém-construído no cabo Lookout, dezessete quilômetros ao sul. Ele disse a Helen para fazer como bem entendesse, por isso ela pendurou bandeirolas brancas de musselina nas dependências atrás da casa, e aqui uma bandinha senta-se e toca, e alguns de seus pupilos negros da igreja estão reunidos em silêncio. Ela exige alegria, e os recém-casados obedecem com uma dança roceira. Uma velha senhora começa a bater palmas, enquanto dois homens escapolem de fininho, de volta ao seu descanso dominical.

Helen corta os bolos da sra. Randolph e serve os escravos em pratos de porcelana. Vários convidados sentam-se no chão para apoiar os pratos com segurança. Alguns conversam em voz baixa numa língua que não é inglês. Helen entabula conversa com a srta. Kingston, que trouxe o namorado; os três jantarão juntos após os festejos. O rapaz é de Wilmington e recusa seu pedaço de bolo, supondo ser uma comida de negros. Quando ele sai à procura da criada a fim de arranjar um pano para limpar as botas, Helen pergunta à srta. Kingston se ela também deseja se casar.

— Com Frederick? — Ela lambe delicadamente o glacê dos dentes do garfo. — Minha querida.

As mulheres recostam-se na escadaria dos fundos, e a madeira branca, que recebe os restos do sol, as aquece. Helen praticamente parou de frequentar a escola agora que está às voltas com coisas mais importantes; na condição de administradora da maior plantation de terebinto da cidade, ela merece algum reconhecimento, certas confidências.

— Eles são um casal feliz? — Com um gesto a mulher mais velha aponta para Moll e Moses, que estão sentados num banco a poucos metros, quietos.

— Felizes aos olhos de Deus, certamente — diz Helen. — Dever cumprido.

— O senhor Foushee tem um futuro brilhante pela frente — diz a srta. Kingston. Apesar de ter quase trinta anos, ela tem o hábito de ostentar sua posição.

— Você é uma afortunada por ele não estar lutando.

A srta. Kingston não responde, e Helen percebe seu erro. Há uma vergonha tácita que as duas mulheres contornam. Nesses dias, um homem sem uma arma praticamente não é um homem.

Helen segura o braço da srta. Kingston e a conduz até um pequeno gazebo que a mãe havia imaginado e o pai construíra após a sua morte. Sentam-se sobre as tábuas brancas empenadas e alisam as saias e ajustam as fitas nos cabelos. O casquete de renda da srta. Kingston migrou para a lateral da cabeça, e Helen o endireita.

— Eu brincava aqui quando era menina — diz ela, sentindo-se sonolenta e cansada. Foi duro cuidar sozinha de todas as providências para o casamento, e ela não vai ouvir agradecimento nenhum de Moll.

— Quando é que *você* foi menina? — pergunta a srta. Kingston. — Você tem sido a senhora de nós todos desde que começou a ir para a escola.

Ela sorri, aceitando um elogio onde talvez não existisse a intenção de um.

— Creio que a pessoa assume o papel que é necessário assumir.

— Sempre lamentei por você, Helen, pelo fato de não ter mãe, embora eu não seja capaz de encontrar em você nenhum defeito que revele essa falta. Se eu desejasse uma única coisa a você, teria sido um pouco mais de imaginação. — Através da tela das clêmatis escandentes, as mulheres podem ver as ondas do oceano lamber a praia, os lentos sopros do mar chegando até elas como um suave farfalhar. — Alguns negros sabem ler agora. Talvez você devesse deixá-los ensinar os outros. E agora que Moll tem um companheiro, você pode encontrar o seu caminho como uma mulher casada e como cristã. Eles precisam aprender a temê-la.

Pondo-se de pé com impaciência, Helen prende a parte de trás da saia em farpas de madeira e dá um puxão no tecido.

— Sou mais do que grata por sua orientação e instrução, e desejo a você e ao senhor Foushee toda a felicidade, mas já tenho um caminho para mim. Ele tem sido marcado pela necessidade e pela graça de Deus. Mesmo que eu termine a minha vida como uma solteirona, esta plantation será mais rica por isso, e o céu terá o que lhe cabe.

A srta. Kingston retira-se do gazebo e abre sua sombrinha.

— Uma solteirona? Então a sua fazendinha será vendida num leilão, loteada para pequenos proprietários.

A sombra das pesadas vinhas provoca um arrepio em Helen.

Frederick saiu de novo da casa, botas reluzindo, e segue o ritmo do rabequista dando batidinhas com sua bengala, enquanto finge que não está procurando sua acompanhante. A srta. Kingston o encontra, pousa uma das mãos no braço dele e lança-lhe um olhar de gratidão.

* * *

Os sapatos de Helen fazem muito barulho no barraco dos escravos, que não passa de uma caixa feita de tábuas. O berço que ela trouxe faz o recinto parecer ainda menor. Um berço vazio num lar vazio.

— Pegue pelo menos um tapete da nossa casa.

Moll está curvada, puxando uma tábua solta no chão.

— Eu pegarei se precisar — diz ela. Moses está ausente, pouco se importando com o ritual de ocupação da casa.

Helen espera pela fúria de Moll. Ela vai perguntar por que Helen nada fez para impedir o casamento e por que a está deixando sozinha numa casa com um estranho. Helen ficaria aterrorizada de se ver tão abandonada, mas o que ela pode dizer? As vidas ao seu redor são mapeadas por uma mão superior, e ela aprendeu a confiar nisso. Se ela começasse a duvidar agora, se ponderasse a infelicidade em vez do dever, poderia acabar considerando sua própria vida vulnerável. Dói ver as pessoas que ela ama sofrer; ela não tem garantias, afinal, das promessas de Deus. Mas Helen diz a Moll para perseverar, porque ela também está perseverando. Todos estão esperando por aquilo que vai redimi-los, seja lá o que for. E o mundo não é, em geral, uma coisa desenhada de maneira tão linda? Ela não pode contar as gerações retroativamente, através das pessoas que viveram e geraram vida, até chegar ao próprio Adão? Se esse casamento é um mal, ela tem esperança de que seja dos pequenos.

Helen caminha até a varanda, onde é mais fácil respirar. Uma senhora está retornando dos campos, um cântaro vazio na mão. Ela não olha para Helen, mas mantém a cabeça inclinada para trás, esquadrinhando o céu como se procurasse o próprio Gabriel.

Helen tem suportado seu quinhão de pequenos males. Afinal de contas, cresceu sem mãe. Ela mudaria isso se pudesse? Senta-se na ponta da varanda, os pés roçando a relva alta. Pediria a Deus que lhe arranjasse uma mãe? Sua mão penteando os cabelos da menina, desfazendo os nós. O conselho dela em todos os reveses da vida de Helen. Asa não lhe deu pedaços suficientes a que se aferrar, por isso o que ela imagina é ficção. O único objeto que ela tem da mãe é a Bíblia; qual uma criança aprendendo a ler, ela traduziu a palavra de Deus na voz de sua mãe. A fé lhe foi legada. Quando imagina a mulher que a pôs no mundo, ela vê Maria e Marta e Rute e Ester.

Ela sente uma mão sobre a sua cabeça.

Moll lhe dá dois leves tapinhas, e Helen não sabe se é um gesto de repreensão ou um afago de reconforto.

— Me dê uma de suas vassouras boas.

— Isso é tudo que você quer?

— Eu não acharia ruim se tivesse o direito de decidir com quem me deito.

Helen assente. Apoia o queixo nas mãos, meneando a cabeça. As pessoas querem o que não lhes é dado. E isso não é pecado, mas esperança.

E se Deus nos colocou aqui não para aceitar, mas para pelejar? O próprio amor não é feito precisamente dessa impossível esperança?

Quando Moll se senta, Helen estende o braço e a abraça. Moll não reage ao abraço, mas aguarda. Helen enterra os dedos em suas costas.

No domingo seguinte, Helen está de pé diante de três fileiras de rostos negros e lhes conta a parábola da ovelha desgarrada. Lembra que Deus ama cada alma de Seu rebanho, que mesmo que uma mulher possa sentir-se presa a pesados fardos, Deus não a abandonou, mas vai procurá-la e encontrá-la. Helen pede a Moll que leia em voz alta.

Moll vai até a frente e abre sua Bíblia. Os outros escravos que aprenderam a ler a acompanham, seguindo com os dedos as palavras.

— "Que vos parece?" — diz ela. — "Se um homem possui cem ovelhas e uma delas se extravia, não deixa ele as noventa e nove nos montes para ir à procura da extraviada?" — Ela soergue os olhos e Helen assente. — "E achando-a, alegre a põe sobre os ombros."* — Ela fecha o livro, pousa-o sobre o altar, e sai da igreja improvisada.

* * *

* A parábola da ovelha desgarrada aparece em dois evangelhos do Novo Testamento: Mateus 18,12-14 e Lucas 15,4-7. (N.T.)

Aos dezoito anos, Helen já rejeitou dois pretendentes, um dos quais acabara de voltar da guerra, sem pernas. Asa apresentou-lhes os homens. Ambos haviam se sentado na sala de visitas e a sra. Randolph, cujos filhos estavam começando a se casar, trouxe-lhes uma bandeja de guloseimas. De sua escrivaninha do outro lado do vestíbulo, Asa podia ouvir que Helen era polida e atenciosa. Ele a viu queimar as cartas dos admiradores num balde atrás da casa.

Depois que Helen, que era talvez mais rica do que amada, dispensa o mais recente visitante, dá boa-noite ao pai, esgueira-se pela escada dos fundos e atravessa o espaçoso jardim e o riacho. Asa a observa de sua janela. Moll agora dorme na casa do marido, na plantation de Cogdell, espremida entre as moradias dos outros escravos. Tornou-se mais uma criada do que uma companhia. Ele sabe que em algumas noites a filha ainda a procura para conversar. Há ocasiões em que cogita mudar-se com a família para uma cidade propriamente dita, uma em que haja mais do que um punhado de pescadores de conchas e fazendeiros débeis. Entretanto, se assegurar o casamento da filha exige abandonar seu império, então qual é a vantagem de ter um império? Ele está construindo algo para durar. As fazendas de pinheiros ao norte já estão mandando sua resina para a destilaria.

Um regimento local está retornando a Beaufort para o verão a fim de reforçar as defesas ao longo da enseada. O forte ao sul do cabo Lookout foi desmantelado por falta de fundos e munição, e a Linha Continental tem consciência das vulnerabilidades da costa. Com o contingente adicional, Asa tem mais confiança no sucesso da caçada a um marido. O sujeito não precisa ser mais do que simplesmente respeitável. Helen já possui a generosidade dele.

Asa põe de lado seus livros contábeis. Do lado de fora da janela, as estrelas imitam o bruxuleio de sua vela. Agora ele está mais velho do que seu pai um dia chegou a ser.

Uma carta de seu amigo, o coronel Ward da milícia do condado de Carteret, contém um par de nomes úteis, solteiros de bom caráter, ainda que homens da idade deles não devessem ser casamenteiros. Helen foi ficando obstinada nesses anos de ausência intermitente do pai, e talvez não seja adequada para um homem medíocre. Tanto melhor que ela tenha se mantido longe de romances.

Pela manhã, ele visitará a mãe de William Dennis, viúva que não faria objeções a um visitante munido de uma pequena saca de café e notícias da Assembleia. Esses soldados todos têm namoradas, é claro, mas Asa é suficientemente objetivo para enaltecer a beleza da filha. De fato, ele deveria mandar pintar um retrato dela, fixar os cachos castanhos e a boca pequena de flor antes que ela comece a perder o viço. Ele e a viúva falarão do tempo e da guerra, e ele mencionará as práticas devotas de sua filha e a saúde dela; a viúva Dennis comentará com o filho cansado de guerra os benefícios de uma união. É fácil plantar sementes — o difícil é a colheita.

A mente de Asa repousa sobre um plano como um homem numa jangada; isso o mantém a salvo de águas mais profundas. Quando apaga com um sopro a vela, cuja poça de cera derretida formou uma espécie de mapa continental, ele já esqueceu a caminhada noturna da filha e antevê com prazer a sua cama.

No verão de 1780, os esfarrapados regimentos da Carolina do Norte são verdadeiros trapos. Os soldados de Beaufort sentem vergonha de retornar ao seu lar costeiro para essa incumbência, e embora se sintam aliviados. Seus companheiros de armas renderam Charles Town para os britânicos, e eles têm a sensação de que são crianças em um jogo de adultos. Alguns se alojam na estalagem, outros com parentes. Ainda que vagamente constrangedor, é um prazer receber o ornamentado convite para um chá de boas-vindas na casa de uma senhora de boa família.

A sra. Easton, mãe do coronel, recruta as moças de Beaufort aptas para o casamento a fim de fornecer os enfeites e as decorações do evento — alguns guardanapos de linho surrupiados dos baús de dote e quaisquer flores que sobreviveram ao calor pantanoso de julho. Helen traz malva-rosa e coreópsis amarela, sentindo-se nupcial. Tem plena consciência do delicado esquema do pai, mas não alimenta planos de conquista. Suas paixões ainda não estão direcionadas para o amor.

Os soldados chegam num grupo e ficam de pé, empertigados, enquanto o coronel John Easton beija a mãe. Trocam-se mesuras. Moll e outra moça servem bolos e frutas vermelhas desviando os olhos. Helen julga que suas conversas com Moll estão começando a ficar menos receptivas, e quando a escrava passa por ela carregando uma jarra de limonada, Helen a belisca na perna. Moll lhe dá um tapa na mão.

— É hora de uma canção? — pergunta a sra. Easton, abrindo bem as mãos para sugerir tranquilidade e fartura. Ela é pequena e tem a cabeça coberta por cachos grisalhos. — Eliza? Helen?

Helen reluta, e por isso é obrigada a ouvir Eliza, uma ex-colega de escola, martelar na espineta uma dança ligeira enquanto os soldados põem em prática seus olhares atentos. Ela está empoleirada numa espreguiçadeira junto à janela e pode olhar para o dia lá fora enquanto aparenta um ar contemplativo. Durante os aplausos para Eliza, um rapaz atrás de Helen inclina-se e diz: "Adorável". Ela assente sem se voltar para vê-lo. Ela sente as pernas enregelar-se.

À medida que o divertimento avança e os homens começam a conversar, Helen espera sua vez e toca uma peça lenta de Scarlatti, inspecionando os rapazes pelo canto do olho. Os rapazes fazem o mesmo e a espiam de soslaio, e a artificialidade dessa reunião a deixa circunspecta e desconfiada. Ela foi condicionada à solidão. Mesmo que encontre um homem para amar — da maneira como o amor é geralmente descrito —, ela não sabe se seria capaz de gostar. Talvez não tivesse compreendido isso se não tivesse sido posta num banco de espineta num salão repleto de homens e mulheres luxuriosos, cujas mãos se contorcem com a esperança do inesperado, mas aqui está ela, uma menina que pensa em órbitas cada vez menores, impelida à força numa miniatura do mundo. Ela não tem planos; sabe somente que lar, lavoura e Deus não são um plano suficiente.

No fim da tarde, quando a maré está alta e o odor de peixe não impregna tanto a cidade, a sra. Easton leva os convivas para o jardim. Alguns ocupam os bancos esparsos, outros se arriscam no pomar de pessegueiros, e alguns moços ficam plantados junto à porta da frente, esperando que o coronel os convoque. Helen fita o mar, matutando se voltará a ser encontrada.

A sra. Easton está ao seu lado.

— Querida, eu gostaria de lhe apresentar — aqui, dê um passo à frente — William Dennis, o filho da viúva Dennis, embora, é claro, você talvez se lembre. Ele está lutando há quatro anos e é um verdadeiro patriota, com ferimentos para provar. O seu pai; bem, não há razão para timidez. Deixarei os dois a sós, e ele é muito bonito também. — Ela desengancha a mão do braço do rapaz e olha ao redor à procura de outra oportunidade para intervir.

— Bem-vindo de volta ao lar — diz Helen. O rapaz não deve ter mais que dezenove anos, o rosto salpicado de espinhas, os olhos permanentemente arregalados pela guerra.

— Sim, senhorita.

— Por favor. Helen.

— O seu pai está bem?

— Sim — diz ela. — E a sua mãe? — William pigarreia e junta as mãos atrás das costas, como se fosse um truque para parecer mais velho. — Eu ficaria feliz de visitá-la. Durante a nossa estada. — Os olhos dele são pálidos demais para serem azuis.

— Como está a guerra?

— Oh! — Ele ri, surpreso. — Não é para os ouvidos de uma dama.

Helen volta-se de novo para o mar.

— Imagino que no campo de batalha a pessoa encontra bem rápido a religião.

— Não tanto a religião, senhora, mas a fé nos homens.

— Com mil deles querendo matar você?

— Bem, há aqueles que puxam a gente das trincheiras, sem medo de arriscar a própria pele.

— Você não pensa na morte?

Ele leva a mão ao peito para segurar a alça do mosquete, mas é claro que o deixou na casa da mãe.

— Ela está sempre presente, por isso nós não fazemos caso dela. Há apenas um pequeno passo entre esse caminho e o nosso.

— E você não tem medo de dar esse pequeno passo?

— Todos nós o damos, senhora.

* * *

Enquanto o lusco-fusco cobre os pessegueiros, os soldados devolvem suas taças vazias e as mulheres alisam seus corpetes ricamente ornamentados. Na penumbra, palavras de despedida são trocadas. Helen refez seu caminho até a espreguiçadeira na sala de visitas, cuja lamparina ainda tem de ser acesa. Ela está esperando para voltar para casa com Moll, para perguntar-lhe como é ser casada com um homem feito Moses, como é ser casada, em suma. Quais são os mistérios? Entretanto, é claro, não havia escolha. Qualquer medo que Helen sinta, Moll também deve ter sentido. Se ela fosse melhor em admitir defeitos, sentiria certa culpa acerca disso. O que é uma vida sem a capacidade de escolher? Este em detrimento daquele; ele sim, ou ele não. A vida de Moll não é tão distante da morte de Moll.

Um homem senta-se ao lado dela. Parece mais um soldado qualquer. Fala com ela numa voz baixa e calma, como um homem conversando com um cavalo.

— William Dennis diz que vai ser seu marido.

— Absolutamente não — diz ela.

— A noiva de Dennis — diz ele —, que lançou ao mar mil navios.

— Não, e tampouco lancei fogo a torres imensas.* — Ela põe-se de pé. Quer ficar indignada. — Você é um pouco culto demais para um soldado.

— Comecei no barco de Goodrich. Um homem bastante letrado.

— O pirata? — pergunta ela. — E você ousa andar entre homens americanos?

Ele ergue-se do sofá e, virando a cabeça, olha para ela. Helen está embaraçada, entre a curiosidade e a vergonha.

— Qualquer dia desses vou levá-la para velejar. Para onde você quiser.

Ela balança a cabeça.

* Os personagens citam versos em referência a Helena de Troia da peça *A história trágica do doutor Fausto* (c. 1589 ou 1593; publicada em 1604 e 1616), de Christopher Marlowe (1564-93). No ato V, cena I, lê-se: "Was this the face that launch'd a thousand ships/ And burnt the topless towers of Ilium?/ Sweet Helen, make me immortal with a kiss" [Foi este o rosto que lançou ao mar mil navios/ E às imensas torres de Ílion lançou fogo?/ Doce Helena, faz-me imortal com um beijo]. (N.T.)

— Eu fico mareada.

— Você tem medo?

Quanto mais tempo ela fita os olhos dele, mais profundos ficam.

— Não sei nadar — diz ela.

— É o que dizem os covardes e os tímidos. — Ele se vira na direção da porta e pega seu quepe na chapeleira. Helen o segue. Através da porta aberta, podem ouvir as ruidosas despedidas da sra. Easton. Helen estica a mão para fazê-lo parar. É quase noite, e ela ainda pode vê-lo perfeitamente. Ele espera, a mão dela quase no seu braço.

2

Ela está sentada na beirada do sofá para que seus pés possam tocar o chão. Suas saias, com um padrão floral vermelho, infladas como um balão sobre os joelhos, pendem acima dos pontos de cetim de seus sapatos. Apenas recentemente ela começou a tomar consciência dos artifícios femininos. William Dennis está empoleirado numa cadeira de frente para ela e mexe e remexe com tanto nervosismo uma xícara que o seu pires enche-se de chá. Embora as janelas estejam abertas e eles possam ouvir uma brisa levantando as folhas lá fora, a sala parece abafada.

— O regimento parte na próxima semana — diz ele.

A mente de Helen arrasta-se em círculos vagarosos. Ela traz à tona as boas maneiras.

— E você sentirá falta de Beaufort? — Essa é a pergunta errada.

— Certamente sentirei falta das belezas da cidade — diz William. Ele inclina a cabeça à frente, insinuando-se, mas parece um filhote procurando uma teta.

— Entretanto, estamos todos orgulhosos de ter você em outro lugar. O melhor modo de pôr em prática seu heroísmo é numa escala mais ampla. — Ela faz uma pausa para permitir que ele elabore uma resposta. — Estou certa de que a sua mãe sentirá sua falta.

— E você? — As bochechas do rosto dele ficam vermelhas.

— Eu rezo toda noite por todos os nossos soldados. — Ela põe-se de pé e tenta soltar a saia, que se amarfanha sobre o tecido áspero de suas anáguas. O traje das moças é um completo absurdo. Contudo, mesmo nesse colóquio, Helen esforça-se para parecer bonita. Ela tem consciência dos cachos que escapam e emolduram a base da sua nuca, e ao estender a mão para assinalar o desfecho do chá, aguarda com prazer a perplexidade de William quando ele aperta os seus dedos macios.

— Posso visitá-la de novo antes de partir? — ele pergunta, a mão ainda agarrada à dela.

— Jamais recusaríamos a sua presença, capitão Dennis.

O cemitério ao lado da igreja é cercado por um muro baixo de pedra, e à tarde o sol, em círculos, atravessa os carvalhos, movendo-se lentamente. O vento faz com que ele roce de leve o topo das lápides. As sepulturas estão dispostas em grupos esparsos no cemitério, parente com parente. Tordos-dos-remédios saltitam ao redor do dossel de azevinhos e cedros, mas o chão está livre da passarada, e é bem mais fresco do que qualquer outra sombra.

— Você acha que estamos sentindo os fantasmas? — pergunta John. Ele está parado junto a uma fieira de pedras tumulares pequenas, cujo tamanho corresponde à idade dos mortos.

Helen, vários passos à frente, vira-se.

— Só está mais frio por causa de todas essas pedras. Não achei que você fosse supersticioso.

Suas vozes parecem deslocadas aqui. Ele teme que suas palavras nunca se encontrem.

Hoje John visitara o pai dela, apresentou-se brevemente e convidou Helen para uma caminhada. Pai e filha mostraram-se céticos. Mas ela tinha vindo, e os dois pouco conversaram. De Long Ridge, eles desceram a estrada margeada de carvalhos até a cidade, percorrendo toda a extensão da Front Street, onde as vozes dos pescadores preenchiam seu próprio silêncio, e voltaram contornando pela Ann Street. Ele não a teria levado a um cemitério se ela não tivesse pedido.

Se ele tentasse dizer o que nela o atraiu, encontraria apenas um punhado de gestos. A primeira recusa dela de tocar a espineta; sua atenção voltada para além da janela numa sala lotada de amigos e desconhecidos; seu olhar, que era direto e inabalável como o de um falcão. A sensação da mão dela a dois centímetros de seu braço. Ele não se considera um homem solitário, e ainda assim precisa de alguma coisa que só o olhar dela tem. Honestidade, talvez, ou convicção.

John veio para Beaufort na condição de ex-pirata e de soldado, não de filho, não de irmão. Passou a juventude no interior, longe da costa — sem o sopro do mar —, onde a fazenda de seu primo fundia-se aos campos dos outros fazendeiros. Havia pouca coisa que valia a pena possuir. Ele não tinha mãe nem pai para abraçá-lo e dizer-lhe que era querido; ele nada tinha para amar. Teve amigos frívolos, meninas na vizinhança, a mulher que preparava suas refeições, mas nunca ninguém assim. Alguém a quem pertencer.

John espera enquanto Helen examina uma sepultura que parece idêntica às outras. Um túmulo abaulado, baixo, coberto de tijolos. Examinando uma fileira dessas protuberâncias semicilíndricas que se erguem em corcovas desde o chão, ele tem a impressão de uma serpente marinha, ou de uma sequência de ondas.

— Parecem canhões — diz ela, seguindo os olhos dele.

Ele ergue os olhos. Claro que parecem.

— Você tem algum familiar aqui? — ela pergunta.

Um círculo de sol desliza pelo rosto dela, roçando seu ombro. Ele está atraído pela suavidade que há por baixo da casca calejada dela, a tristeza que a levou ao túmulo da mãe; agora ele consegue ler o nome na lápide. Está atraído pela parte dela que jamais vai lhe dizer que esta é a sepultura de sua mãe. O medo dentro de seu destemor

Ele senta-se em uma pedra tumular e ela em outra, e ele faz um resumo de sua infância, da morte dos pais ao colchão apinhado na casa do primo.

— Não consigo imaginar alguém visitando um lugar como este para procurar familiares. Acho que me disseram que, quando eles se vão, eles se vão.

— Não seria um consolo encontrá-los de novo?

— O passado não é particularmente interessante para mim — diz ele. A vida é o que John tem pela frente. Esses monumentos ao seu redor não evocam os corpos ali enterrados. São apenas pedras em cima da terra, bancos nos quais uma pessoa pode se sentar. A bem da verdade, a ausência de pássaros não o alarma; sua frase sobre fantasmas tinha sido uma tentativa de perscrutar o romantismo de Helen. Talvez a negativa dela tivesse intenção semelhante.

Ele olha para ela imaginando agora esse impulso mútuo de ambos, e espera que ela se vire para ele com uma resposta nos olhos.

Em vez disso, ela põe-se de pé, alisa a saia e estende a mão para que ele a aperte.

— Obrigada pela expedição — diz ela, e antes que ele possa responder, está sozinho no cemitério.

Dois dias depois, ele está novamente à porta dela. Helen se recusa a caminhar com ele. Ela nem sempre pode dizer sim, e está cansada devido à falta de sono. Sono que ela perdeu pensando nele. Ela o conduz pelo relvado até a beira d'água, onde um arbusto de azevinho pende sobre um bote encalhado. Os dois sentam-se sobre os bancos do bote, de frente um para o outro.

— Devo remar? — pergunta ele.

Helen não é capaz de definir o que nele a atrai. Ele não é um administrador de plantation, não é pai, nem é da igreja. Não há nele nada de familiar. À noite, quando poderia estar sonhando, ela o esmiúça como a um quebra-cabeça. Talvez ele seja simplesmente algo no que se pensar. Talvez seja um pedregulho no qual ela vai trabalhar penosamente até que se transforme numa pérola, adorada.

— Para onde você gostaria de ir?

— Se este bote estivesse na água? — A imaginação de Helen é fraca, porque ela jamais quis alguma coisa desesperadamente.

— Vou levá-la para Barbados. Você devia ter trazido um chapéu para se proteger do sol.

— O que você vai fazer quando a guerra acabar?

Ele recolhe os remos secos. Seu rosto é franco e límpido, como se não tivesse apego nenhum e, portanto, nenhuma culpa. Essa franqueza é hipnótica. Ela tem vontade de lhe acariciar a testa com os dedos.

— Vou arranjar emprego em algum lugar, ou um pedaço de terra — diz ele.

— Você pode transportar jovens senhoras de um lugar para o outro.

Ele balança a cabeça.

— Perigoso demais. Meu coração já é suscetível o bastante em terra seca. — Ele arregaça as mangas da camisa e inclina-se à frente, cotovelos nos joelhos. — E quanto a você? O que vai fazer quando depuser suas armas?

— Eu gostaria de ver um pouco do mundo. Fazer as coisas que ainda não fiz. E depois me tornar uma clériga.

Ela nunca sentiu tanto prazer em fazer um homem rir, e não é uma sensação de conquista, como ela poderia ter pensado, mas de entrega. Quando ele ri, ela deseja imergir-se nele. Ela sabe que o prazer dele não está no absurdo do sonho dela, mas na sua pertinência.

Não há fantasmas nenhum para assombrá-los nesse bote sob o azevinho. Quando John estende a mão, fica surpreso por ela aceitá-la. Quando se tocam, o sorriso dela é inesperado.

O bilhete que Asa recebe da viúva Dennis não é acusatório, apenas preocupante. O menino dela mostra sinais de melancolia. Ela contou a William como as mulheres conduzem os homens, amarrados a um barbante, através das florestas do amor, mas o filho não consegue sentir esperança alguma nos flertes com Helen. Asa dobra a carta em quatro. Então talvez o menino não esteja apaixonado, afinal. Ele joga o pacotinho dobrado em cima da escrivaninha, onde o papel se abre de novo. O amor gera a desilusão.

Asa sabe que a filha começou a fazer de seu coração um segredo. Ele subornou Moll em busca de indícios, mas há coisas que um pai jamais saberá. O pai de sua própria esposa também havia sido tolhido assim? Ele poderia confrontá-la, privá-la de sua herança a qualquer rumor de um casamento inadequado, mas assim ele só prejudicaria a si mesmo. Não há outros herdeiros, somente primos distantes que não se mudariam para uma cidadezinha decadente nesse pedacinho que é a Carolina do Norte. Anos de guerra, anos de navios construídos e navios naufragados, haviam transformado essa fazenda num negócio; ele poderia vender tudo se lhe oferecessem algum cargo no governo, dar a Helen o dinheiro, abandonar suas árvores para supervisionar cidadãos. Mas então por que havia constituído uma família? O que restará dele nesta terra quando sua carne reduzir-se a pó? Se é que existe um paraíso, o que ele verá quando olhar lá de cima?

Se existe um paraíso, Asa definitivamente não se preparou para ele.

Quer seja o destino, quer seja Asa no governo, sua filha não se casará com um corsário órfão de pai e mãe. Ele conquistou a dignidade a partir do nada, seus próprios avós não passavam de trabalhadores braçais, imigrantes num descampado. Ele reivindicou o que agora lhe cabe de direito, e não vai voltar atrás. A família de William Dennis trouxe africanos para essa costa e converteu canteiros de repolho em hectares de arroz. Os parentes de William Dennis deixaram um facho de luz visível na escuridão do passado.

Ele afasta o bilhete dobrado em cima da escrivaninha e pega uma folha de papel em branco. Com pena instável, começa: "Minha excelentíssima senhora".

Nas últimas réstias de luz do dia, ela se esgueira até a margem do charco, assustando e fazendo esvoaçar uma nuvem de maçaricos. John a aguarda, uma silhueta em contraste com o violeta-pálido, espetando um graveto na lama. Ela para antes que o solo fique úmido e espera que ele se vire. Jogam o jogo em que ele avança lentamente na direção dela, engolindo o espaço entre os dois e medindo a quietude e a imobilidade dela, até que Helen ri, gira sobre os calcanhares e se afasta, exigindo distância. Ele aproximou-se trinta centímetros dela.

— Vou falar mais sobre os meus dias de pirataria, assim você não vai sentir a minha falta.

— Não — diz Helen. — Vou denunciar você.

— Nós raptávamos as esposas dos capitães e usávamos os seus adornos como isca de peixe. Mais de uma vez cortei o dedo enfiando fitas e rendas nos anzóis.

Ela ergue uma das mãos, e ele levanta a dele para que possam sentir o calor entre elas.

— As suas histórias são ainda mais perversas por serem falsas — ela diz.

Ele atira na lama o graveto, que flutua.

— Você tem a intenção de encorajar William Dennis?

— Ele é amigo do meu pai.

— Ele sabe que vejo você de vez em quando.

— Você lhe mencionou isso? — Ela gostaria de ter trazido sua cadeirinha dobrável. Seu corpo está cansado. Helen começa a volta para casa.

— Ele me pediu para falar bem dele. Para enumerar os méritos dele para você.

— Continue — grita ela.

— Eu não vou cortejar você para o meu irmão.

Helen se detém. Ao longe consegue distinguir a face das damas-da-noite que ela plantou para que se espalhassem pelos degraus da porta de entrada de Long Ridge. Ela vira-se, John não se moveu. Durante duas semanas eles trocaram histórias da terra e do mar, mas não construíram castelo nenhum. Não houve promessas. Se lhe perguntassem o que ela quer, Helen não saberia responder com coerência. Ela quer fazer a coisa certa, acima de tudo, e o homem em seu uniforme de verão, calor irradiando da ponta dos dedos, não combina com o que lhe disseram acerca do que é a pureza do amor.

E ainda assim não resta dúvida de que eles estão se cortejando, mesmo na ausência de palavras. Se Helen está desejosa dele, porque ele é homem e ela uma solitária, ou se sua avidez é *por ele*. O fato é que ela está presa agora. Ele aproximou-se dela como um amigo, o que a fez lembrar-se de como tinha poucos amigos. Helen começou a compreender que sua vida é pequena, e ela não consegue aceitar a pequenez.

Ela segue em frente, na direção da casa, sem responder.

* * *

Helen acorda com a sensação de um buraco profundo no abdome: vertigem. Os soldados estão agrupados para a revista das tropas no campo ao norte da cidade, mas no seu trajeto cotidiano ainda não existe o que a fará passar por eles. Em vez disso, ela enfia seu bordado numa sacola e visita a mercearia, que fica a duas quadras da igreja. Encosta-se no balcão de madeira enquanto o menino de avental tenta encontrar uma meada da mesma cor do fio dela. Ele lhe mostra uma amarela que se parece com as ervas daninhas de verão, e ela diz:

— Mais clara.

Quando Moll entra, de cabeça baixa, Helen vira-se para o outro lado. Não há necessidade alguma de constrangimento; as mulheres não se veem desde o chá da sra. Easton, mas não houve discussão, somente o amadurecimento que acontece mais rápido nessa idade do que em qualquer outra. Helen na terceira semana de julho é uma desconhecida para a Helen de junho. Moll passa por ela e lhe apunhala com um dedo, e Helen sobressalta-se, surpresa.

O menino embrulhou sua meada num papel e tentou vender-lhe uma vassoura, e agora Helen demora-se lá fora com seu pacote, esperando Moll.

— Você não tem dinheiro nenhum para comprar coisas — diz ela, quando Moll sai de mãos vazias.

— Em breve terei. Perguntei se ele queria ovos para vender, e ele não viu razão para recusar.

— E onde você arranjou galinhas?

Moll tira a meada da mão de Helen e desembrulha o pacote para ver que cor ela escolheu.

— Moses é o que a gente chama de "achador de coisas". — Helen começa a caminhar de volta para casa, e Moll dá um pulinho para alcançá-la e devolve a meada. — Bordando?

— Um anteparo para lareira, assim espero — diz Helen. Ela se concentra nos passos, observando os pés, calcanhar e sola, tomando cuidado para não chutar poeira no vestido. — Pelo que imagino, os seus ovos não vão lhe render mais do que alguns xelins. Em breve você vai querer comprar a sua liberdade. — Faz calor, e ela preferia estar pensando em outras coisas.

— Você é muito boa em rir de mim — Moll para na frente da igreja e Helen vira-se, impaciente. — Mas é você quem não faz absolutamente nada.

Helen abre a boca para listar a dúzia de coisas que fez somente naquele dia, a menos importante foi encontrar uma meada amarela adequada para bordar as mariquitas amarelas de sua cena pastoral, mas agora Moll está com a mão em seu braço.

— Você anda só brincando com corações. — Mais uma vez ela faz cócegas no braço de Helen, que a empurra para longe.

— Quando eu quiser falar sobre amor com você, Moll, certamente a informarei, mas não estou inclinada a fazer isso quando você age feito uma criança. — Ela retoma o caminho de casa. O papel em volta da meada, que ela segura com força, o punho cerrado, está úmido agora, e Helen ignora os próprios passos por tempo suficiente para que a poeira vermelha suje a bainha de seu vestido. Ela ouve Moll atrás dela, e está aborrecida por seu acesso de fúria. Amanhã ela terá de se sentar naquela igreja e ouvir um leigo descrever a misericórdia de Deus, ou Sua ira, e será preciso recorrer a todas as suas forças para evocar o fervor que ela tinha por Jesus. Já está bastante preocupada com seu coração sem que Moll o examine.

Dois homens passam do outro lado da rua; olham para ela e a cumprimentam com um aceno de cabeça. Ela vê o que eles veem: uma mulher branca correndo de uma escrava. Uma gastando dinheiro em ponto de seda, a outra enfiando no bolso dinheiro da venda de ovos; ela diminui o passo para sinalizar a Moll seu perdão. A outra mulher também desacelera, mantendo a distância. Quando chegam à viela arborizada que leva a Long Ridge, suas vozes fora do alcance dos ouvidos de qualquer homem, Helen se detém. Não encara Moll, mas sabe que ela está escutando, a sombra atrás dela.

— Eu não quero me casar.

— Eu também não queria.

— Isso é totalmente diferente.

Moll ri.

— Com certeza, no fim, acabou sendo.

Quando Helen olha para Moll, o sol está incidindo no rosto dela por entre os carvalhos, formando triângulos dourados em sua pele escura.

— Você quer que eu peça desculpas?

— Às vezes eu queria que você conversasse comigo — diz Moll. — E outras vezes eu queria que você me deixasse em paz. Pouco importa o que eu quero.

— Você não trocou uma palavra comigo no chá dos soldados.

— Recolhi a sua taça depois que você terminou de beber. — Moll esmaga com uma pancada uma mosca que começara a rondar sua cabeça. — Quer entrar? A senhora Randolph está espremendo limões.

— Sim, terei prazer em ser servida por uma mulher branca. — Moll tenta sorrir. — Você quer que eu carregue a sua meada? Quer que eu levante seu vestido para não sujar na rua?

— Não seja rude. Eu sinto sua falta, e estou cansada demais para brincar de gato e rato. Venha me dizer se essa cor vai ficar boa. — As duas mulheres caminham lado a lado na direção da casa branca no fim da viela. — Fiz o prado com os coelhos, mas não consigo acertar o céu. Achei que estava vazio demais, e agora meu medo é que fique transbordando de passarinhos.

Por seus pais terem morrido quando ele era jovem, e ele próprio ter sido criado por primos pobres num vilarejo fora da órbita de Beaufort, John vê o amor, ou antes o desejo, como uma dádiva que o mundo oferece, a ser reivindicada como qualquer outra. Suas noites, a princípio, não são insones. Sua respiração não sofre desarranjos. Ele se lembra claramente do rosto de Helen, inclusive dos seus olhos amendoados, e não passa suas horas no intervalo das inspeções das tropas tentando recordar as feições dela. Enquanto William Dennis ainda sofre, John é obrigado a permanecer em silêncio, e a falta de um confidente não o incomoda. Ele é um homem que recebe as coisas à medida que lhe são dadas.

Ele sente desconforto somente quando William Dennis senta-se ao lado dele no seu catre na casa da viúva Dennis, pois estão dividindo o velho quarto de William, e lhe pergunta como conquistar o amor de uma mulher. Em sua vida John teve poucas oportunidades de se decepcionar. Ele lhe fala de coragem e paciência e evita o tema da resignação, que está no fim de toda estrada, e sem a qual o mundo já teria morrido de pesar há muito tempo.

— Você não tem nenhuma amada? — pergunta William.

— Havia uma mulher antes de eu me alistar.

— Ela deixou você beijá-la?

John tivera vontade de beijá-la? Quando pensa no rosto dela, vê o de Helen.

— Ela levava pãezinhos para a casa do meu primo, todos com um J escrito com groselha.

— Ela deve ter ficado triste de ver você partir. Ela é do tipo que te mandaria cartas.

Não há cartas. Pensando bem, ele nunca a havia encorajado, mas a teria beijado. Ele não lhe dera nada em troca, e pela primeira vez ele pensa na menina em casa, de coração partido. Ela não está mandando cartas porque quer que ele sinta a sua falta, para puni-lo. E ele ainda não sentiu absolutamente nada, nem sequer percebeu até que Dennis, com seu coração de leão, falou em defesa dela. Alguém seria capaz de deixar Helen tão abandonada?

— Não sei o que as mulheres fariam sem as cartas delas — diz John.

Nenhum dos dois homens é desprovido de encantos. William é mais magro, seus olhos são mais claros e mais vulneráveis.

— Creio que o pai dela apoia a minha causa — diz ele.

— Qualquer pai apoiaria.

— Então você acha que devo pedi-la em casamento.

O sol que entra pela janela sul pousa na nuca de John. Ele tivera a intenção de dormir essa tarde. Suas noites tornaram-se de Helen. A essa altura, William teria feito dela uma deusa da lua, teria traduzido em afinidade angelical a palidez dela. John jamais lamentou sua falta de sentimentalismo, mas talvez as mulheres desejem um pouco de servidão. Ele tem dúvidas onde antes não havia nenhuma.

— Como fica o rosto dela quando conversa com você?

— Ela é toda gentileza — diz William.

— Olhos enternecidos?

— Creio que ela é dama demais para se denunciar.

Os braços de Helen a noite passada. John não quer pensar nela; quer dormir. Deita-se de costas no catre, dobrando suas pernas atrás de William, que ainda encara as próprias mãos.

— Você conseguiria viver sem ela? — pergunta John, de olhos fechados.

— Alguém conseguiria?

Ele ainda é sensato o bastante para não sonhar com ela, ou para não se lembrar de seus sonhos. Quando acorda, William se foi. Uma de suas pernas está dormente. Soldados são inúteis em Beaufort. Para onde ele irá quando a guerra acabar? Pegar sua comissão, comprar uma herdade, aprender a cultivar a terra. John não pode voltar para o mar com uma esposa. Os braços dela são como o mar. Ele esfrega os olhos para lhes tirar o sono. De maneira nenhuma os braços dela são como o mar.

— Você se comporta de um jeito que nem parece você — diz Helen. Estão sentadas na sala de visitas, rodeadas por cadeiras baixas estofadas e por damas pintadas no papel de parede que acenam para os homens desenhados. Helen pendurou um crucifixo na parede acima de uma das escrivaninhas de Asa, como reprimenda. Os olhos lúgubres da figura observam seus esforços; suas chagas lembram Helen de que ele é um aliado. Ela está contente que Moll a tenha seguido da mercearia até sua casa porque agora podem se perdoar.

Moll pousa sua limonada no joelho, esfregando com um dedo o vidro decorado. O fundo do copo recém-lavado está úmido, e deixa um anel escuro em sua saia.

— Acho que você me conhece melhor do que ninguém, não é? Você, que não daria a mínima se eu me casasse com um monstro ou fosse vendida para a Geórgia.

— É esta casa? Você não se sente confortável aqui.

— Oh, requintada demais para gente da minha laia?

— Muito bem — diz Helen, pondo-se de pé. — Vejo que não estamos fazendo progresso algum. — Ela estende o braço para pegar o copo de Moll. — Me dê aqui.

— Ainda não terminei.

— Você está ocupada demais zombando de mim. — Ela pega o copo da mão de Moll. — Vou dizer a senhora Randolph que você a achou doce demais. De pé, de pé. Vamos lá fora. — Helen recolhe toda a louça da sala. Está cansada de ver suas intenções serem julgadas e mal julgadas.

À beira-mar a grama está seca. Há dias que não cai um temporal vespertino, e uma parte do mato está chamuscada pelo sol. Helen deita-se de costas e enterra os dedos na terra seca. Moll fica de pé ao lado dela, arrastando no chão a ponta da sapatilha. Está com as mãos na cintura e estreita os olhos para filtrar esta cena: o sol refletido na água, uma mulher branca em seu vestido branco chamejando no chão, um lagarto dançando nos caniços do pântano e parando para inflar seu pescoço vermelho. Não há nuvens que possam servir de abrigo. Uma escuna está de velas afrouxadas além da embocadura da enseada. Sem vento, a terra zumbe e espera.

Moll senta-se ao lado de Helen, pegando entre os dedos um punhado do vestido da outra mulher e apalpando suas pregas, admirando o linho. Os olhos de Helen estão fechados, e ela sorri com esse toque.

— Por que você tem de me culpar por tudo e ficar chateada comigo? — diz ela.

Moll deixa o tecido cair e se deita na relva ao lado dela.

— Você acha que está apaixonada?

Helen apoia-se sobre os cotovelos. Uma libélula está adejando sobre o ombro de Moll, mergulhando como que para beber.

— Parece um luxo, não acha?

— Não acho que exista alguma coisa que seja um luxo para você. Você entorta uma colher de ouro e o seu papai te dá outra.

— Colheres de ouro — Helen ri e se deita de novo. Ela nunca se incomodou com o calor da Carolina do Norte, pois vinha sempre matizado com uma centelha de sal. Abrindo a boca, ela pode sentir o gosto do clima. Se fosse convocada para uma viagem, por um marido talvez, Helen embarcaria de bom grado. Ela é jovem o bastante para adorar seu lar e para se deixar levar avidamente por tudo que não seja a sua casa. Mas, em seus anos de meninice, ela definiu sua obrigação em termos estritos: deve serviços ao pai e aos escravos, ao negócio de terebintina e às árvores cara de gato atrás de Long Ridge. Ela é uma serva de Deus, cujo escopo é pequeno.

— Qual é o soldado? — diz Moll.

— Você diria que ama Moses?

— Agora você julga que casamento tem a ver com amor?

— O meu pai arranjou aquele casamento. Não tive nada a ver com isso.

Uma pluma, algum penacho caído de uma garça, tropeça na margem e pousa junto à mão de Helen, causando-lhe um sobressalto. Seu peito se aquece de infelicidade.

— Não havia mulheres nos seus navios, suponho — diz William, roendo a carne do osso do frango.

A viúva Dennis traz um prato de arroz e cebolas.

— Sim, conte-nos histórias de piratas, John. Melhore a reputação deles.

— De pirataria não tinha quase nada — diz John. Dois outros homens do regimento juntaram-se à mesa da viúva Dennis para evitar os caldeirões de ensopado de coelho do Exército. Recompensam a generosidade da viúva comendo em silêncio. John coloca em seu prato uma colherada de arroz. — Eu dobrava e amarrava velas, enrolava cordames, esfregava os conveses. E às vezes me fazia de cozinheiro.

— Nunca matou um homem? — pergunta William.

— Não sei dizer — John sorri. — Em meio à fumaça nunca vi onde aterrissavam as balas de canhão.

— Você viajou para longe, John? — A viúva ainda não comeu coisa alguma. Depois que os homens se forem para a marcha da noite, ela recolherá as sobras e fará um prato para si. Não ficou rica desperdiçando comida.

— Para qualquer ilha que a senhora puder imaginar. Vi mais monstros do que mulheres.

— Você teria galanteado todas elas — diz a viúva. Ela olha para os homens à sua mesa. — Cuidado com seus belos rostos, meus meninos. Não deixem os britânicos chegarem perto deles. Vai nos sobrar pouca coisa depois dessa guerra. — A viúva Dennis já enterrou seu prato de prata sob a árvore de azevinho. Ela dá uma piscadela para o filho.

John não a toca. No máximo, ficam lado a lado e, juntos, olham para o oceano, avaliando-o. Encontram pontos no horizonte e se imaginam viajando até lá: as Índias Ocidentais, Charles Town, os baixios arenosos entre Beaufort e o Atlântico. John conta a ela que havia um forte na ilha Bogue, a oeste da baía, por onde passam os navios, construído para proteger a cidade dos índios e de todo mundo que tinha uma causa, mas o Exército jamais terminou de erguer o paredão sul. O forte era feito de feixes de gravetos amontoados e amarrados como lenha, e é verdade que isso poderia dar conta de parar uma bala de mosquete, mas um canhão teria facilmente mandado a bateria pelos ares como se fosse um punhado de aparas. Ela diz: "Você pensa o mundo em termos do que vai resistir"; ele ainda não sabe como ela pensa o mundo. Eles se imaginam construindo um lar nos destroços do forte.

Eles sentaram-se um ao lado do outro e a barra da saia dela caiu sobre o joelho cruzado dele. Ele se lembra desses momentos, mas não reside neles. Não tem necessidade de viver pensando e repensando nisso. Mas tampouco pensou em se casar com ela; supôs que eles sempre se encontrariam à noite em lugares não planejados. A vida em família não é algo para o qual ele foi talhado. E se William Dennis pedi-la em casamento? Ela dirá "sim"; é o que as mulheres estão acostumadas a fazer. E então, quando ele estiver pronto e menos deslumbrado, não poderá estender a mão para tocar o braço dela. Ela estará casada e usando esse braço para segurar o filho.

No fim do verão, o regimento dobra seus uniformes e enche seus embornais de comida para pegar a estrada. William Dennis curvou a cabeça no jardim de Long Ridge e pediu o coração inteiro de Helen. Encontrou consolo na mãe, que, com seu último punhado de açúcar, lhe fez um pudim. Ele dividiu a guloseima com outros dois homens, e juntos amaldiçoaram as mulheres e passaram a noite bebendo depois que o pudim acabou. De manhã, William havia terminado de pentear os cabelos quando se lembrou. Então ficou deitado, com o coração sangrando, até o jantar.

Em seu último dia em Beaufort, os soldados dizem suas palavras de despedida. A casa da sra. Easton fica apinhada de homens gratos, e algumas damas recebem os homens, que se declararam tomados de amor. Colocam biscoitos champagne em pratinhos de porcelana e esperam que as mães as deixem a sós com seus amados para um derradeiro beijo e promessas de cartas. Ao anoitecer, John visita Helen.

— Não espero que você me escreva — diz ela. Os dois ficam de pé no corredor ao lado da porta. Desde que ela estendeu pela primeira vez o braço para tocá-lo na casa da sra. Easton, corredores e passagens parecem lugares românticos. Ela não o convida para entrar na sala tampouco lhe oferece o que comer. Seus corpos cabem timidamente num canto do corredor, pouco além do raio oblíquo de luz que entra pela janela. Ele segura dois dedos dela, depois três. Ela se remexe, inquieta, atenta para ouvir os passos de Asa na escada.

— Não quero que você fique esperando — diz ele.

Ela recolhe a mão. É difícil falar de sentimentos com um homem que em breve será alvo de mosquetes britânicos. Mas ela ainda é jovem, e o perigo, como todas as coisas, é transitório. Ela fala, com a cabeça baixa:

— Eu quero que você espere — diz ela. John não responde, então ela levanta a cabeça e repete: — Não encontre mais ninguém.

Ele faz menção de tocar a cintura dela, e ela se afasta.

— Não sei se vou ver você de novo — diz ela —, e não quero que nenhuma lembrança perdure. Não quero passar as noites em branco pensando num beijo.

— É como amar um fantasma. — Com a ponta de seu sapato ele toca delicadamente o dela.

É a primeira vez que ele menciona o amor, e ela lamenta. Ela sempre protegeu sua vida contra a dor, e isso é um verme novo no coração.

— Não prometa que vai voltar.

— Eu vou voltar — diz ele.

A escuridão o envolve. Tudo que ela consegue ver, parada de pé na porta aberta, é o raio de luar sobre o mar revolto.

Dois dias depois de saírem de Beaufort, os homens fazem uma pausa numa campina para jantar. É meado de agosto, e eles amontoam-se feito vacas em torno dos troncos de nogueiras-pecãs. O intendente de bordo distribui peixe seco e maçãs confiscadas de uma fazenda. O cantil de William Dennis está vazio; ele pede a John um gole do seu.

— A sua mãe vai ficar feliz de ver você morando em Beaufort de novo — diz John. — Depois que isso acabar. — Ele come sua ração com as mãos, pois já que não resta suco no peixe, não precisa ser limpo.

— Você acha que a gente vai voltar para casa?

John para de comer. William está sentado com os joelhos erguidos, as costas apoiadas na árvore. Ele arrasta um dos pés para a frente e para trás, devagar, desenhando um leque na terra seca, e não olha para John. Os casacos dos homens estão ao lado deles, com a cor da poeira do verão. Um azulão emaranha-se nos galhos acima deles, dardeja para capturar um inseto ao ar livre e pousa de novo na nogueira-pecã.

— Você falou com ela antes de partir? — pergunta William.

— Falei.

— É você quem ela quer?

John engole o último naco de seu peixe.

— Não é a nossa vontade que nos conduz ao campo de batalha e nos deixa lá ou nos leva embora. — John põe-se de pé e limpa as mãos nas calças. — Isso é o que nos disseram. É por isso que não nos escondemos todos debaixo da cama. Se Deus não existisse, você teria deixado a casa de sua mãe?

— Se Deus não existisse, eu nem mãe teria.

Os homens começam a se separar para as viagens da tarde. Do outro lado da árvore, John pode ouvir os suaves sons metálicos de um homem limpando sua arma.

* * *

Os sapatos dela estão na varanda junto à porta da frente, os saltos cheios de torrões de lama. Asa senta-se ao lado deles numa cadeira de espaldar reto, alternando o olhar do relvado para os sapatos. Uma vez o coronel Easton questionou a extensão da clareira, e seu vazio britânico. "Que eu saiba, grama não é lavoura", disse ele, e Asa disse: "Mas é bonito". Sugere lazer.

Os sapatos estavam vazios a tarde inteira. A filha de Asa está encerrada na sala de visitas com um cavalheiro que ele acredita ser alguma espécie de viajante, mas Helen o fizera prometer que não perguntaria. "Um comerciante que está aqui a negócios", disse ela. É o segundo dia do homem na casa, então o que mais ele pode ser senão um pintor? Há senhoras em New Bern encomendando miniaturas de si mesmas, e era somente uma questão de tempo até a arte chegar a Beaufort. Asa imagina a pose da filha.

Ele empurra com os tornozelos a parte de trás dos próprios sapatos até que eles saem deslizando de seus pés, um deles cai emborcado, com a fivela tocando o chão. O leve tinido assusta e faz um falcão esvoaçar em disparada do carvalho; a ave rasga a brisa e depois adeja de volta, observando o movimento da terra. Asa estica os pés vestidos em meias, flexionando os artelhos. Uma gargalhada transborda por uma das janelas. Se ela estava sendo pintada, não deveria ficar imóvel e quieta? Ele vai deixar a miniatura em cima de sua escrivaninha, escorada atrás de seus livros contábeis. Quando ela lhe der a pequena pintura, ele dirá: "Mas quando você mandou fazer isto? Guardando segredo!". Asa fecha os olhos para melhor compor a cena. Está pronto para deixar que ela carregue o peso de seus esforços, mas ter um neto antes de liquidar as contas o deixaria mais calmo. Ele não sabe o que aconteceu com o filho da viúva Dennis. Hoje em dia espera-se que as moças encontrem um pouco de amor no casamento; não há nada de mal nisso, desde que a moça não seja desarrazoada. Asa amava a esposa. Isto é, o que ele mais desejava era estar perto dela; olhava para ela com prazer; e quando ela morreu, sentiu sua falta — sentiu a ausência como um vazio nos ossos da perna que tornava difícil seu caminhar.

Os pais dela os havia apresentado, assim como ele tinha empurrado William Dennis para o caminho de Helen. Os dois tinham se sentado polidamente na sala de visitas da casa de alguém, e ele sentira um fascínio ao observar a liberdade através da janela entreaberta. A mãe dele fez perguntas à moça, e ela falava tão baixo que, vez por outra, a senhora indagava: "O que disse?". Ele olhava de relance para a sala, e ela voltava os olhos em sua direção como um coelho na floresta, e ele tossia até os olhos marejarem. Isso era fazer a corte.

Ele não tinha nenhuma imagem dela, nenhuma pintura sobre marfim em miniatura, tampouco um desenho esboçado às pressas num piquenique de verão. Mas havia uma impressão que era mais duradoura que tinta. Ele não precisava ver a face de Deus para crer n'Ele. Há nas vísceras do corpo uma marca a fogo que jamais desaparece; é uma impressão digital do ser amado, e sua informidade não diminui sua permanência. Como sua esposa, Deus deixou-o de mãos vazias, desamparado.

É janeiro, e a fazenda está tão quieta que se reduziu a um sussurro. Asa arrendou seus escravos para os homens que estão preparando os campos para o arroz. Os pinheiros estão reconstruindo sua seiva para o corte da primavera. Algumas manhãs são mornas, mas, nesta, Helen acorda e vê na janela uma teia de gelo escarcha, através da qual o mar parece enevoado e irregular. No andar de baixo, ela ajuda a sra. Randoph a esticar a massa para fazer biscoitos; sovam-na sem se falar, suas mãos empoadas de branco. Um dos arrendatários cruza os campos, e o som de seus pés na grama endurecida chega às mulheres com sua massa.

Já é 1782, um ano e meio desde que Helen viu John pela última vez, e ela recebeu somente uma carta, breve, impregnada do cheiro de combate.

> Estou numa barraca com três outros homens, em algum lugar do interior. Comemos carne no domingo. O coronel Ward juntou-se a nós e parece um homem justo. Daniel Foot está aqui, você deve se lembrar dos primos dele de Beaufort. Ele escreve para uma amada, mas não me diz quem é. Talvez seja você. Não matei homem nenhum ainda, espero que você fique feliz em saber.

Ela esforçara-se para ler a carta somente duas vezes antes de dobrá-la e guardá-la, mas o texto não era difícil de lembrar. Sua análise revelou pouca coisa. Talvez ele sinta ciúme, talvez deseje merecer a boa opinião dela. Nada além disso poderia ser provado. Ela imagina-se escapando sorrateiramente de casa numa manhã qualquer e rumando a pé até onde ele está, seja onde for, atravessando os quilômetros desconhecidos. O rosto dele quando a avista em meio ao arvoredo. As mãos dela tateando o pescoço dele, encontrando as orelhas. Assim é que ela começa a imaginar. Mas, aos vinte anos, ela ainda está enterrando as mãos na massa de biscoito, o alimento que será comido apenas por seu pai.

A sra. Randolph começa a assobiar. Helen afasta uma mecha de cabelo, limpando uma risca de farinha da testa, e se apoia na mesa de madeira.

— Não precisa fazer mais, senhorita.

— Já estamos quase acabando. Me passe o cântaro. — Helen corta círculos na massa. — Sente falta do seu marido, senhora Randolph? — Ele morrera enquanto procurava terras livres na fronteira, transpassado por uma flecha cheroqui. Seu parceiro o havia enterrado no Oeste e enviara para a sra. Randolph o mosquete e os óculos do marido. A arma, ela mantém pendurada atrás da porta do armário, e todos os pequenos Randolph sabem onde encontrá-la.

— Sinto falta principalmente do dinheiro que ele trazia, pra ser sincera. Ele era um bom pai pros pequenos e tratava a gente bem, mas há algo bom em cuidar da própria vida. Tomar decisões sem ninguém pra dizer: "Não, melhor não fazer isso". Ele nunca achou que eu fosse capaz de fazer grandes coisas por conta própria.

— Temos sorte de ter a senhora — diz Helen.

— É impossível dizer tudo que eu posso fazer sem ele, senhorita. — Ela dispõe os biscoitos numa bandeja e os leva ao fogo, onde, contra a luz, eles já ganham uma cor dourada.

Helen carrega um cesto de biscoitos recém-assados para a choupana onde ela conduz as orações. Duas velhinhas estão sentadas no banco da frente, e Moll senta-se atrás delas. Somente quando pousa o cesto sobre o altar e abre sua Bíblia de bordas douradas é que Helen vê o pai acomodado num canto, no fundo, numa cadeira de assento de junco, separado dos bancos dos fiéis. Os braços dele estão cruzados.

Ela inicia o pai-nosso antes de fazer perguntas aos escravos sobre o catecismo.

— Qual é o seu nome?

Cada um diz em voz alta o próprio nome. Asa se mantém em silêncio.

— Qual é a sua tarefa para com Deus?

Eles falam todos ao mesmo tempo, criando uma confusão.

— Acreditar n'Ele, temê-Lo e amá-Lo com todo o meu coração, com toda a minha mente, com toda a minha alma, e com toda a minha força.

Após o culto, Helen volta a pé com Moll para Long Ridge. Ao longo do caminho ela procura Asa, mas ele se fora enquanto ela conversava com tia Caty sobre o neto. Moll se detém quando chegam ao regato que divide as terras, e por um momento Helen sente que estão lhe pedindo para cruzar sozinha o Estige, que todo amigo que ela fizer na vida vai abandoná-la antes da derradeira travessia. Ela ainda não tem a resignação da sra. Randolph. Helen segura a mão de Moll.

— Venha para casa — diz ela. — Só por algum tempo. — Leva Moll pela mão até o outro lado do riacho, e a grama do final da manhã mais uma vez fica macia sob seus pés. Os dedos de Helen apertam com força os de Moll.

Quando entram na sala de estar, Helen com um ramo de azevinho nos cabelos, Moll carregando numa das mãos seus sapatos enlameados, Asa está sentado numa cadeira junto à janela. Tem o casaco estendido sobre o colo, e para se aquecer ele enterrou as mãos nas dobras.

— Ninguém acendeu o fogo hoje de manhã? — Helen desprende-se de Moll e vai chamar a sra. Randolph.

Asa se afasta da janela a fim de olhar para Moll.

— Gostou da igreja esta manhã?

— A sua filha é uma excelente oradora, senhor.

— E você acredita nas respostas que você deu no catecismo?

Moll olha para o sofá e Asa meneia a cabeça. Ela senta-se.

— O Senhor faz o melhor que pode por nós, senhor.

— Inclusive por você? — Quanto mais velho Asa fica, mais tempo ele gostaria de dormir. Mesmo agora, sente inveja de Moll por ela estar no sofá, a possibilidade que o móvel propicia de descanso horizontal. A conversa que Asa inicia, ele poderia desistir dela no meio do caminho, deixando-a inacabada, sem o menor sentimento de perda.

Helen retorna e encontra os dois em silêncio. Remove a poeira do consolo sobre a lareira fria. Um momento depois a sra. Randolph chega com as lenhas debaixo do braço e se ajoelha no piso de pedra.

— Você sempre foi temente a Deus? — Asa pergunta a Helen.

Ela olha de relance para Moll, que está enfiando os artelhos nus sob o tapete turco.

— Quero dizer desde menina. Estou apenas curioso para saber se você sempre teve essa fé.

— Foi algo que a minha mãe me deixou — diz Helen.

— Preciso voltar para casa — diz Moll, mas não se levanta.

Asa balança a cabeça.

— O que o meu pai me disse foi que a nossa vida pertence a nós, e somente quando morremos é que a entregamos a Deus e ao céu.

— O senhor acha que ele não tem influência alguma no nosso destino na Terra? — pergunta Helen.

— Não consigo ver como ela poderia ter deixado para você uma coisa como a fé, já que você nem sequer a conheceu.

— Nós escolhemos o que receber — diz Helen.

— Das pessoas e de Deus — diz Moll. Seus pés estão totalmente debaixo do tapete, e ela não olha para Asa.

— O que você recebe, Moll? A meu ver, você não tem sido muito bem tratada.

Agora o fogo engoliu as achas de madeira e a sra. Randolph sai da sala de cabeça baixa, na esperança de não ser questionada sobre sua fé.

— Helen diz que a Bíblia nos ensina a ser obedientes, cumpridores dos deveres. Vejo que isso é o suficiente para manter as pessoas sossegadas e chegando na hora certa para trabalhar nas lavouras. E a recompensa dura para sempre. Acho que sou da mesma opinião que o senhor, de que Deus vem apenas no final.

— Por que ir à igreja?

— Precisamos saber como reconhecê-Lo quando Ele vier nos buscar.

— Se a pessoa leva uma vida cristã adequada — diz Helen, os dedos tamborilando na cornija da lareira —, Deus está sempre com ela. Não existe o fim de uma coisa e o começo de outra.

— Então o que é o paraíso? — pergunta Moll.

Helen senta-se ao lado dela no sofá.

— É apenas uma maior proximidade de Deus. O que é uma recompensa, como você disse.

— Você acredita que vai ver a sua mãe lá? — pergunta Asa.

— Isso não importa muito — diz ela. — Não é um lugar com pessoas de verdade.

— Achei que você tinha dito que é qualquer coisa que a gente puder imaginar — diz Moll.

— Então você não tem medo da morte — diz Asa.

O olhar de Helen vai de Moll para Asa.

— Tenho medo de o senhor morrer. Tenho medo de ficar sozinha. Mas creio que, depois que morremos, existe somente bondade.

— Não vejo por que não pode existir bondade antes de a gente morrer — diz Moll.

— Você acha que eu deveria começar a rezar? — Asa mexe num castiçal sobre a mesa ao pé da janela, cutucando a cera ressecada na prata.

Helen ri.

— Por que o senhor acha que eu o aconselharia a não fazer isso? — Ela não encontra no semblante dele o menor esboço de sorriso. — Creio que Deus gosta de ouvir Seu nome sendo louvado. Ele é Pai, não é? E Ele sempre ouve.

— Especialmente gente branca — diz Moll. Ela tira os pés do calor do tapete e, depois de fazer uma breve mesura a Asa, pega os sapatos e sai da sala.

Helen a encontra pelejando com seu pesado casaco cinza na escada dos fundos. Traças comeram os ombros e o bolso interno.

— Eu queria ter uma conversa agradável com você — diz Helen. — Não sei o que há de errado com ele. Talvez no inverno todo mundo pare para pensar nas coisas que perdeu.

Moll espera um momento para ver se Helen vai continuar, e depois fala, rompendo o silêncio:

— Vou ter um bebê.

Helen agarra o punho dela.

— De Moses?

— Para se juntar ao resto dos bastardinhos dele.

— Moll, estou tão feliz por você. Isso é uma coisa boa? Eu sempre me pego com inveja de você.

Moll abotoa o casaco, ou os botões que sobraram. Estende a mão e afaga os cabelos de Helen, que estão se soltando dos grampos de um lado, e que refletem a pouca luz que as nuvens peneiram.

— De alguma forma acho que o seu paraíso não vai ser nem um pouco parecido com a minha vida. — Ela puxa a ponta dos cachos de Helen, depois ruma de volta para casa.

— Deixe-me ser a madrinha — diz Helen, aos berros.

— Você não consegue nem fazer seu pai rezar!

Moll parece uma garça cruzando os campos com parte das saias erguida em torno das canelas, as abas do casaco esvoaçando atrás de si. Helen não consegue imaginar esse pássaro delgado tornando-se mãe.

Nessa primavera, parece que os americanos estão vencendo. Desde 1775 Asa deixou de vender sua terebintina para os britânicos, e agora sua aposta está valendo a pena. A guerra é boa para seus negócios, por isso ele está contente em esperar. Em março, recebe uma carta da Assembleia Geral da Carolina do Norte. Eles elogiam seu empenho, exaltam sua lealdade e pedem que sirva como representante do condado de Carteret nas deliberações de verão. Ele está pronto para assumir um papel maior na trajetória de seu estado, e Helen já se mostrou mais do que capaz de lidar com as operações diárias em sua ausência.

Quando, à mesa do jantar, ele comunica a filha sobre a sua decisão, ela o parabeniza.

— Eles se reúnem em Hillsborough agora, então ficarei lá boa parte do verão, mas é claro que posso voltar para casa quando for necessário. Não estarei a mais de dois dias de distância daqui.

— Para fazer o quê? Conferir minhas contas de somar?

Ele mexe a colher dentro da sopa. Como o senhor de sua casa, jamais foi capaz de ditar o que lhe seria servido a cada noite.

— Eu não queria que você se sentisse solitária.

— Tenho pensado em ensinar alguns dos escravos mais jovens a ler. Há várias crianças na cidade com tempo aos domingos. — Helen toca a sineta para chamar a sra. Randolph.

— Vai pedir à senhorita Kingston que a ajude?

— Senhorita Foushee agora.

— Você está ficando um pouco velha demais para passar tanto tempo sozinha com eles.

Quando a sra. Randolph tira a tigela dele, a colher cai com estrépito no chão. Com um suspiro ela dobra o corpo para resgatá-la. Está longe de ser uma criada discreta, mas eles lhe dão emprego há tanto tempo que agora estão presos a ela, como a um parente pobre.

— Ele não come nem mesmo a sopa com as primeiras cenouras — diz ela. — É o mais doce que eu consigo fazer e com um pouquinho de creme também. O senhor me contaria se estivesse ficando doente, senhor?

Asa assente.

— O homem simplesmente não é chegado a sopas — diz ela, saindo da sala de jantar com a tigela numa das mãos e a colher pingante na outra.

— O que o senhor gostaria que eu fizesse? — pergunta Helen. — Que ficasse de fofoca com ela o dia inteiro? Que me sentasse no meu quarto e escrevesse um romance?

— Direi que estou bastante feliz que você não tenha encontrado um marido ainda. É do meu interesse ter uma filha a quem dar ordens e dizer o que fazer. Entretanto, talvez você deva arranjar tempo para se preparar para esse dia. Ter voz mais ativa na cozinha da casa, por exemplo. — A sra. Randolph entra com dois pratos de peixe, sem dúvida frios.

Depois que ela sai, Helen sorri e o acusa de esnobismo. Ele estende o braço sobre a mesa para segurar a mão dela.

— Eu gostaria de algum badulaque seu para levar comigo para a capital. Para mim seria como um tesouro. — Ele pensa no retratista que um ano antes trouxe para Long Ridge, com sua pequena tela e seus pincéis. Para quem ela estava guardando isso?

— Pensarei em alguma coisa — diz ela. — Algo que deverá servir para lembrá-lo das minhas virtudes. Não quero que o senhor amaldiçoe aquela vez em que quebrei o vaso da Mamãe ou se lembre de quando Moll e eu deixamos a cobra entrar na casa.

Ele ignora o peixe e esfrega os dedos dela entre os seus.

— Você sempre será o lar para o qual eu quero voltar.

Nessa noite, sentado à escrivaninha ao lado da cama que costumava dividir com a esposa, Asa escreve ao presidente da Assembleia da Carolina do Norte para aceitar sua indicação à Câmara dos Comuns. Ele está ocupando a cadeira de William Blount, que atuará como delegado no Congresso Continental na Filadélfia. O caminho que ele está percorrendo é uma escada, os homens estão subindo de roldão os degraus até a grandeza. Numa folha de papel avulsa, começa a escrever instruções para a filha: onde ficam guardados os livros contábeis (embora ela saiba), as listas dos negros, os endereços de seus compradores, o dinheiro disponível para novas machadinhas, barris de embarque, açúcar.

Os jornais dizem que a guerra acabou, que os britânicos renderam-se em Yorktown no outono. Mas os navios ainda vagueiam pela costa, como se a amargura não tivesse sido expurgada. Beaufort sobreviveu aos sete primeiros anos de guerra; os últimos meses não farão diferença alguma.

Uma pilha de calças dobradas jaz ao lado da cadeira estofada de espaldar reto de Asa; ela escapara da atenção de todas as mulheres da casa. Um homem contratado fecha e amarra o último baú, empilhando-o por cima dos outros ao pé da escada da frente. Dois cavalos empurram a cabeça um do outro. Com as caudas, espantam as primeiras moscas do verão. A sessão começa em 13 de abril, e Asa parte numa quarta-feira, dez dias antes, para ter tempo de viajar os trezentos e vinte quilômetros e depois se instalar. Ele está de pé um pouco à frente da carruagem, fitando o gramado coberto de ervas daninhas e as poucas árvores mirradas até a orla do mar. É um dia quente, e ele ficaria feliz de tirar o casaco na carruagem, a não ser pelo fato de que agora é um membro da Assembleia da Carolina do Norte. Em todas as coisas demonstrará dignidade. Na pequena maleta de viagem que carregará ao seu lado, colocou duas penas e meia dúzia de bicos novos que Helen comprou para ele na cidade. Pai e filha prometeram escrever um para o outro em poucos dias, embora ele também se imagine redigindo leis para a melhoria de seu estado e, em breve, de sua nação. É recente a sua preocupação com a escrita.

Na noite anterior, Helen entregou-lhe um pacote macio. Ele não sorriu de imediato ao abri-lo, por isso ela apressou-se a explicar:

— Eu estava fazendo um anteparo para a lareira, mas queria que o senhor tivesse algo para levar, então agora é um travesseiro. A cena supostamente é Long Ridge, mas pus pássaros demais.

Ele disse que o bordado estava bonito, e agradeceu. Disse que era impossível haver pássaros demais.

Por uma janela aberta, ele ouve um grito de mulher; instantes depois, Moll irrompe pela porta da frente e, em desembestada carreira, desce as escadas com as calças dele nas mãos.

— O senhor seria pego de calças curtas, senhor.

Ele faz um gesto para o cocheiro, que olha de Asa para Moll antes de tossir e estender os braços para pegar a pilha de roupas. Moll sabe que isso é indigno do cargo do homem, mas, pensando bem, a maioria das coisas que eles fazem é.

— Desejo aos senhores uma viagem livre de perigos — diz ela, e curva ligeiramente a cabeça. — Que Deus guie seus cavalos.

Helen sai apressada da casa com um fardo embrulhado num pano.

— Pão para a estrada — ela diz. Asa pega o pacote morno e os dois homens ficam lá parados, com as mãos cheias, sem saber ao certo como partir.

— Escreverei a você da carruagem — diz Asa para a filha.

— Vai ser ilegível.

Ele a aperta junto ao peito e depois lhe beija o rosto. Há homens que não têm filhas, pensa ele.

Na tentativa de conter sua emoção na carruagem, Asa deixa de notar as cenas de despedida de Beaufort: a estradinha empoeirada que sai a oeste de Long Ridge, a rua que separa a cidade do oceano, os pântanos que levam às florestas de coníferas, que levam às árvores de madeira de lei. As estradas ficam encobertas de sombras quase por completo antes que ele possa obrigar-se a olhar pela janela como um novo homem, um legislador.

Nessa noite Helen dorme na cama de Asa. Ela encontra o formato do corpo do pai no colchão e se deita ao lado, pousando a mão na concavidade onde ficava o ombro dele. É seu tributo ao pai, mas ela ainda não sente sua falta; é jovem demais para lamentar a própria independência. Pela janela aberta, pode ouvir as ondas encapeladas ao longe. Às vezes ela pensa que há homens vindo em botes, seus remos rachando a água com aquelas pancadas repetitivas. Quando era mais nova, ela os imaginava atracando em Long Ridge, entrando furtivamente na casa e raptando-a num alvoroço de lençóis. Antes que conseguisse descobrir para onde os botes a levariam, sempre caía no sono.

Agora nos semi-intervalos entre a consciência e o sono, ela mapeia cenas de reencontro. Está sentada com os pés mergulhados no riacho dos fundos quando ele aparece; está batendo massa de bolo; está cochilando no gazebo. Na maior parte das noites, ela não chega ao ponto de ouvi-lo falar. Ele está usando um uniforme remendado, com seu mosquete amarrado por uma correia ao ombro, e praticamente passam o tempo todo apenas entreolhando-se. Uma vez ela caminhou até ele e jogou os braços em volta de seu peito, e assim ficou até adormecer. Durante o dia, ela se lembra dessas ficções como se fossem reais. Quando a sra. Randolph lhe pergunta por que ela está sorrindo, Helen tem de se refrear para não dizer: "John veio para casa, e nos olhos dele eu vi que me amava, e depois eu o abracei".

Hoje à noite o som da água marulhando é o som de John num barquinho. Ela situa seu eu-que-sonha na beira da baía, os pés descalços na água, e espera.

De manhã, três navios contornam a extremidade das ilhas e aparecem na angra da gávea. Afrouxam as velas pouco além dos bancos de areia e arrecifes que protegem a cidade do mar. Quando vai a pé até a cidade para comprar café, Helen vê as embarcações flutuando, sem bandeiras. No final da manhã, os navios ainda não se moveram, e uma pequena multidão de homens reuniu-se nas docas para especular. O palpite deles é que se trata de navios mercantes do Norte. Um dos velhos pescadores de ostras avista Helen e lhe pergunta, aos berros:

— O seu pai está esperando algum carregamento? — Conhece Helen como conhece todas as crianças da cidade, ele mesmo não tendo filhos.

Pousando os pacotes no colo, ela fita os três navios.

— Despachamos uma remessa pouco antes de ele viajar — diz ela —, e acho que não estamos precisando de nada.

— Pode ser que eles estejam aqui por causa de Johnson ou Foot.

— Posso voltar para casa e verificar novamente os livros contábeis — diz ela. — O senhor acha que podem ser britânicos?

— A esquadra britânica está morta, senhorita, e com certeza não há nada em Beaufort para eles.

— Parece que alguém deve ter pilotado para eles — diz um rapaz. — Nunca devem ter estado aqui antes.

— Eles não são tolos de sair alvoroçados para os baixios — diz o pescador de ostras. — A meu ver, eles estão esperando resgate.

— Não é melhor perguntar aos homens do arroz? — diz seu companheiro.

— Melhor mandar um barco até lá. Eles querem fundear, caso contrário não teriam costeado. Nunca é tarde para reaver mercadorias.

Helen consegue divisar os vultos dos homens no convés, e nenhum está se movendo com gestos ligeiros. Talvez um deles seja John, que voltou para ela afinal, dois anos de combate cumpridos e dispensado com honrarias. Ela está cansada, pois acordou antes do alvorecer para caminhar pelos campos, policiando os hectares de pinheiros. Ela senta sobre um banco de pedra numa escarpa entre a Front Street e o cais e observa os pescadores que se organizam. Eles decidem colocar na água dois escaleres, cada qual com um piloto; um punhado de homens que já entraram com suas redes ocupa os assentos vazios num misto de sensação de dever e curiosidade. Talvez haja uma recompensa do mercador local que tiver suas mercadorias resgatadas. A surpresa é o que mantém os homens vivos, pensa Helen.

Ela olha para o fantasma de John, uma minúscula mancha no navio. Deus está oferecendo a Sua mão? Ela não é supersticiosa, não acredita em aparições sobrenaturais de cemitério, mas, e se John realmente fosse um passageiro num daqueles navios, o destino não lhe mandaria um escaler? Ela vinha vendo o rosto dele em toda parte; nada mais justo que, por fim, encontrá-lo.

— Posso ir?

O pescador de ostras que havia chamado Helen já desenrolara pela metade a corda do barco. Quando moço, ele costumava deixar as crianças montar em suas costas. Olha para ela com prazer.

— Não se importaria com uma viagem curta, senhorita?

Todos os exploradores se lançam rumo ao desconhecido com tamanha alegria? Ela pega os pacotes e desce correndo a escarpa, dando passos pequenos para não tropeçar. O pescador de ostras estende as mãos para segurar os pacotes, e ela os deixa cair sobre o colo dele, subindo em seguida no barco. Ela passou a vida inteira à beira-mar, e mesmo assim jamais se sentiu confortável em barcos. Além disso, há algo de precioso na estabilidade da terra quando rodeada de água, e é isso que ela adora em seu lar, não a água em si. O pescador de ostras reserva um lugar para Helen ao seu lado na bancada do escaler e envolve com o braço a cintura dela. Está feliz por proteger uma jovem dama.

— Tem medo da enseada aberta, senhorita? — Na brisa, a barba branca dele balança feito chumaços de algodão.

Ela sorri e balança a cabeça.

— Não com o senhor ao meu lado.

Em seu papel de homem galante, o pescador de ostras evitou o trabalho pesado de remar. Os mais jovens no barco assumem os remos e rumam para a baía onde os navios estão imóveis e à espera. O sol paira diretamente acima deles. Helen deveria ter mandado avisar a sra. Randolph que não a esperasse para o jantar, mas a imprudência é em si uma aventura. Ela soterra a culpa sob seu medo do oceano. O pescador de ostras conta histórias sobre os cavalos do mar e Raab,* e quando os escaleres chegam perto dos navios maiores, a barriga de Helen está dolorida de tanto rir. Um homem joga uma escada para que eles subam, e os mais jovens vão primeiro para ajudá-los como escora. Helen está estendendo o braço para segurar a corda quando ouve gritos no convés.

Ela hesita, mas não há lugar para onde ir. Ela está na baía, num barco miúdo, com uma das mãos numa escada de corda. O rosto de dois homens aparece na lateral do navio. Após um breve olhar confuso, eles ordenam aos gritos que ela suba a bordo. Helen olha de novo para o pescador de ostras, que está esfregando as mãos na camisa e balançando a cabeça para que ela não suba. Ela olha para cima mais uma vez e vê que agora um dos homens está apontando um mosquete em sua direção. Onde está John? Eles o prenderam? Subir a escada é o ato mais indigno e intrépido que já cometeu na vida, e ela sobe lentamente, na velocidade com que o mel desliza pela tor-

* Segundo a tradição folclórica judaica, a palavra "Raab", originalmente, era um nome mítico que designava o abismo ou o mar, um termo alternativo para "Tiamat", nome babilônico do dragão da escuridão e do caos. De acordo com o Talmude, "Raab" é o demônio que rege os mares; posteriormente a palavra passou a ser usada como alusão ao Egito. As referências bíblicas ao monstro marinho "Raab" dividem-se em dois grupos: alusões ao dragão derrotado na época da Criação (por exemplo, Salmos 89,11: "esmagaste Raab como um cadáver") e citações metafóricas do Egito (por exemplo, Salmos 87,4: "Eu recordo Raab e Babilônia/ entre os que me conhecem"). (N.T.)

rada. A corda em suas mãos é eriçada e quente, e a água que balança o navio molha seus tornozelos. Vozes chegam até ela de cima e de baixo. Nenhuma delas está contente. Ela tem consciência do vento que passa movendo suas saias, e que o velho que ainda está no barco conseguirá ver suas pernas. Na metade do caminho, o medo floresce em esperança; se este é o barco de John, John que outrora foi um corsário, é claro que haveria homens com armas. Isso não passa de um gesto teatral dele. A esperança dura apenas um degrau, e então ela pensa que gostaria de ter trazido pena e papel para despedir-se do pai. Consegue ler o nome na proa do navio, *Peacock*, e deduz que não se trata de um galeão espanhol. O casco acima da linha d'água parece ressecado, desguarnecido de tinta. Há muitas aves sobrevoando em círculos o navio, como se os marinheiros estivessem jogando fora sua carne estragada, certos agora de provisões frescas. Ainda estão em guerra; é claro. Ela estende um braço por sobre a borda do convés, e um rapaz de vermelho lhe oferece a mão. Ela aceita, com o mesmo recato que teria demonstrado num baile, e é içada a bordo e conduzida sob a mira de uma arma para o mastro principal, onde seus companheiros estão tendo as mãos e os pés amarrados com cordas.

3

Ao que parece, e de acordo com a opinião geral, a guerra acabou. Os britânicos perderam em Yorktown no outono. Houve escaramuças no Caribe, onde ainda é quente o bastante para atiçar o sangue dos homens, mas no continente o inverno esfriou o ânimo dos exércitos. Somente os índios continuam lutando. Generais estão conversando com generais, e acordos estão sendo firmados. O partido do rei George foi substituído no Parlamento, e todo mundo, das mães aos filhos, é favorável à paz. Os americanos já olham avidamente para o oeste. A grama está começando a crescer sobre as covas dos homens que foram para a guerra e jamais retornaram.

Na Assembleia Geral, Asa ouve os outros representantes discutirem planos para seus distritos: monumentos, um serviço postal local, canais. Alguns estão nervosos com a perda da supervisão britânica e esperam uma Constituição vigorosa; outros estão contentes em iniciar a governança sem uma longa história para anuviar a lógica do país. Eles se sentarão e decidirão o que deve ser verdade e deixarão de fora o resto, simples. Asa está perdido em devaneios.

Ele jamais teve muito que temer em uma guerra. O pior perigo que já encarou foi quando era menino, com apenas dezesseis anos; uma frota de corsários espanhóis atracou no porto de Beaufort e passou um verão inteiro roubando barcos e fazendo incursões à cidade. Durante vários anos os espanhóis vinham usando o cabo Lookout como base para assaltar navios de passagem. A cidade construiu um paiol como prevenção para o caso de ataques e abasteceu-o com pólvora e projéteis. No verão, os meninos que brincavam ali se revezavam na guarda do paiol. Mas, em 1747, depois que os espanhóis esvaziaram o porto da frota pesqueira de Beaufort e voltaram novamente para buscar a prata e a carne fresca de bois e de porcos, que não poderiam ser obtidas no mar, o paiol tornou-se necessário. Tão logo se tornou necessário, foi capturado.

Asa é velho demais e se lembra daquele verão apenas em fragmentos. Deve ter sentido medo, mas consegue recordar-se apenas da empolgação. O major Ward, que então era muito jovem e corajoso, convocou às armas os soldados e os roceiros e os ferreiros; uma centena deles lutou contra os espanhóis até empurrá-los de volta aos seus navios, matando um punhado, e sem saber o que fazer com os cadáveres, enterrou-os no cemitério municipal, pois, afinal, eram cristãos. Depois o governador deu-lhes algum dinheiro para erguer um forte na ilha Bogue, obra que eles começaram e nunca terminaram, porque desde então houve paz.

Asa tinha empunhado uma arma? Não, e embora tenha ouvido as histórias de homens que dispararam contra os traseiros dos espanhóis, que batiam em retirada, jamais sentira nas próprias mãos o peso de uma arma. Não quando uma arma foi necessária, pelo menos. Ele não sente inveja daqueles lavradores que expulsaram de seus portos os piratas espanhóis, tampouco tem o desejo de portar uma arma no combate em curso. Ele optou por construir coisas, aproveitar as oportunidades da confusão que surge na esteira das guerras, e criar uma família que sobreviverá a qualquer glória dele próprio. Ele deve ter ficado com medo quando os espanhóis aportaram. Mas seu pai o proibiu de juntar-se aos roceiros e sua mãe o manteve longe da orla, por isso ele não se lembra do medo. É isso o que os pais fazem: moldam as emoções que darão colorido à memória.

Agora ele já não é mais um rapaz. Sua filha é uma mulher-feita e sábia, e está entrando num mundo pacífico. Os legisladores seguem com sua lenga-lenga enfadonha. Ele está extraindo ordem do caos e, quando retornar a Beaufort, considerará mérito seu os olhos destemidos da filha. Quando Asa morrer, ela também se lembrará dele como um eco tênue mas agradável. Talvez ele até mesmo a deixe convencê-lo do paraíso. A guerra terminou, e a Assembleia Geral está desfrutando do calor de abril em Hillsborough.

Mas os britânicos ainda não desistiram de lutar.

* * *

Um mensageiro chega ao acampamento em New Bern com uma carta detalhando a traição britânica em Beaufort. O coronel Easton pergunta-lhe quanto tempo se passou, e o homem olha para o céu salpicado de estrelas e diz:

— Algumas horas. — Os homens estão de pé, vestindo casacos e amarrando polvorinhos às alças dos mosquetes. Com um avanço de cavalaria e os demais arrastando cavalos e carroças, vindos da cidade, chegarão por etapas durante a noite. Easton lhes informa que os britânicos bloquearam o porto e fizeram prisioneiros. Eles avançarão a partir do norte e se reunirão nas cercanias da cidade para receber ordens. John entende que Easton está ganhando tempo. Sua mente tropeça sobre si mesma. De Long Ridge, há trilhas que rumam para o norte e para o oeste; Moll deve conhecê-las, poderá ir com Helen para um lugar seguro. Moll, que talvez ame ou não a sua senhora. Ele não vê Beaufort faz quase dois anos, dois anos que foram perdidos em batalhas insignificantes e dias de marcha. Desde que se aquartelaram em New Bern, toda noite John imagina a fuga, a estrada que o levaria ao sul, através dos pântanos, para Beaufort e Helen. Dois anos jamais transcorreram tão devagar. E agora, quando ele e o Exército estão às portas de Helen, ela está em perigo.

A noite se estende feito um túnel. Seu cavalo emprestado é um puxador de arado e sua e arfa quando é instado a galopar. John diminui o ritmo através das florestas mais densas, deixa-o beber nos riachos e depois o esporeia nos charcos, onde sente o cheiro de outras dúzias de cavalos resfolegantes. John não recebe uma carta dela desde o outono e, além disso, a caligrafia era tão miúda e apertada que ele não conseguia entender metade das palavras. Ela lhe relatava as incessantes tarefas da fazenda, de como a resina escorre no clima quente e começa a engrossar e estanca de vez com a geada. Primeiro ele passeava os olhos pelas páginas, procurando palavras mais suaves, antes de desistir e recomeçar desde o início, discernindo os nomes de ervas daninhas e escravos. Talvez William Dennis pudesse ajudá-lo, já que tiveram a mesma professora para guiar sua mão na hora de aprender a escrever, mas John não poderia recorrer ao conhecimento transmitido pela srta. Kingston, e o modo como ela desenhava as curvas de um S. E, no entanto, a carta com instruções sobre a extração de seiva está ficando cada vez mais rarefeita dentro do bolso interno de seu casaco, e ele mesmo ainda não começou a sentir medo.

Ele pode ver as árvores esparsas escasseando nos arredores da cidade. Elas formam contornos de esqueletos na treva da meia-noite. Easton está de pé ao lado de seu cavalo e alguns homens despejam água de seus cantis para suas montarias, cujas bocas estão cinzentas de espuma. O cavalo de John treme, os músculos de seu lombo tiritando contra as pernas dele. Os homens primeiro confirmarão que a cidade ainda está em mãos americanas, e depois se espalharão ao longo da costa para impedir que os britânicos desembarquem. A carta do mensageiro dizia que eles tinham capturado pilotos, embora, é claro, os pilotos poderiam recusar-se a guiá-los. John pensa nos pescadores que conhece em Beaufort.

John pede para ser mandado para a faixa oriental do litoral.

— Dennis está nesse segmento — diz Easton. John pede para acompanhá-lo, e Easton lhe diz que resolvam entre eles. O mensageiro retorna com um relatório dos membros do conselho da cidade, que se reuniram na Câmara Municipal e estão redigindo diferentes versões do pânico.

— Os britânicos ainda estão nos navios, senhor. Estão na baía além da Bird Island Shoal.

— Os prisioneiros?

O mensageiro olha para o pedaço de papel em sua mão.

— Não confirmaram os nomes. Para algumas esposas a ausência dos maridos não é tão estranha, por isso nenhuma delas está disposta a dizer, de um jeito ou de outro. Pelo menos dois barcos de pescadores. Um disse que viu uma mulher ir com eles.

— Os britânicos não capturam mulheres como prisioneiros — diz Easton.

— Eles não sabiam que ela estava indo, senhor.

* * *

Caminhando ao lado de seus cavalos, John e William entram na cidade, onde as janelas estão iluminadas e rostos espiam atrás de cortinas. Os mastros dos navios projetam-se do horizonte feito talos mortos, as velas murchas ao seu redor, respirando a aragem noturna. Até mesmo as gaivotas estão quietas.

— Ela não teria motivo algum para estar nas docas — diz William.

John esfrega as rédeas na mão. Alguns homens, desarmados, reuniram-se na Front Street para vigiar os navios. Os dois soldados guinam à esquerda ao longo da beira-mar e rumam para a plantation de terebinto.

— O pai dela teria avisado os membros do conselho municipal. Eles já saberiam que ela está desaparecida. Deve ser a esposa de algum dos pilotos. — William monta em seu cavalo. — Eu vou na frente.

O que John pode fazer a não ser deixá-lo ir? De tão ansioso, seu coração quer sair do peito, ávido por ela como um ímã almeja seu polo. Sua pretensão por ela, ao contrário de William, é tácita. Eles não se prometeram coisa alguma, e o que mais é capaz de alimentar o afeto? Ele vê as mãos dela, na escuridão do medo, estendendo-se para alcançar William Dennis. A palma da mão no rosto dele, as pontas dos dedos enrolando os cabelos dele.

O cavalo de John para ao lado de uma moita de espartos. Na quietude pouco antes da alvorada, o som dos dentes do cavalo contra a grama parece um exército em marcha. John senta-se no meio-fio com as rédeas frouxas na mão. Ao seu redor, o céu mergulha num derradeiro negrume antes de o violeta despontar sangrando. Ele ainda está sentado lá quando William Dennis surge cavalgando do leste, seus joelhos enterrados na lateral da montaria mesmo depois que já fez o cavalo estacar.

— Não há ninguém na casa. — O cavalo se agita embaixo dele. — Ninguém lá.

— Você encontrou Moll?

— Moll? Não há *vivalma* na casa dela.

John monta de novo em seu cavalo e, com um solavanco, aponta bruscamente a cabeça do animal na direção da estrada. Cavalga rumo à casa da sra. Randolph sem dizer a William aonde está indo, sem perguntar a si mesmo o que significa a ausência dela. Seu único pensamento é para o tempo que está passando.

A sra. Randolph não a viu, perguntará a Moll, o pai está viajando. Os navios não se moveram na enseada. Dois de seus filhos estão na sala da frente, chorando. A lareira da casa tem apenas brasas.

A sra. Randolph está colocando na marra pães nas mãos dos soldados quando ouvem o disparo do mosquete vindo da orla. Os homens saem e montam em seus cavalos, mas são parados por outro soldado que cavalga para o norte.

— Eles desembarcaram em escaleres às escondidas — diz ele. — Estamos recuando para onde primeiro assentamos o arraial. — Outra salva de tiros.

— Os prisioneiros?

— Nos navios, ou mortos. Estamos recuando. Eles aterraram junto ao pântano, logo ao leste da cidade. Não havia vivalma para impedi-los. Easton está convocando reforços de New Bern, mas só vão conseguir chegar aqui ao entardecer.

— Então vamos deixar os cidadãos sem defesa? — John deveria estar patrulhando a costa oriental.

— Eles não estão atrás de gente aqui. Só querem o porto. Cortar a linha de abastecimento dos homens no interior. Ocuparam Charles Town por dois anos, e não estão enforcando as mulheres. — O homem sai a meio galope e depois gira o cavalo. — Mas vão atirar para matar qualquer um de nós que avistarem.

No primeiro acampamento, na barraca de pinheiros esqueléticos ao norte da cidade, Easton tem diante de si um mapa aberto no chão. A imagem desenhada a lápis de Beaufort — o traçado da cidade rodeado pelas ondulações de brejos e pântanos e enseada — está iluminada pelo candeeiro de um soldado. O coronel circula a bateria da cidade, uma linha de quatro canhões de cinquenta e sete milímetros com munição de três quilos apontando para o mar, e o paiol, que abriga um barril de pólvora e um par de armas extras. Está longe de ser o suficiente para fazer frente a um cerco, mas são as únicas coisas que claramente requerem defesa. Easton supõe que a fortificação com as peças de artilharia já caiu em mãos britânicas, por isso ordena a seis homens que corram até o paiol antes que os britânicos o encontrem, e despacha outros dois para New Bern a fim de solicitar tropas do oeste. Essas pelejas parecem absurdas quando os britânicos já foram praticamente subjugados. O máximo que o coronel pode fazer é evitar a morte dos homens. Easton alerta sua pequena milícia, que enfrenta o frio na alvorada da primavera, a ponderar sobre sua própria preservação.

— Traremos os prisioneiros para casa — diz ele —, mas não correremos o risco de um derramamento de sangue além do que for necessário.

No interior das paredes do paiol, uma casa de tijolos que não é maior do que um anexo, John senta-se e examina o barril de pólvora. O tonel está num canto escuro do recinto. Os homens fecharam com tábuas a única janela, por isso somente umas poucas fendas oblíquas da luz do dia alcançam o chão. Quando não está observando atentamente o barril, John se pergunta por que motivo há uma janela num depósito de pólvora. Devia ter sido uma casa primeiro, uma casa de um só cômodo, a casa de um solteiro. Se Helen estivesse nesse cômodo. Mas há cinco outros homens, arrastando os pés no espaço acanhado, alternando-se entre a rudeza jovial e o medo. A única suavidade no aposento é o tonel abaulado, cujos arcos de ferro são curvados como as costelas de uma mulher.

Um homem de pé na janela assoalhada diz que consegue avistar soldados britânicos passando do lado de fora.

— Não vamos atirar neles?

— Poderíamos levar estes canhões e a pólvora para o acampamento — diz outro. — De nada eles valem na casa.

— Se sairmos, estaremos nos rendendo.

— E quanto às balas para o canhão? Eles não estão apontados bem direto para os navios?

— Não temos bala de canhão nenhuma. Não havia dinheiro pra isso.

— Nem um homem é capaz de derreter algum pedaço de ferro e fazer uma bola?

Os homens arrastam seus sapatos pelo chão de madeira e evitam os olhos uns dos outros.

— Você não acha que eles vão matar a gente aqui? — pergunta William.

John pressiona a palma das mãos contra a fria parede de tijolos.

— Acho que não sabem que isto aqui é um paiol — diz ele. De qualquer ângulo, não há espaço para heroísmo aqui.

Depois que os soldados britânicos passam, o mundo lá fora torna-se silencioso novamente. Não há indício algum de que é uma sexta-feira numa cidade pesqueira, de que eles estão a três quadras de um cais. De que é abril, quando é impossível manter as crianças dentro de casa. John tira de seu embornal um biscoito. Os outros homens observam e esperam.

Helen nunca passou tanto tempo num barco, mesmo um que não está se movendo. Quando o navio abraça as ondulações da maré, seu estômago vira. Seus olhos estão cansados do sol e do sal, e suas pernas cambaleiam como as de uma criança. Ela passou a maior parte do tempo na cabine do capitão, que, após a remoção dos mapas e cartas e armas, foi transformada em um quarto de dama. Esse sinal de respeito privou-a do medo. Quando ela pondera sobre suas ações, seu primeiro pensamento não é Deus, mas John. E o mundo de John não é muito mais amplo; a coragem de Helen está se expandindo dentro dela. Suas principais preocupações agora são manter a digestão e impedir a captura de sua cidade. Ela fez um voto de silêncio como seu primeiro ato de rebelião.

Quando cai a segunda noite, ela procura o pescador de ostras, que dorme no convés com os outros homens. Um soldado britânico, que não tem mais que dezesseis anos, observa-os com sua arma semierguida. A lanterna amarrada ao mastro principal foi apagada. Não querem ser um alvo fácil para o canhão de Beaufort. Às apalpadelas, ela coloca as mãos nos pulsos dele no escuro, sentindo a corda. O menino britânico dá um passo para mais perto.

— É pequena a esperança de resgate, senhorita — diz o pescador de ostras, arranhando as cordas contra os joelhos. — A menos que a senhorita tome a arma desse sujeito e depois vá nadando até a praia. A senhorita nada bem?

Ela balança a cabeça.

— É a vontade de Deus. Eles não vão machucá-la, senhorita. Ainda não fizeram isso, não é verdade? Pois então, eu sabia que eles não eram tão malvados assim. Não direi que existem grandes esperanças — nunca se sabe o que se passa na cabeça de um homem na guerra —, mas parece que fizeram a gente de prisioneiros mais pra negociar do que pra darem uma lição a alguém. É uma pena que a senhorita não saiba nadar. — Com a mão amarrada ele coça a barba e dela retira migalhas do jantar.

O rapaz, paciente até então, agora move a ponta da arma fazendo sinal para que Helen se afaste.

Uma hora depois de ter adormecido na cabine do capitão, Helen é despertada por ruídos na porta. Ela desce da cama pé ante pé e agarra um telescópio de latão escorado na janela. Postando-se atrás da porta, ergue o instrumento acima do ombro, esperando, tremendo. Do outro lado da porta um homem começa a gemer; desliza os punhos pela madeira e pede para entrar. Através da porta ela sente seu hálito fermentado.

— Vá embora — ela murmura. Abaixa o telescópio. Suas mãos estão trêmulas.

Quando o quarto fica em silêncio, o homem tendo ido embora ou caído no sono, Helen empurra um baú contra a porta e arrasta-se para a cama. Começa a fazer planos. Seu pai já deve ter sido alertado e está se aproximando da cidade a partir do norte com um regimento de legisladores de Hillsborough; talvez cheguem amanhã à noite. John estará aqui. John já deve estar aqui. Não vão disparar o canhão e correr o risco de ferir os prisioneiros. Com suas mãos desamarradas, então, ela é a única capaz de agir.

Apesar de nunca ter aprendido a nadar direito, ela é muito boa em boiar; passou a infância chapinhando nos baixios da baía. Se dispusesse de um bom número de horas e de frequentes paradas para descansar, provavelmente conseguiria chegar à praia, ou pelo menos à ilha Bogue, onde alguém a encontraria. Mas só poderia fazer isso se ninguém a visse, se os soldados não se perfilassem nos conveses para atirar nela. Seu segundo plano é atacar de surpresa um dos homens e tomar-lhe a arma. Em sua mente, isso requer somente alguns movimentos rápidos, um torcer de punho. Apoderando-se de uma das armas, ela pode convencer os soldados a lhe entregar outras mais, basta apenas que os ataque um a um, e de surpresa. Será um jogo, até que no final ela terá a posse de todas as armas de fogo no convés e os britânicos serão amarrados aos mastros. Depois disso os pescadores poderão remar com seus barcos até terra firme e estarão livres. O terceiro plano de Helen é implorar, como uma mulher. Aceitar o que seu corpo puder lhe propiciar. Responder ao homem que bate à porta, e usá-lo.

Ela adormece antes de concluir o pensamento.

O terceiro e o quarto dias não são diferentes; ela recebe pão e água e pode andar livremente pelo convés. Não dirige palavra aos britânicos, alguns dos quais lhe dão morangos frescos que roubaram dos pomares da cidade. Ela come as frutas sem sorrir. Fita cada um dos homens com um olhar que sugere que assassinaria o primeiro que ousasse tocá-la. Os soldados viajam em escaleres até a orla e voltam trazendo presas. Por meio dos pescadores, que não sentem remorso de conversar com o inimigo, Helen fica sabendo da situação em Beaufort: a cidade é uma carcaça, simplesmente se desmantelando, atacada pelos saqueadores britânicos. Houve troca de tiros, mas não há mortos. Na maior parte das casas roubou-se primeiro a carne e o pão fresco, depois os homens voltaram para buscar a prataria — em nada piores que os bandoleiros. Os regimentos americanos cessaram fogo imediatamente assim que os britânicos ameaçaram incendiar a cidade. Alguns homens de Beaufort trancaram-se no paiol de pólvora, mas os britânicos fizeram vistas grossas e fingiram não ver que os aldeões levavam-lhes comida e bebida às escondidas, como se fosse melhor ignorar a humilhação de seis homens enclausurados num único cômodo. Helen coloca John em todos esses cenários: as linhas de frente, os feridos, o paiol. Somente depois de dias sem notícias acerca do corpo dele é que ela se lembra de rezar.

Na sexta noite, quando as estrelas aparecem no céu, ela carrega seu urinol para o costado do navio e esvazia-o enquanto um soldado olha para o outro lado. Ela sente gratidão por ter sido poupada da indignidade da latrina de proa, estrutura em forma de caixas vazadas sobre as quais a tripulação senta-se acima do oceano. Mas alguns condenados também são bem tratados antes do enforcamento. Na outra mão ela segura o telescópio, apenas por precaução. Ela o usaria para contemplar as estrelas, mas desse modo não conseguiria ver um homem se aproximando por trás.

Helen retorna à cabine do capitão e tira o espartilho e as anáguas e os sapatos. Guardou o jantar e agora enrola num lenço as batatas cozidas. O frasco com água ela amarra com uma corda na cintura. Sobe na cama e espera que os sons do navio se aquietem. Primeiro os baques pesados das botinas dos homens que patrulham o convés. O alarido das gargalhadas do último rancho da noite. O rangido dos cabrestantes quando as amarras tensionam. O chape dos restos da ceia jogados ao mar. Ruídos de barco, a que ela agora está acostumada.

Quando acorda, o vento está soprando através da porta. Ela sente uma cãibra no flanco, onde o frasco enfiou-se. Ela está com frio, pois dormiu sem cobertores, por isso enrola-se no casaco do capitão e enfia as batatas no bolso. O som de sua porta abrindo-se é engolido pelos grunhidos gerais do navio. Sem os sapatos, ela faz tanto barulho quanto uma gaivota andando sobre o convés. Dois rapazes estão enrodilhados no tombadilho superior, um deles com um mosquete nos braços. Os pescadores de Beaufort estão amarrados e amontoados ao longo do vau, alguns homens com as cabeças pousadas sobre as barrigas de outros. Um deles está acordado e encostado na amurada, contemplando as estrelas ou pensando em sua casa. Ele olha de relance para Helen quando ela passa.

O navio flutua no canal atrás de Bird Island e Shark Shoals, as pequenas dunas de areia e aveias do mar que protegem a cidade das tempestades. Arrastando os pés, os prisioneiros foram levados para o terceiro navio, cuja proa agora está de frente para a ilha Bogue e o oceano mais além. Helen pode ver a areia branca reluzindo em meio à escuridão.

Ela não pensa em tubarões e cavalos do mar quando sobe no parapeito do navio e se deixa cair feito um fardo na água escura. Não pensa em como pelejava para recuperar o fôlego enquanto perseguia Moll por toda a extensão do riacho. Ela agarra-se ao casco pontudo e coberto de cracas até ter certeza de que o navio está em silêncio, e depois parte, um braço na frente do outro, tiritando na água gelada do início de abril, na direção da faixa reluzente de areia.

Quando para pela primeira vez para boiar em pé, a fim de descansar os braços, Helen se esforça para manter a cabeça acima da água, que se ergue ao redor dela e arfa como um animal. Não há ondas, não há rebentação, somente um forte e aterrorizante arquejo que encharca sua boca quando ela a abre. Ela começa a movimentar a água do oceano, arrastando-a para dentro de seus braços. Às vezes consegue avistar a ilha e às vezes a ilha desaparece na escuridão movente. Ela se vê na direção errada e luta para girar o corpo até a areia aparecer de novo, certamente mais próxima agora. Helen está infinitamente pesada. Na metade do caminho, ela se contorce para se desvencilhar do casaco do capitão e o deixa afundar sob ela. Seu corpo boia na superfície de novo, e pelos próximos metros ela se mantém esperançosa, como um peixinho. Não tem força suficiente para controlar o som que faz na água. Seus chapes devem ter sido abafados pela aragem noturna, pois ela não ouve tiros na água.

Ela para de novo e vira o corpo para boiar de costas, sem se importar muito com a direção para onde o oceano a está levando. Seus braços e pernas estão dormentes e derretendo. Nas estrelas acima ela procura contornos, mas não consegue focar os olhos tempo o bastante para firmá-los. Quando o oceano ondula, os céus também se encrespam. É para esse lugar que sua vida a trouxe, a vida que ela construiu com tanto cuidado a partir de blocos de dever e bondade. O amor a matou. Se essa é a punição, se lá do alto Deus está olhando para ela e testemunhando seu coração soçobrado, então Ele certamente vai deixá-la afundar; o oceano é o espaço abaixo da mão que Ele agora recolhe, e dentro do qual o seu corpo vai descer. Seus ossos entre ossos de peixes, sua beleza dissolvida e consumida. Ela descobrirá se a mãe está ou não à espera onde os mortos esperam. Ela fecha os olhos contra as estrelas, espera que a mão se recolha. Espera. Mas continua flutuando. Isso não é o que a vida fez com ela, mas o que ela, Helen, fez com a própria vida. Não há vivalma para testemunhar. Alma nenhuma é necessária. Ela começa a sentir a água debaixo de si não como um vasto vazio, mas como uma embarcação em que ela viaja. Já não sente o frio. Dentro dela ressuscita uma fé que é independente de sua sobrevivência. A embarcação se move, estando ela a bordo ou não.

Voltando a ficar de bruços na água, ela bate os pés na escuridão. Ela está escolhendo, e se movendo, e sua vontade é a vontade de Deus. A noite a carrega, e quando ela ergue mais uma vez o corpo para sorver o ar, seus pés roçam a areia. Seus dedos enterram-se nela, ávidos por um ponto de apoio, e ela dá passos e se arrasta pelo resto do caminho até a ilha Bogue, dragando zostera pelos tornozelos.

Ela deita na areia úmida até sua respiração serenar. A jornada não poderia ter levado mais do que meia hora, e ainda assim ela espera ver em breve o alvorecer. Obriga os músculos a parar de tremer, e gradualmente os tremores vão se apaziguando até dar lugar a um frio de gelar os ossos. Mais uma vez ela espera para ouvir tiros; nada. Engatinhando, escala a duna mais próxima e cavouca a vala do outro lado. A areia ainda retém parte do calor do dia, e nela Helen deixa-se rolar, cobrindo os braços e as pernas molhados de grãos brancos. Há nesse momento uma selvageria que ela saboreia, sob todo o seu desconforto e medo. É como se ela jamais tivesse sido humana. Camadas de culpa e decência são esfregadas até sair. Ela dorme.

O delicado cinza que antecede a manhã a desperta, e ela arrasta o corpo rijo para a praia, passa por outra duna alta, através de camadas de umbigos-de-vênus e sabugueiros-d'água, até o forte construído pela metade. Suas vigas de madeira assemelham-se a pilhas de lenha bem altas. Rastejando, ela o contorna, entra pela parede inacabada e enrodilha-se junto ao estuque que reveste o interior, em remendos. Através do teto aberto, nuvens avolumam-se como dúzias de bulbos. Seu estômago começa a se contrair, e ela apalpa o vestido em busca do lenço com as batatas. Nada encontra. Estavam no bolso do casaco. Ela começa a chorar, e a selvageria desmorona um pouco. O frasco ainda está preso à cintura, então ela bebe e adormece de novo. Seus sonhos são vazios.

* * *

Na quarta-feira, 10 de abril, um grupo de soldados britânicos caminha de um canhão a outro ao longo da bateria da cidade e enfia pregos farpados em cada uma das bocas de fogo para que a artilharia não possa ser disparada. Do paiol, que agora se transformou em prisão, John ouve as marteladas. Certa noite, três homens haviam conseguido escapulir sorrateiramente, mas depois o coronel enviou uma mensagem instruindo-os a manter a posição. De tempos em tempos eles esvaziam o balde da noite quando não há soldados por perto, mas o fedor persiste. Não faz sentido defender um barril de pólvora num cerco. Os britânicos podem facilmente incendiar casa por casa; eles não têm interesse nenhum na pólvora. John teria escapado também, exceto pelo fato de que, na condição de homem pobre e órfão, não pode correr o risco de exoneração. Não existe futuro para ele sem a honra de sua posição, e o futuro compõe o grosso de seus pensamentos nesses dias. Ele tem de continuar dizendo a si mesmo: Helen está viva ou morta, e esses são fatos imutáveis. Bem agora, ela está viva ou está morta.

Uma batida na porta do paiol acorda John de sua modorra matinal. Um mensageiro do coronel Easton informa que os britânicos recuaram para os navios e estão interessados em negociações.

— Que tipo de negociações? — pergunta John. — São eles que fazem as regras desse jogo.

— Havia quatro oficiais britânicos no presídio de New Bern — diz o mensageiro. — Eles foram trazidos para uma troca.

— Os prisioneiros estão todos bem? — William Dennis sai na manhã e estreita os olhos. Um pesado lençol de nuvens passa acima deles. — A mulher?

— A gente dá e a gente recebe — diz ele, e transmite as ordens para que se apresentem de volta no acampamento paralelo à linha de pinheiros nos arredores da cidade. — O coronel quer as armas e a pólvora também.

— Agora ele quer a pólvora — diz o terceiro soldado, e ele e John erguem o barril enquanto William recolhe os mosquetes e as balas empoeirados.

Os oficiais britânicos já estão no acampamento, agrilhoados e conversando com os soldados americanos. Foram bem tratados em New Bern, dizem eles, especialmente pelas mulheres. Isso lhes granjeia um par de tapas e algumas risadas. Há perigo somente quando os homens se esquecem de que são homens.

À tarde, uma fila de soldados americanos espera junto ao cais, com os prisioneiros britânicos acorrentados atrás. Um grande bote se aproxima do canal, trazendo quatro oficiais paramentados e seis pescadores. Quando encostam no pequeno píer, todas as armas são erguidas. O coronel Easton afasta-se com um dos oficiais para uma conversa particular. John observa as mãos de ambos, que se movem primeiro com a rigidez das boas maneiras e depois com agitação. Está claro para todo mundo que não há mulher nenhuma no barco.

Easton ordena que os soldados recuem. Com um cutucão instrui os britânicos a darem um passo adiante, e William Dennis retira os grilhões enquanto os pescadores são desamarrados. Arrastando os pés, os dois grupos passam um pelo outro. Nenhuma arma é abaixada até o bote, voltando, alcançar o meio do canal e os navios ancorados.

— Eles ficaram com dois pilotos — diz Easton —, para guiá-los para fora do porto. Serão libertados assim que chegarem ao alto-mar.

— Eles estão indo embora, então?

— Quando partirem, prometeram devolver os pilotos.

— Havia uma mulher — diz William.

Easton afasta-se alguns passos do cais, depois volta. Desembainha o sabre e enterra a ponta nas pranchas do píer.

— Eles não encontraram a mulher.

William olha para John, e John fita os próprios sapatos, a cabeça latejando.

— Existe uma possibilidade de que ela tenha escapado.

— Ninguém viu? — Um dos soldados vira-se para olhar para os pescadores, que ainda estão esfregando os pulsos na beira d'água.

— Um homem, que não tem uma reputação de sobriedade, diz que a viu pular do navio — diz Easton.

— *Pular?*

— Não existe razão para crer que os britânicos a tenham machucado. Ela pode ter escapado. Talvez eles a mandem de volta com os pilotos. Não estamos em posição de nos dar ao luxo de fazer exigências demais.

Alguns dos soldados descem até a água para escutar as histórias dos pescadores sobre a captura antes que Easton ordene que voltem ao acampamento. Não entendem que tipo de batalha é essa que não tem fim, em que as mulheres podem desaparecer feito bruxas e em que não há o que defender. Os dois rios entre os quais se assenta Beaufort, o North e o Newport, jamais fizeram esses homens enriquecer. Easton disse-lhes que, se os britânicos tomarem Beaufort, ocuparão New Bern e depois o interior, mas mesmo os homens que não viram combates sabem que essa é uma guerra agonizante. Estão exaustos, com saudade de casa. Os soldados marcham de volta para o acampamento, os joelhos já não sobem tão alto como outrora. Em pequenos grupos os pescadores tomam o rumo de casa, onde as esposas estão agradecidas e indignadas.

Assim que as nuvens se espalham ao sabor dos ventos e a luz começa a definhar, o regimento de Beaufort acomoda-se para uma noite de ócio. Numa barraca de aniagem, um soldado distribui cartas à luz de vela. Dois homens de pé sob um pinheiro dividem um cachimbo. William está deitado em seu catre com as mãos cobrindo o rosto. John entra sozinho na floresta. Sem ser seguido, vai caminhando até a cidade. Entra furtivamente na casa de um comerciante e compra pão e queijo e batatas da dona da casa, que fica feliz por ser paga pelo roubo. No cais, ele desata um esquife e rema canal adentro, descansando a cada minuto, como se fosse apenas um pelicano e não um soldado americano.

O pescador beberrão, que não poderia estar embriagado depois de seis dias de aprisionamento, contou a John que a mulher havia se jogado da proa do terceiro navio, quando este estava virado para o sul, diretamente para o mar. Depois ela se afogou ou parou na praia, disse John. O homem piscara para ele.

O canal é flanqueado por dois bancos de areia cobertos de vegetação rasteira que ficam entre Beaufort e as ribanceiras maiores na margem mais distante da enseada. John segue para Shark Shoals, o pedaço de terra a oeste. Ele abica e avança bastante ao longo do banco de areia, a fim de ficar fora do alcance dos navios britânicos, que estão às escuras e imóveis no canal. Custa-lhe meia hora arrastar o esquife pelos baixios. Mesmo um barco pequeno não se mostra fácil de puxar pela areia molhada. A cada poucos passos ele assobia, mas não há resposta. Ele esquadrinha as margens a leste e a oeste, mas somente esqueletos de peixes interrompem a lisura da areia. Do outro lado dos baixios, ele pode ver os contornos da ilha Bogue. Se o corpo dela não estiver lá, ele remará até os bancos de areia de Shackleford, perscrutará a areia, e então contornará de volta até Bird Island. Depois irá para casa e ao amanhecer começará de novo.

Passa da meia-noite, e Helen dorme. Segura na mão alguns talos de aveia do mar, em que consistiu seu jantar. Ao longo do dia ela acompanhara a estreita sombra da parede do forte se mover em torno do próprio círculo, agachando-se na nesga sombreada. Ao meio-dia, o sol inevitável, ela saíra em busca de sustento. Arrancou uma moita de aveia do mar, cortando com os dentes as raízes, antes de notar os cascos dos navios britânicos no canal atrás dela. Voltou engatinhando para o forte e, com a água que restava no frasco, lavou a boca para tirar a areia. Viu fantasmas arrastando-se pelas dunas. Amanhã ela tentará encontrar o caminho de casa. Depois disso ela adormece.

Quando acorda, ainda está escuro. Sua boca está seca, com sede. O orvalho assentou-se sobre suas saias, e há um homem junto dela. As mãos dele estão pousadas em sua barriga, e ela sente seus dedos.

O grito de Helen sai como um arquejo rouco. Ele estica a mão para cobrir sua boca, e quando ela se aquieta, ele corre as pontas dos dedos sobre os lábios dela, uma vez, e se afasta. Agacha-se na ponta mais distante do forte e espera que ela fale.

Ela não consegue falar. Há um homem a quem ela ama e que não é seu pai, e Deus que a levou até aqui está esperando para guiá-la de novo, mas ela não é capaz de evocar uma imagem de seu lar para ajudá-Lo. Deus está agachado, esperando por ela. Não há nela líquido suficiente para chorar, então, em vez disso, seus olhos ardem. Os homens a encontrarão, ela será levada, amarrada de novo, e tudo que ela quer é a sua casa — a sua casa não: um cofre para sua fé. Não é ela quem está escapando; é Deus quem a guia adiante, quem lhe diz que um amor pouco experimentado não é amor de jeito nenhum. Ele fica lá agachado, distante demais para ser tocado, e pede que ela revele seu coração — o frasco que ela carrega, que o deixe mergulhar nos cantos invisíveis. Os pulmões dela crescem e se animam.

Deus desarrolha um cantil e o segura para ela. Ela rasteja até ele e bebe.

Chega o dia e os navios estão disparando contra Beaufort. John dá pão umedecido a Helen, que desperta e dorme. Ao norte, ele pode avistar a fumaça elevando-se acima da duna, além da qual se oculta a cidade. Anéis pequenos, ainda não é uma conflagração. Ele pousa a cabeça dela sobre o seu casaco e caminha até a orla. Uma chalupa americana arde no ancoradouro. Ele não sabe onde ela estará a salvo, mas o forte não será capaz de abrigá-los por muito mais tempo. Precisam de mais água.

De tarde, ela acorda de um cochilo e observa um maçarico-das-rochas abrir caminho às bicadas na direção do forte, parando para ciscar o chão ou para passar o bico em suas penas. Quando a vê, o pássaro inclina a cabeça e fica imóvel.

— Como se sente? — A voz de John faz o maçarico-das-rochas sair saltitando e depois voejando, até sumir de vista.

Ela se vira na direção dele e não consegue entender o que está acontecendo na ilha.

— Quando você chegou?

— No meio da noite. Você fugiu a nado do navio.

— Passei um dia inteiro aqui, e você não estava aqui.

— Eu não sabia onde você estava.

Ele está sentado tão longe dela.

— Meu pai?

— Não sabíamos que era você. Eles o avisaram do ataque, mas ele não pode entrar na cidade. Acha que você está a salvo. — Uma explosão no porto faz Helen pôr-se de pé, mas quando o sol bate em seu rosto, ela cambaleia e desaba de novo no chão. John permanece onde está. — Precisamos ir embora.

— Você não pode ficar aqui. Sozinho, comigo — diz ela.

— Tenho um barco. Vamos partir hoje à noite, se a fuzilaria cessar. — Ele tira do embornal algumas batatas pequenas e as oferece a ela com a palma da mão aberta.

— Minhas batatas — diz ela. — Você as achou.

Cai a noite e Helen já quase voltou a ser ela mesma. O cantil de John está vazio e no seu embornal resta somente um naco de pão. Eles arrastam o barco pela duna até a praia, onde nessa luz turva não parecerá muito diferente de um pedaço de madeira à deriva. Sentam-se na areia à sombra do barco e esperam que a maré chegue até eles. Ela estica a mão para segurar a dele. Está morna e seca, e pela primeira vez ela se lembra dos dedos dele em sua boca. Ela não suporta a ideia de deixar essa ilha, o forte de gravetos. Não há nada de que ela não tenha medo.

— Você me escreveu tão pouco — diz ela.

— Você me escreveu sobre os trabalhos na fazenda — diz ele.

Ela irá com ele para qualquer lugar.

Ele coloca no peito a palma da mão dela até a respiração de ambos encontrar a mesma cadência. O último matiz de dourado no céu evapora, e as espirais de fumaça da cidade agora se amalgamam na escuridão.

Entram com o barco na água, remam contornando as costas dos navios britânicos adormecidos, rumo a Bird Island Shoal, puxam o barco pela areia, e remam até os confins da cidade, a leste do cais, onde arrastam o barco para os pântanos na base de Long Ridge. A jornada levou várias horas, e quando entram no casarão, sobem as escadas e atravessam a porta que William Dennis havia arrombado, Helen desaba no chão do corredor.

John a ergue e ela lhe pede que vá embora. Ele vasculha a casa até encontrar um quarto que dê vista para o mar. Deita-a delicadamente e espera. Os olhos dela estão fechados. Ele estende a mão para lhe tirar os sapatos, mas ela está descalça. Suas meias estão rasgadas e sujas de lama. Ele não pode tirar as meias de uma mulher. Helen pede para ele ir embora. Ela estende uma das mãos na escuridão. John toma a mão dela entre as suas, como se a mão fosse o corpo dela inteiro. Beija-a. Ela se senta e estende a outra mão e, quando ele chega mais perto, ela abraça seu pescoço. Ela encontra a boca dele e prende-a na sua e não solta mais.

Quando ele acomoda o corpo dela na cama e lhe afaga com o polegar a maçã do rosto, Helen lhe pede que não se esqueça de voltar para ela. Faz duas noites e um dia que ele está ausente de seu regimento, e se for açoitado por deserção, então voltará bem rápido. Ela sorri e ele ajeita o cobertor sobre o corpo dela.

No caminho de volta para o acampamento, ele se detém nos barracos dos escravos adjacentes, nas terras de Cogdell. Um homem está sentado num dos alpendres comendo uma fatia de bolo branco. Ele está sem camisa, e à luz do candeeiro do homem John pode ver o sangue reluzindo em suas costas. Uma culpa desnecessária o inunda. John pergunta qual é o barraco de Moses, e o homem aponta para um lugar abaixo.

Ele bate de mansinho na porta. Depois de alguns instantes, Moll abre uma fresta. Ao ver John, ela sai de lado e fecha a porta atrás de si. Indica com um gesto o arrozal atrás dos barracos, e os dois começam a caminhar.

— Você a encontrou? — ela pergunta.

— Ela está de volta a Long Ridge. Você pode dar uma passada lá para vê-la?

— Vou de manhã. Não há trabalho agora; estamos todos esperando.

— Havia um homem açoitado. — Ele se vira a fim de olhar para a luz solitária no alpendre que vem dos barracos abaixo.

— Tentou fugir. Foi para o norte em vez do sul, correu direto para o acampamento dos soldados. Eles tentam se agarrar ao pouco de ordem que ainda resta. — Os braços dela estão cruzados sobre o peito. — A tia Caty roubou da cozinha um pedaço de sobremesa para ele. — Enquanto movem os pés na terra dura por entre os barracos e nos alagados de arroz, nas árvores próximas irrompe um coro de sapos. — É melhor você ir embora. Vou visitá-la.

Ele pousa a mão sobre o ombro dela e a agradece.

— Estou quase com pena de que, no fim das contas, vocês dois não tenham fugido. Acho que podia ser a melhor coisa para ela.

— Parece que esta cidade não deixa as pessoas irem embora — diz John. Ele a acompanha de volta ao barraco. Quando passa pelo homem no alpendre, John meneia a cabeça. O homem acabou de comer o bolo e está lambendo os dedos.

De volta ao acampamento, ele desliza para seu catre ao lado de William Dennis, que pestaneja. Ele poderia ter lhes dito que ela estava morta. Poderia tê-la pedido em casamento. Poderiam ter remado até Wilmington. Ele aperta os lábios e recorda até adormecer.

Na sexta-feira, 12 de abril, o coronel Easton recebe uma carta do governador Burke, alertando-o de que três navios transportando duzentos e cinquenta soldados britânicos estavam a caminho de Beaufort, depois de terem sido informados de que a cidade possuía uma grande quantidade de provisões militares para o Exército Continental. Há algum alvoroço quando um dos capitães avisa, aos brados, seus homens: "Estão vindo mais três navios!", mas a carta está claramente datada de 3 de abril, e chegou tarde demais. Uma vez que todo o estoque de provisões militares de Beaufort pode ser coberto por um único oleado nesse acampamento improvisado, Easton sente certa pontada de ironia. Ele ignora o reaparecimento de John, e quando William Dennis conta-lhe que John trouxe de volta a mulher prisioneira, Easton escolhe acreditar nele. Dois outros soldados já sumiram sem o menor indício de retorno. É difícil para um coronel manter seus homens aquartelados num acampamento nos confins de um cerco.

Os disparos de canhão continuam no sábado em meio a um chuvisco vagaroso. No domingo, Easton e seus capitães reúnem-se na casa do sr. Foushee para uma conferência com os membros do conselho municipal.

A sra. Foushee, ex-srta. Kingston, puxa John de lado para que ele a ajude a dispor numa bandeja as tortinhas de carne.

— Ela está bem — diz a sra. Foushee, tirando as tortinhas de dentro de um cesto sobre o aparador. — Quer experimentar uma? Aqui. Ela andou espirrando um pouco, mas nada que seja preocupante. Ela não me conta o que aconteceu, apenas que nadou até a praia e você a resgatou.

— O pai dela já foi avisado de que ela está em segurança?

— As tortas precisam de mais sal? Posso polvilhar um pouco. Sim, e além disso ela recebeu uma carta dele. Ele está em New Bern, esperando que deixem os moradores entrarem na cidade. Você não precisa terminar... aqui, você deve estar exausto e preocupado. Ela tem você na mais alta conta, posso afirmar. Vá se sentar com os homens. Eu queria apenas conhecê-lo de maneira adequada. E agradecê-lo.

Ele carrega a bandeja e a passa entre os soldados. Os homens estão discutindo opções, tanto para a vitória como para a rendição, e todos os detalhes são obscurecidos pela linguagem do orgulho. É uma coisa infesta e ofensiva viver sob cerco. John não consegue acompanhar a conversa. Fica num canto da sala, com os ombros recostados na parede, a parte de trás de sua cabeça grata por encontrar apoio. Ele já não aguenta mais deixar que o tempo o carregue, já não é capaz de evitar uma tomada de decisões, ou de se esquivar de seus afetos. Sua felicidade é dependente agora. Quando sua mente repousa, repousa nela. A sala, abarrotada de soldados e comerciantes, capitães e pescadores, é apenas um lembrete da quietude dela, sua mão úmida na dele, as meias em desarranjo. As vozes todas se fundem à dela, rouca. A conversa sobe e desce feito ondas, cabeças assentem, e ele vê os braços e as pernas dela tremendo no forte, na escuridão. Há discretos aplausos e apertos de mãos, e alguns dos rostos estão sorrindo. Ele terá de se apresentar ao pai dela? Que esperança material ele pode oferecer numa época de guerra? Outro primo dele tem uma casa aqui, e não possui herdeiros, mas essas são as suas únicas perspectivas. Easton está rabiscando instruções num papel e os soldados estão de pé, espreguiçando-se, preparando-se para a saída. Pode ser que ele ainda morra nessa batalha, e ela ficaria sozinha de novo. A sra. Foushee aperta-lhe o cotovelo e abre um sorriso quando ele entra na fila de despedida dos homens. Estão lá fora de novo, e a noite está fresca por causa das chuvas. Hoje à noite ela estará sozinha numa casa enorme; até mesmo as pernas dele doem por desejá-la.

No acampamento, William Dennis diz:

— Mas você não está contente por salvarmos aquela pólvora?

Helen dorme até tarde no domingo, pois não há ninguém para acordá-la. Quando pisa nas tábuas do assoalho, o gemido de seus pés é o primeiro som que ela ouve, a primeira marca de um humano no vazio da casa. Ela sente fome, mas a sra. Randolph está dando de comer aos próprios filhos, no outro lado da cidade. Moll está alimentando o marido. Algum taverneiro deve estar dando de comer a Asa. Não há biscoitos na despensa. No jardim dos fundos, as galinhas estão empoleiradas nos arbustos; ninguém as prendeu no galinheiro, e se ela contá-las tem certeza de que vai constatar que há uma faltando. Ainda de meias nos pés, ela sai à caça de ovos, tateando as moitas e os mourões da cerca, até que encontra dois, marrons e manchados. Bate os dois numa frigideira com manteiga e cebola e os frita sobre o fogo.

Veste espartilho e saia limpos. Depois de ficar na cama por dois dias e de ouvir exageradas reclamações das mulheres que a visitaram, ela está pronta para se tornar de novo senhora de si. Munida de lápis e papel, vai aos hectares de pinheiros e toma nota das tinas que precisam ser substituídas, das cascas que precisam ser arrancadas, das ervas daninhas que precisam ser arrancadas. As árvores cara de gato foram negligenciadas. Na destilaria, os barris de terebintina que estavam prontos para o embarque foram esvaziados pelos britânicos. Quando os navios zarparem e os escravos retornarem, ela os fará trabalhar dobrado para recuperar o estoque perdido.

Ela só se lembra de que é domingo, já perto do meio-dia. Vai a pé até a choupana de Cogdell, mas os bancos estão vazios, e ela se senta sozinha no altar. Um lagarto se aquece no peitoril, e quando ela estende a mão para pegá-lo, ele dá alguns passos preguiçosos e se detém. Sua pele é macia e tem a textura de papel, e seu peito sobe e desce sob os dedos dela. Helen ajoelha-se para encontrar os olhos dele. São pretos e profundos e espelhados. Ela pode ver neles o próprio rosto. Nenhum escravo está à procura de Deus hoje.

Todo mundo por quem ela passa na caminhada até a cidade está quieto e atento. Os mastros dos três navios no canal projetam sombras compridas. A igreja perto do cais perdeu a ponta do telhado devido a uma bala de canhão, e Helen precisa passar por sobre uma pilha de entulho para entrar na nave. Dentro, uma mulher e um homem estão sentados em lados opostos do corredor que separa as fileiras de bancos. Helen senta-se ao lado do homem, que está cofiando a barba. Ele sorri quando a vê.

— Como foi a sua fuga? — pergunta ele.

— Creio que eu deveria ter esperado algumas horas. Fico feliz de ver o senhor.

O pescador dá um tapinha no joelho dela.

— Mais cedo ou mais tarde todos nós somos levados embora. Eu estava pronto para que eles me capturassem, e estou feliz por ter sido solto. Tento não me agarrar com apego demais à minha vida.

— A esposa do senhor deve ter sentido sua falta — diz ela.

Seus sussurros ecoam pelas paredes da igreja, e a outra mulher virou-se para encará-los com uma expressão carrancuda. Helen inclina-se e chega mais perto da orelha do homem.

— Eu achava que não sabia nadar, mas o oceano me carregou até a ilha Bogue, exatamente como o senhor disse. No fim, não fiquei com medo. E depois um soldado foi me procurar e me trouxe para casa.

— Na manhã seguinte eles puseram a gente num barco e remaram até a praia e desamarraram nossas cordas e devolveram a gente. Cinco dias da minha vida em que não precisei acordar de madrugada ou trabalhar nos bancos de ostras. E a senhorita está certa, ela ficou feliz de me ter de volta, e demonstrou isso.

— Então para que nos preocuparmos?

A mulher do banco da frente, que estava rezando pelo filho, levanta-se e sai da igreja.

* * *

Na noite de segunda-feira, os homens que estavam recolhendo madeira reúnem-se para amarrar as pranchas e pintá-las com resina. Trabalham no escuro, no gramado da encosta de Long Ridge que desce até a água. Aqui estão praticamente escondidos das vistas dos britânicos. Helen cedeu o espaço e um pouco de resina crua, e agora lhes traz canecas de chocolate quente. Os moradores da cidade trabalham numa jangada, e os soldados constroem outra. Ela evita dar uma caneca a John porque ele fica nervoso perto dela, por isso ela fala com William Dennis, cujas mãos acabam ficando emaranhadas nas cordas; quando ela segue em frente, ele está com diversas farpas nas mãos. As mulheres reúnem-se em grupos na escadaria da frente.

Seis homens carregam cada jangada nos ombros. A procissão ao longo da rua Fronteira até o cais assemelha-se a dois altares móveis e uma marcha solene de congregantes. No píer, John e William amarram na ponta de uma das jangadas o único barril de pólvora e desenrolam o longo rastilho. Devagar os homens baixam as jangadas na água rasa, onde sua presença altera o som das ondas. Por alguns minutos a cidade espera, mas os navios continuam escuros e quietos. A maré desliza, puxando os restos dos feixes de madeira. Há somente uma lasca de lua graças à qual é possível enxergar, até que a primeira tocha é acesa.

O fogo move-se lentamente resina adentro, fervilhando e chiando. Os homens empurram as jangadas para o ancoradouro, e um solavanco do vento alenta o fogo. Homens e mulheres afastam-se da orla. A maré é paciente, e as jangadas sacolejam na água. Em poucos minutos, minúsculas luzes aparecem nos conveses dos navios. Alguns gritos reverberam no porto. As jangadas já estão no meio do caminho, ardendo agora, um espetáculo de luz que revela o rosto dos vizinhos.

Desacompanhada, Helen encontra John e segura a sua mão e beija-lhe a palma. Desliza para dentro do bolso do casaco dele um pequeno pacote embrulhado e desaparece de novo no meio da multidão. Ele mal consegue respirar.

Eles podem ouvir os cabrestantes içando as âncoras britânicas quando o barril explode num espasmo de som e luz, espalhando pedaços de madeira chamejante pela água e, em arcos, pelos bancos de areia, onde ardem e estouram e criam raquíticas trilhas de fogo através do gramado.

Em meio a toda a barulheira, a cidade está em silêncio, assistindo, absorvendo como pode toda e qualquer evidência da seara de Deus.*

As jangadas atolam nos pântanos junto a Bird Island Shoal, onde o fogo arde penetrando a resina até atingir a madeira molhada; os restos crepitam e suspiram até as labaredas morrerem. Depois, espirais de fumaça sobem por horas a fio.

Ao amanhecer, os três navios se foram, e os dois pilotos remanescentes remam para Beaufort num escaler, felizes por não terem morrido queimados.

Long Ridge está uma bagunça, e Asa ausentou-se por apenas dez dias. Ele passou uma tarde na Assembleia de Hillsborough, rodeado por outros homens sábios e donos de terras, antes de receber a notícia e entrar em pânico. Ele lhes disse que a sua plantation estava em perigo, o lar que ele havia erguido para ser mais altaneiro que os outros, seus ricos hectares de pinheiros. Mas tudo que ele conseguia pensar era na filha, Helen ainda bebê, aos berros, Helen menina em seu primeiro vestido azul, como uma tirana doméstica, com catapora, no Natal, com Moll, o bolo de amêndoas que ela fez para o aniversário dele, o retrato pintado que ele nunca viu, os beijos da filha até que ela ficou velha demais para beijar. Uma mulher havia sido feita prisioneira, disse Easton, e Asa sabia que era a dele.

Suas lembranças dos corsários espanhóis, sua negligente falta de preparo prévio, devem ter suscitado essa cruel repetição. Exceto pelo fato de que, ao contrário dele quando menino sob cerco, ela estava sozinha. Não tinha pai nem mãe para lhe instruir a ficar longe, não se preocupar. Ele a abandonou, e outra pessoa a salvara.

Há riscos negros de resina na grama, e um rastro de areia sobe os

* 1 Coríntios 3,9: "Nós somos cooperadores de Deus, e vós sois a seara de Deus, o edifício de Deus". (N.T.)

degraus da escada da frente. Dentro, a filha está inalterada. Tão magra, o rosto tostado de sol, os pés descalços, e ela é exatamente a mesma. Ele a abraça e lhe beija a testa, e ela deixa. Sentam-se na sala de visitas e ele não solta o braço dela.

— Eles foram cavalheiros, a bem da verdade — diz ela. — Não tive problemas.

— Foi Deus que olhou por você.

— Creio que foi.

— Deus foi o seu pai quando eu estava ausente. — Ele está se lembrando de todas as palavras ditas contra a fé da filha. — Devo custear a reconstrução da igreja.

— Fico feliz que o senhor esteja em casa de novo. Conte-me como foram as coisas.

Ele põe-se de pé para buscar sua pasta, a fim de mostrar à filha os papéis nos quais está trabalhando, mas assim que sai do lado dela, seu medo retorna. Ele senta-se de novo.

— Lá sou útil de uma maneira que não sou aqui. Estou trabalhando não apenas por nós, mas por todo mundo, parece. O que será uma nação. É claro que é de suma importância que você esteja aqui para manter os negócios nos eixos.

— O senhor vai voltar, então?

— Os britânicos não voltarão — diz ele. — Já estão redigindo tratados na Filadélfia. Você não precisa ter medo.

— Não estou com medo — diz ela, levantando-se do sofá e desprendendo-se do aperto do pai no seu braço. Ela serve-lhe uma taça de vinho Madeira. Quando alguém bate à porta da frente, Asa derrama um pouco no colo. — Não posso ficar nesta terra para sempre — diz ela.

— Há alguém à porta.

— O senhor já pensou no que pode acontecer quando eu me casar?

— Isso ainda está longe de acontecer.

— Fiz o que pude aqui. Gerenciei os pinheirais e ensinei todos os escravos que estavam dispostos a me dar ouvidos. O senhor já não está aqui para eu cuidar do senhor.

— Você precisa de alguém para cuidar?

— De mim mesma, principalmente.

Umas novas batidas na porta.

— Por favor, querida — diz ele.

Quando Helen retorna à sala de visitas, John está com ela, chapéu na mão. Alguém lavou seu uniforme, ou ele pegou emprestado as roupas de algum colega soldado. Ele ainda recende a fumaça das jangadas. Asa põe-se de pé para apertar sua mão.

— Ouvi dizer que devo oferecer-lhe a minha gratidão.

— Eu apenas prestei auxílio a uma fugitiva — diz John, olhando para Helen em busca de alguma espécie de confirmação.

Antes que os dois homens se sentem, Helen conta ao pai que está apaixonada.

Asa sente uma fraqueza, uma moleza no corpo. Após a rejeição a William Dennis, ele tinha passado da frustração para uma espécie de segurança. Então, ela não se casaria, algumas mulheres não se casam. Tanto melhor. Ele havia remodelado sua vida em torno dessa intransigência, e agora precisa da filha. Não ouve John pedir sua bênção, embora não consiga tirar os olhos do rosto do soldado.

— Quem é você? — pergunta ele. — Pensa que vai se casar na minha casa? Quem é a sua família? — Ele deveria estar de pé para isso, mas não pode confiar nas próprias pernas.

— Posso oferecer pouca coisa a que o senhor daria valor — John preferia lutar em outra guerra a ter de pedir a um homem a mão de sua filha.

— Você não vai ficar com esta terra, se é isso que está buscando. Não vai conseguir coisa alguma por meio dela. — Olha de novo para Helen. — Quando isso tudo começou a acontecer? — Ele foi traído.

Ela estende a mão para tocar o ombro curvado do pai, mas ele rechaça o gesto.

— Isso está fora de discussão. Deixe-nos agora, meu caro. Acabo de chegar de Hillsborough, e gostaria de descansar em minha casa com a minha filha. — Ele tem certeza de que vai vomitar.

Helen se posta ao lado de John.

O império de Asa está desmoronando. Ele tenta se recordar de seu próprio amor da juventude, a noiva que ele trouxe para viver nessa fazenda solitária. O rosto tímido dela, seus pés tímidos. Ela não o deixava vê-la despida. Quando a viu nua e descalça para o parto de Helen, ele ficou chocado, e então ela se foi com a mesma doçura com que viera para ele. Uma mulher desnudada até sua essência e evaporada. Helen não era assim. Ele não permitiria que um homem a visse dessa maneira. Não permitiria que ela fosse amada, e certamente não aceitaria que se perdesse.

— Não — diz ele, e de novo, mais alto. — Saia desta casa. — Ele põe-se de pé e segura o braço da filha, tanto para apoiar-se como para detê-la. John começa a recuar na direção da porta. — Já chega. Esta casa está completa. Deus nos abençoou assim como estamos. — John sai pela porta e desce as escadas, e ainda assim Asa, Helen ao seu lado, berra com ele da varanda. — Não volte aqui, na minha casa. Você não é filho de ninguém, e meu não será.

Sua voz começa a falhar, e Helen o conduz para dentro. Ela senta-o na cadeira junto à janela norte, com vista para os hectares, e serve-lhe outra taça de Madeira. Asa está surpreso de ver o rosto seco e sereno da filha. Ela ajoelha-se aos pés dele.

— Long Ridge é nossa — diz ele. — Não de um soldado pobretão, não de um corsário. Ele não tem lealdade nenhuma. Acha que ele ama você? Ele venderia você para os cheroquis. Trocaria Long Ridge para ser dono de uma chalupa. — Quanto mais ele fala, mais ouve suas palavras caindo como moedas num poço vazio. — A sua mãe ficaria envergonhada. — O rosto dela não se altera. — Eu devia ter casado você aos dezesseis anos, junto com Moll. Sabia que ela está esperando um filho agora? Não quero mais olhar para você. Não, fique, fique. — Ele leva a mão aos cabelos dela. — Às vezes consigo ver a sua mãe em você. Em algum lugar em você está a delicadeza dela. — Ele sorri. — Querida. No outono você mandou pintar seu retrato. Não fique surpresa, eu sabia que o pintor estava aqui. O que é, uma miniatura? Você deve estar guardando para o meu aniversário. Pode me dar agora, assim fazemos as pazes. Nunca tive um retrato da sua mãe.

— Não está comigo.

A mão dele passa agora para o rosto dela, acaricia-o, sentindo sua maciez.

— Não quero ficar zangado com você.

— Eu fiz o retrato para outra pessoa.

Ele recolhe a mão e a deixa cair no próprio colo. Há uma nódoa por causa do Madeira derramado. Ele deve entregar suas calças para a sra. Randolph assim que ela voltar. Onde estava ela, enquanto Helen se apaixonava?

— Dei o retrato de presente.

— Diga-me como ele era. — Ainda é o meio da tarde, e ele já está pensando em dormir, pensando no que uma noite de sono seria capaz de fazer por ele. Perdeu sua energia para lutar agora; faria isso melhor de manhã.

— Era só uma coisinha de nada. Meu rosto, meus cabelos. Não ficou muito parecido comigo.

— Conte-me.

Além dele, através da janela, ela pode ver ao longe as árvores cara de gato.

Poucos dias depois, navios mercantes começam a retornar ao porto de Beaufort. Asa promete ao pastor fundos para a reconstrução da igreja. Crianças recolhem as balas de canhão britânicas e as vendem de volta ao regimento, que está em processo de debandada. Não há outro lugar para onde mandar os soldados. Na véspera da partida de Asa para Hillsborough, Helen arruma o baú do pai e prepara o jantar sob a orientação da sra. Randolph. Escava o miolo de pãezinhos, recheia-os com ostras e molho e coloca-os sobre folhas de repolho. Como sobremesa, assa para ele uma maçã. Enquanto ele está dormindo e sonhando, ela faz a própria mala: um casaco, a carta escrita por John, uma licença para o casamento.

De manhã, um navio barbadiano iça velas fora do porto e manobra pelo canal entre os baixios, passando pela ilha Bogue, pelos bancos de areia de Shackleford, e singra para o Atlântico. Ela se foi.

PARTE III

1793-1794

I

Depois que a enterram no adro da igreja, o cura lendo a liturgia e as palavras de consolo, eles não mais se falaram. John retorna para sua casa vazia, a janela do andar de cima ainda aberta, e Asa volta a pé para Long Ridge. O veranico de outubro está chegando ao fim. Asa acende o fogo na sala de visitas e deita-se de lado no sofá, dobrando os braços bem apertados junto ao peito, as mãos crispadas, numa posição quase de penitência. De olhos fechados, imagina Tabitha. Sua única neta, a última numa linhagem de mulheres. O corpo dela espremido dentro de um barril, encharcado, preservado. Ele havia pedido para removê-la para um caixão, mas John recusou. Talvez quisesse pensar no corpo dela como sendo indissolúvel. Ambos os homens estavam cansados; houve pouca altercação.

Tampouco havia alguma vitória para reivindicar. Asa jurou que a criança morreria se fosse levada, e a criança morreu. O que isso significa? Nada. Estamos todos morrendo.

Amanhã, talvez, ele fique mais furioso. Agora pode apenas tentar, em vão, dormir. Quando o fogo se extingue, ele ainda está acordado. Poderia buscar um cobertor, mas isso seria complacência. Leva as mãos à boca e sopra dentro das palmas fechadas em concha. O bafejo aquece seu rosto, como a respiração de uma criança.

A sra. Randolph acorda Asa quando chega para lhe preparar o desjejum. Ambos estão mais lentos agora. Quando ela se abaixa para varrer as cinzas da lareira, ele pede que, por favor, não, ele mesmo pode fazer isso assim que se levantar. Ela anui com um meneio de cabeça e espera ajoelhada sobre as lajes por alguns instantes antes de pôr-se de pé de novo. Os filhos dela estão mais velhos, alguns se casaram, e ele pediu reiteradas vezes que ela se mudasse para Long Ridge. Ela gosta de sua independência, mas Asa nunca esteve tão sozinho como agora.

— O senhor deveria trazer o moço para morar aqui — diz ela. Ele não responde, então ela desce até o porão para pegar cebolinha e tiras de carne de porco. O estoque encolheu desde a morte de Helen, e metade das prateleiras está vazia agora. A sra. Randolph olha para os potes de açúcar e cacau em pó e não sabe para que ele precisará deles agora que Tabitha não passará aqui para buscar doces. Se ao menos houvesse outra mulher para vir vê-lo. Pena que a viúva Dennis falecera; talvez pudesse haver um casório. Ela resolve ajustar as compras dele. É difícil manter uma cozinha preparada para um homem solitário. Agora ela terá de passar na casa de John também — certificar-se de que ele está se alimentando e enxotando os ratos. É o orgulho que os mantém distantes, e a obriga a trabalhar em dobro.

Asa decide não se levantar do sofá. Quem é que está de olho para ver se ele ocupa seu lugar à cabeceira de uma mesa vazia? A sra. Randolph encontra um bandeja para o prato de Asa, e ele encara a comida até o calor se esvair e a sra. Randolph sair da casa para procurar víveres no jardim, e depois toca com os dedos o seu café da manhã. O mingau começou a endurecer. Ele enfia a mão em concha e leva um bocado à boca, comendo da maneira mais asseada de que é capaz. Mergulha os dedos na caneca de cidra que ela trouxe, depois lambe para sentir o gosto. Se fosse cego, não teria imagem nenhuma para assombrá-lo. Dorme de novo.

A sra. Randolph encontra um cobertor para cobri-lo. Ela varre as cinzas.

Todo canto da casa de John é uma esquina que ela já dobrou. As paredes ainda carregam as impressões digitais dela. Quando o vento entra pela fresta de uma janela escorada, faz o mesmo som de quando Tab estava na sala, e John continua virando-se para encontrá-la. Ela nem sequer visita seus sonhos, nos quais ele se exaure assombrado, buscando por ela, chamando seu nome ao longo de veredas vazias, de pé num esquife procurando a cabeça dela nas ondas. Ao acordar, tem a sensação de que um tampão foi arrancado de sob seus pés, e todas as coisas indizíveis escoaram dele. Tocando uma maçaneta, erguendo um garfo, ele teme que a sua casca se despedace. Esta era uma casa para a qual os dois tinham vindo, e não é uma casa em que caiba apenas um.

Ele arrasta seu colchão rua abaixo até a loja, arando a terra atrás de si, e acomoda-o no quartinho dos fundos, onde a presença dela é mais tênue. Dorme lá por três dias até ter condições de reabrir o estabelecimento. As únicas coisas para comer são doces e frutas secas, e estas ele devora, encontrando a filha na doçura. Os primeiros fregueses deparam com um espaço bagunçado e revirado. Ele vende suas mercadorias sem falar, embora nada ganhe com o silêncio. Às vezes deseja que Asa passe por ali, ou mesmo Blue Francis, para que ele possa agarrar a manga da camisa de um homem e dizer: "Lembra de quando? E do jeito como os olhos dela combinavam com o rosto?". Eles fitariam as próprias mãos e falariam das unhas rosa-pálido dela. John sente gratidão por Asa não visitá-lo, tampouco Blue Francis, que mal a conheceu.

Certa tarde entra na loja um menino com ovos para vender. John observa-o do outro lado do balcão: seu cabelo nodoso, os grandes olhos castanhos, seu cestinho de palha.

— Só tem cinco ovos aqui — diz John.

— É tudo o que eu tenho — diz o menino.

— Quem vai comprar cinco ovos?

— Pra pôr numa torta, ou outra coisa qualquer.

— Durariam um dia só.

— Então é uma quantidade de ovos suficiente pra um dia.

John conta um quarto de dólar em moedas. O menino as conta de novo.

— Você vai levar o dinheiro para a sua mãe? — pergunta John.

— As galinhas são minhas.

— E você vai gastar em quê?

— O senhor tem alguma casca?

— Limão ou laranja? — pergunta John, antes de se lembrar de que não tem nem uma nem outra. Na noite anterior, depois que as luzes da cidade tinham gotejado até derreter na escuridão, ele havia se sentado no colchão no quarto sem janelas e comera todas as cascas de frutas cristalizadas, cujo lustro absorvia os únicos vestígios de luz no ar. Elas tremeluziram nas mãos dele. Quando acabaram, mais uma coisa que o fazia lembrar-se de Tab havia desaparecido, e ele dormiu de novo.

— Laranja, por favor — diz o menino.

— Guarde seu dinheiro para alguma coisa melhor. Moll não vai gostar de saber que você andou gastando em doce.

O menino chuta o balcão. John nunca chegara a conhecer o filho de Moll, embora vez por outra eles entrassem juntos na loja. O menino nasceu depois que John levou Helen para o mar, e quando retornaram ela tinha sua própria gravidez para cuidar. Sem Helen, John tinha problemas para encarar Moll. Ele carregava a culpa que carregam todos os homens que perderam a esposa no parto; a visão de outras mulheres o deixava constrangido.

Mas aqui está um menino de onze anos, talvez doze, que também poderia ter morrido, ou sua mãe.

John observa o menino andar a esmo pela loja, roçando os dedos nas coisas que ele poderia comprar por vinte e cinco centavos. Quando o menino se detém a fim de inspecionar algo, ergue-se na ponta dos pés, flexionando os tornozelos. John não consegue imaginar a energia que é necessária para fazer isso. Se ficar sozinho aqui por mais uma semana, perderá por completo a capacidade de se mover. Fechará os olhos e se enfiará chão adentro, e uma pele áspera irá cobri-lo. Ele fecha os olhos para experimentar a sensação. Há em seus braços e pernas uma quietude que é muito suave e agradável, e ele quase não consegue respirar tamanho o medo de si mesmo.

Um botão atinge sua testa. Ele abre os olhos. O menino está encolhido atrás de um suporte de vassouras de madeira, sorrindo.

Ele é apenas uma criança. Não perdeu coisa alguma.

— Qual é mesmo o seu nome?

— Davy.

— Quer um emprego? Vou precisar de ajuda. Cuidar do estoque, atender os fregueses.

— Fazer as encomendas?

John apoia os braços sobre o balcão e encara atentamente o menino.

— Isso você pode deixar comigo.

— É que parece que o senhor está sem as coisas, cascas, por exemplo.

Os recibos sobre a escrivaninha de Asa estão bagunçados. Ele não os registra em seu livro contábil desde que John partiu com Tabitha, mas a correspondência não parou de chegar, e a papelada se acumula, formando pilhas. Sua produção de terebintina desacelerou após a guerra, depois que Helen se foi, e agora ele vê menos incentivo ainda para trabalhar. O império que ele havia construído para si mesmo está encolhendo. Cogdell, seu vizinho a oeste, fez uma oferta para comprar um terço dos hectares de pinheiros, talvez para começar a cultivar tabaco. Asa não consegue encontrar um motivo para recusar. Suas mãos são peneiras. Seu corpo está perdendo a coesão, como papel velho reduzido a pó. A linhagem sanguínea de Asa chegou ao fim. Ele parou de imaginar um futuro, como fazia quando era jovem e todos os caminhos levavam a versões melhores de sua própria vida. Os caminhos estreitam-se e acabam; suas pernas estão exaustas.

Ele quer convidar John para jantar, chamá-lo para morar com ele. Long Ridge não foi construída para ser a casa de um velho. Mas quando ele empurra de lado os recibos e as cartas por abrir e puxa para si uma folha em branco, paralisa. O convite não pode ser escrito. Esse é um homem que, em seu egoísmo, roubou tudo que Asa um dia amou. Sua filha, sua neta. Ambas levadas para o mar e agora mortas. Talvez o que mais o frustre seja a obliquidade da culpa de John. Mulheres morrem no parto (mas Helen talvez não tivesse se casado, essa era sempre uma possibilidade. Ele abriria mão da chance de ter Tab para manter Helen? Teria sacrificado Helen para ter de volta a sua própria esposa, incólume? Há uma razão pela qual os homens não decidem seu próprio destino). A febre amarela é caprichosa. Se Tab ia morrer, teria morrido na terra ou no mar (mas John roubou de Asa a chance de estar com ela no fim, de ministrar a sua alma. Onde está a alma da menina agora sem a insígnia da religião?). Seus pensamentos giram todos em círculos, levando-o de volta tanto à autoculpa como ao ódio por seu genro. Os caminhos de sua juventude, em incessante bifurcação, tornaram-se um circuito inescapável. A morte é um fato inexorável; então onde está a morte dele? Ele só pode concluir que Deus poupou-o para que sofra.

Há cruzes demais para carregar e ainda seguir em frente; elas o fizeram ruir. Ele está nocauteado, esperando pelo término de seu corpo, suas juntas gritando sob o peso das cruzes em suas costas. Ele não tem força para contemplar o perdão. Mergulha a pena na tinta e convida John para jantar.

Moll havia amado o primeiro filho porque não tinha escolha. Saiu de seu corpo ainda ligado a ele e sua dependência gerou devoção. Ela o amou antes que pudesse evitar, antes de ter discernimento para não amar.

Dois anos se passaram até o segundo filho, e a essa altura ela já tinha entendido que esses bebês pertenciam a outra pessoa. O amor era fraqueza. O amor era reconhecer a retidão do mundo, e isso ela não podia fazer. As crianças eram belas e mereciam afeto, e ela faria o seu máximo e o melhor, mas o seu menino primogênito era a última coisa que ela se permitiu estimar.

Ela tem curiosidade de saber se os seus próprios pais, fossem eles quem fossem, sentiram isso. Se a fazenda na Virgínia, de que ela se lembra apenas como pedaços compridos de verde e trabalho árduo, privou-os de qualquer amor. Eles fugiram? Foram açoitados até a morte? Isso faz diferença?

Ela achega-se a Moses no colchão, mas não o toca. Davy está sentado no canto e balança a recém-nascida no berço de madeira.

Moses fala baixinho.

— Por que não a leva para os campos?

— É perigoso. Tem cobras.

— As outras mulheres levam os bebês delas.

— Algumas levam.

— As que querem dar o peito.

— Eu não levei os outros.

— Você levou o Davy.

De fato ela levou Davy. Acordava perplexa toda manhã e encontrava-o ao seu lado. Os punhos dele eram como flores em botão. Mesmo quando ele já era mais velho e as outras crianças iam ficar com a avó, ela amarrava-o às costas, cantando para ele nas fileiras, ou prendia-o num pano pendurado num galho quando ficava cansada. O sorriso dele, seus pequenos dentes de pérola, não pertencia à plantation, nem a Cogdell, tampouco a Moll. Nem mesmo Deus era dono dele.

Mas o amor que ele exigia dela era finito. Ela tinha apenas um pote de amor, e quando o deu a ele, não lhe restou nenhum.

Quando o segundo filho chegou, uma menina, os olhos de Moll estavam desanuviados. Ela viu o bebê como aquilo que ele era: um fardo, um peso amarrado ao seu tornozelo, um lembrete de seu destino mútuo. Uma vítima. Se ela tivesse compreendido isso antes, talvez não tivesse amado seu primogênito.

O novo bebê não é nada além de um corpo. É isso que ela diz a si mesma para sobreviver.

— Ela vai viver — diz Moll ao marido.

John está tirando todos os pacotes de algodão e barbante e papel-ofício das prateleiras no quartinho dos fundos da loja quando Davy o encontra. Seu colchão, enroscado num lençol úmido, está atravancado de embrulhos. John pisa desajeitadamente entre eles, e quando tropeça numa caixinha e cai de joelhos, começa a dar socos na cama mole.

— Eu vim trabalhar — diz Davy, parado no vão da porta. — O senhor tá procurando alguma coisa?

John permanece curvado em meio a caixas e embrulhos, por isso Davy volta para a loja. Uma moça está apalpando meadas de lã crua e olha para Davy com preocupação. Ele ainda não tem idade suficiente para sentir muito orgulho, então sorri para ela e abre bem as mãos, da mesma maneira como viu lojistas fazerem. Está nervoso demais para articular frases. Fica parado com as mãos escancaradas e espera que ela entenda qual é o seu papel nesse comércio.

— Quero uma meada de lã — diz ela, e uma onda de posse avoluma-se dentro de Davy e o aviva.

Ele pega as meadas que ela pede e carrega-as para o balcão. Fica lá parado por um momento, avaliando as mercadorias, a facilidade com que as manuseia, quando se lembra de que deveria estar do outro lado do balcão. Com uma sonora tossida, mascara seu passo em falso e, às pressas, dá a volta e fica atrás do balcão. Aceita o dinheiro que ela lhe dá porque não sabe o preço da lã, e no rosto dela não detecta nenhuma esperteza, e a esperteza é uma expressão à base da qual ele foi criado. Quando a agradece pelas moedas, ele olha diretamente nos olhos dela e a desafia a puni-lo. Ela pega a lã e abre um sorriso — ainda é quase uma menina — e deixa-o sozinho na loja, finalmente um senhor.

John sai do quartinho dos fundos e encontra Davy reorganizando os potes de especiarias, numa ordem que vai do escuro cravo-da-índia ao brilho do gengibre moído. A noz-moscada, crestada e seca demais, está sozinha na prateleira, inclassificável. John pega o pote, e é um consolo. A organização do menino o comove. Ele quer lembrar-se de Helen, de sua fila de tesouros no navio, dispostos por tamanho e com tremendo afeto, o corpo dele enroscado no dela, mas John tem uma dor maior que precisa ser respeitada. Ele não pode manter todas as suas lembranças e sobreviver.

— Eu devia ter um avental — diz Davy. — Podem não saber que eu sou balconista da loja. Além disso, o senhor precisa de mais coisas coloridas, senão as pessoas não vão entrar pra comprar. E cestos. A minha mãe está sempre querendo um cesto dos bons, porque eles quebram e esfiapam o tempo todo.

— Você sabe onde fica a minha casa? — pergunta John.

— Acho que sei.

— Na sala da lareira, numa das prateleiras, há um embrulho em papel pardo.

— Uma caixa?

— Fina e mole. Você vai lá e procura?

— É só entrar? Não tem ninguém lá?

John pousa o potinho de noz-moscada em cima do de gengibre. Teria sido mais fácil perder um filho homem? Em um menino há algo que é impossível proteger. A jornada que ele empreende, para a vida ou para a morte, é simplesmente a que ele mesmo forja. Mas Tab e Helen ficaram deitadas inertes, à espera, a respiração presa, para que o mundo infligisse sua vingança. Ele deveria ter cuidado melhor delas. A culpa é dele. Sua própria culpa. Ele se esforça para subir e escapar desse pensamento. Está ficando melhor em cair e escalar o abismo da escuridão. Nesses momentos de paralisia, o que o carrega de volta para cima é a certeza tranquilizadora de que não lhe restou sofrimento algum. Não existe mais pesar. Ele foi ao fundo do poço da dor e viu o pior de Deus. Um homem que perde a filha para o mundo é sua própria punição. Ele se esquece do que a filha realmente era, de como os olhos dela agarravam com entusiasmo a oportunidade do desconhecido, de como ela buscava a si mesma no isolamento e sonhava com a própria atuação em batalhas.

Davy é precavido e receia ser açoitado, por isso insiste no avental antes de sair a pé rumo à casa de John. Encara nos olhos os homens por quem passa no caminho e se sente formidável em seu guarda-pó branco. A porta está destrancada, e quando ele enfia a cabeça dentro, vê a silhueta de uma mulher no chão do corredor, esfregando as tábuas de pinho em círculos preguiçosos, com o mesmo vagar com que um caranguejo usa uma das patas para fuçar a areia. Reconhece os cabelos encaracolados branco--cinza da sra. Randolph. Ela deve ter sido emprestada da casa-grande de Long Ridge. Uma vez ela levou pão para a mãe dele quando estava acamada e doente demais para assar. Moll era orgulhosa e não comeu, por isso Davy não lhe disse que o pão da mulher branca era melhor. Devia ter um pouco de açúcar.

O menino não sabe como se dirigir à mulher mais velha, por isso assobia. Ela se sobressalta, esguichando na parede um borrifo da água suja da limpeza. Ele pode ver o pânico nos olhos da mulher antes que ela se lembre.

— É o menino da Moll? O que você está fazendo?

— Eu trabalho na loja agora — diz ele, entrando e fechando a porta atrás de si como se fosse o dono da porta e dos gonzos e do ferrolho de ferro enferrujado. — Preciso encontrar um pacote para o patrão John.

— É patrão John agora? Vá em frente, você parece saber o que quer, mas nada de surrupiar a dispensa.

— Eu *trabalho* na loja — diz ele de novo, deslizando por ela com algum desdém.

A sala da lareira está atulhada de caixas e potes e papéis soltos e poeira. A impressão é de que as rajadas de uma tempestade de outubro haviam assolado o lugar e ninguém endireitou as coisas. Davy pega algumas das caixas menores e as empilha num canto, em cima de um baú de madeira. Elas deixam rastros vazios de si mesmas no pó, contornos fantasmagóricos. Ele pede uma vassoura e varre a poeira, tirando-a de sob as pernas da cadeira e empurrando-a em círculos, até juntar tudo, as partículas encontrando-se umas com as outras feito parentes. Ele abre a porta dos fundos e varre para fora o montículo em explosões dramáticas, cada golpe acompanhado por um uivo abafado de prazer. Agora que o chão está pronto para o pano molhado da sra. Randolph, Davy volta-se para as prateleiras, reposicionando potes de vidro, reabastecendo-os de contas derramadas, ganchos de metal e dedais. Um pote de feijões em conserva tinha se estilhaçado, e ele recolhe as favas em meio aos cacos, engolindo bocados da papa avinagrada e saboreando o sal. Limpa e seca as prateleiras e distribui os recipientes pela quantidade de cada um, primeiro os mais cheios, da esquerda para a direita, os mais pesados na prateleira de cima. Esticando-se para alcançar essa prateleira mais alta a fim de pegar uma tampa caída, Davy sente um embrulho macio. Pensa em deixá-lo onde está. Afinal de contas, os homens brancos também têm suas magias, e Davy era constantemente alertado para não se intrometer com o desconhecido. Sua mãe diz que o diabo aparece em formas que a gente ainda não conhece.

Mas agora ele é um trabalhador e foi incumbido de buscar uma coisa, e talvez até seja pago por isso. Na fazenda, estão pilando o arroz que foi colhido em setembro. Vão continuar pilando o arroz até o Ano-Novo, e até que os roçados estejam preparados de novo para o cultivo, e Davy ainda não é velho o suficiente para contribuir com a sua mão de obra. Eles haviam calculado a idade em que um menino cruza a fronteira entre diminuir o risco de mortalidade e aumentar a força. Ele vai guardar para si seus salários até que seu patrão descubra, e então entregará aos pais parte do dinheiro. Entre suas vendas de ovos e sua arrumação da sala da lareira de um homem, ele imagina que dentro em breve terá condições de comprar a mãe, e depois ela o comprará, e por fim eles comprarão uma casa de verdade. Bem na beira d'água, onde ele nunca teve permissão para brincar.

Ele segura o pacote com as duas mãos, longe do corpo, e sai com ele da sala da lareira, passa pela sra. Randolph — que, sentada sobre os calcanhares, assiste à procissão — e volta para a cidade, o pacote à frente o tempo todo. O pacote tomba pesadamente, feito um gato morto. Faz a espinha de Davy estremecer.

Certo fim de tarde chega um homem para visitar John em sua casa vazia, um marujo de seus tempos de pirataria. O homem perguntou por ele na cidade e achou o caminho. Nada sabe sobre a esposa e a filha, mas diz que John está com bom aspecto, pois ainda tem ambas as pernas e parece bem alimentado.

— Faz anos que não vou para o mar — diz John. Ele não conta os quatro dias com a filha.

— Então é essa — diz o outro — a aparência de um homem preso à terra.

John encontra um pouco de pão e uma garrafa de cerveja velha, e por sua vez o amigo complementa com rum de seu embornal. Brindam ao velho amigo Tom, cuja morte foi confirmada, enforcado por acumular às escondidas limas-da-pérsia.

— Podia ter sido eu — diz o marujo, e John assente. O lema dos piratas. As linhas percorridas entre a vida e a morte eram meros filamentos.

O homem desata a narrar falsas histórias de butim — ouro e virgens — e, com suas mãos, desenha no ar do quarto escuro. Os monstros eram maiores, as epidemias mais terríveis, e os espanhóis tinham mais canhões do que ele jamais havia visto. Mas quando a noite finalmente cai e o rum que ele trouxe já foi quase todo consumido, suas histórias se amornam e John não é capaz de preencher os silêncios. Os homens amolecem, ficam cansados, estão melancólicos de um jeito agradável.

— Vou dizer uma coisa, desisti de tudo, como você — diz o homem. — Eu recebia cartas do meu velho pai, preocupado comigo, achando que eu acabaria caindo no mar num pé de vento qualquer. Por isso juntei meu dinheiro e comprei um pedacinho de terra nos territórios. É bonito lá, tem espaço em abundância e trabalho de sobra para todo mundo.

John inclina-se à frente e esfrega os joelhos.

— Que tipo de trabalho?

— Árvores, principalmente. Você pode derrubá-las durante dias a fio e parece que nunca diminuem. — O homem junta os punhos e balança suavemente os braços para trás. — Corta, corta. O dia inteiro, dias sem conta.

— Só tem homens lá?

— Ah, e algumas esposas. É perigoso se o sujeito não mantiver os olhos bem abertos, mas eles ensinam os caminhos das pedras, e não há muitos percalços. Os homens que se machucam são os que estão ocupados demais matutando em outra coisa, com saudade da família e preocupados com o preço do tabaco, mas eu não tenho mais nada em que pensar, então para mim é muito adequado. — Ele estica os pés na frente da lareira, que não está acesa, na esperança de que o gesto instigue seu anfitrião.

John não está com frio. Ou melhor, ele acabou por aceitar a friagem como o seu quinhão. Ele poderia ir embora. Se não lhe resta nada — e certamente não restou coisa alguma que seja visível —, ele pode se salvar. Há aqui uma sucção de dor da qual John não se libertará, esteja ele nessa casa ou atrás do balcão da loja ou afundado até os joelhos nos caniços, fitando a alvorada em busca de vestígios de coisas perdidas. O desejo de se salvaguardar é um impulso recente e, pensa ele, saudável. É uma espécie diferente de desistência.

— Ainda há empregos? — pergunta John.

— Alguns dos homens estão sempre de partida. Eu mesmo estou indo embora, de volta para Maryland, agora que o meu pai finalmente faleceu.

Está interessado? Posso te dar o nome de alguns homens que cuidarão bem de você. Você iria gostar, sendo um homem sozinho como é.

John despeja nos copos as últimas gotas de rum. As paredes parecem revestidas das marcas das mãos de Tabitha; todas as superfícies ainda estão impregnadas da presença dela. Ele tem dificuldade de acreditar que seu visitante seja imune à aparência de menina que a casa tem, mas mesmo assim não o corrige. Ele é sozinho.

— Qual é a distância?

— Um dia passando pela borda ocidental da Carolina. Agora há estradas bem definidas, algumas trilhas indígenas. Eu não faria a viagem sozinho, é claro. Todo tipo de coisa pode acabar dando errado. Mas ache um homem para levar junto, e vocês dois vão fazer um bem a si mesmos. — Ele olha ao redor, funga. — Esta aqui é uma boa casa, mas num piscar de olhos você pode requerer uns quarenta hectares. Os homens estão indo para o Oeste, e pelo andar da carruagem é assim que as coisas vão ser, creio eu. Não sou um homem sentimental, mas também é uma região linda. Belas manhãs. Fresca.

John oferece ao visitante o sofá da sala de estar, pois no seu próprio quarto já não há colchão, e levando para si um cobertor vai para onde Tab outrora dormia, estende-o no chão junto à janela dela. O vidro ainda está manchado. O borrão é dos dedos dela? Do seu narizinho? Ele mantém a palma da mão a dois centímetros da vidraça e fecha os olhos. A cada dia que passa, e ela não ressuscita dos mortos, o peso de sua lembrança fica mais pesado em volta do pescoço. O que ainda resta dela para abandonar?

Ao longo da noite ele dormita e acorda, e se pergunta o que significa ir embora.

Os escravos deslocaram-se dos campos para o celeiro, onde o arroz é posto para secar, debulhado e joeirado. Logo começarão a moagem, que durará boa parte do inverno. Moll tem dificuldade para manter o ritmo, e quando é acometida de tontura, dois homens carregam-na para fora e a encostam num canto da parede do celeiro. Moses, que não pode parar, manda recado para Davy; o menino vem com água e pão para reavivar a mãe.

Ele mergulha um pano na água e coloca-o no topo da cabeça dela. Moll ergue uma das fracas mãos e move o pano para a testa e as maçãs do rosto, a nuca. Os dias de outubro ainda estão quentes, e o celeiro está pegando fogo com todos aqueles corpos.

— Alguém disse que a senhora talvez esteja... — Ele dá um tapinha na barriga dela e incha as bochechas.

Ela olha desconfiada para o filho.

— E então? A senhora está comendo direito?

— Estou comendo bastante — diz ela. — Que Deus ajude nós dois se tiver outro dentro de mim. — Se Moses tocá-la de novo, ela cortará à faca a virilidade dele. Ela está farta dele, de gente tomando o que é dela.

— Bom — diz Davy, esticando a mão para segurar a dela. — Eu não faço caso se vierem mais bebês. Quem sabe até a senhora tenha um menino.

— Queira Deus que não. — Ela põe-se de pé, apoia uma das mãos na parede. — Venha aqui.

Davy se esquiva, achando que é alguma brincadeira.

— Venha aqui — repete ela.

Ele parece decepcionado. Tira o pano do ombro da mãe, torce-o, mergulha-o na água de novo.

— Não seja boba — diz ele.

Ela enrosca uma das mãos no pescoço dele, puxa-o para perto. Ainda é um pouco mais alta que o filho. Ele se contorce para escapar do apertão da mãe.

Moll não se considera uma mãe carinhosa. Ela não cobre os filhos de elogios; suas atenções estão voltadas para mantê-los longe de encrencas. Seu filho e as filhas que se sucedem em fila atrás dele como degraus de uma escadinha ainda são jovens, ainda não foram enredados na violência, que se tornará mundana. Mas o que ela diria ao filho, se fosse capaz de encontrar as palavras e se ele fosse capaz de ficar sentado tempo suficiente para ouvi-las, é que ele é a razão pela qual ela ainda existe. As filhas vieram porque é isso o que os bebês fazem, eles vêm, mas nenhuma delas respondia a suas dúvidas como Davy. Ele é a luz que continua a atraí-la.

Ela fica feliz que Helen nunca o tenha conhecido; o menino é a única coisa que ela tem, inviolável.

— Vá para casa — diz ela, empurrando-o. Quando o menino ri, ela belisca o nariz dele. — Estou bem, é que ando trabalhando muito.

— Talvez a senhora esteja ficando doente.

— E talvez eu esteja ficando doente, isso mesmo.

Ele ajeita o cântaro de água sob o braço e volta correndo para os barracos, onde estava fazendo uma limpeza.

— Davy — diz ela. — Ele vira-se. — Você é o único bebê que eu quero.

John está vindo jantar, e Asa está no jardim dos fundos, colhendo as últimas rosas antes que sejam consumidas pela geada branca. Ele prefere as flores cujas pétalas são firmemente acopladas, como saias de mulheres. Ao longo da cerca de gravetos cresce uma rosa virginiana cujas flores parecem nuas, seus estames dourados rudes. Era a favorita de sua esposa. A esposa, em quem ele raramente pensa nesses dias de nova perda. Ela trouxe do jardim da casa dos pais uma muda da rosa-silvestre e plantou o broto no solo arenoso atrás da casa. Quando começou a florescer, fez Asa construir uma cerca para a roseira, adicionando mais estacas à medida que ia subindo a leste e a oeste, buscando um horizonte qualquer. Ele arrancava as ervas daninhas de sob a roseira semanalmente, e só entrava quando as espetadas deixavam seus dedos vermelhos e salpicados de covinhas. Os espinhos eram pequenos e comprimidos no talo, e suas pontas recurvadas como garras de gato. Ela jamais cortava as flores para levá-las para dentro de casa, e por que ele faria isso agora? Elas são da mesma cor dos lábios femininos, enrubescidos depois de serem beijados. Ele não foi doce com ela como poderia ter sido.

Na ausência do ser amado, há um novo espaço para a culpa e os pesares do tipo eu-deveria-ter-feito. O arrependimento existe somente quando a oportunidade de mudança se perdeu. Asa conta uma centena de coisas que talvez pudessem tê-lo salvado aos olhos de Deus —, pequenos gestos, toques de amor. Ao imaginá-las, ele quase consegue fingir que de fato ocorreram. Ela está sentada no jardim num banquinho sem encosto, a poucos centímetros sobre a grama crescida, as mãos pousadas no pescoço. Ele ajoelha-se atrás dela e começa a massagear seus ombros. Encosta o rosto em suas costas. As mãos dele entrelaçam-se às dela, e os dois se aquecem no sol já quente. Isso é algo que ele nunca fez. Quem é a mulher no jardim? Não importa; ele nunca a abraçou com força.

Ele entremeia alguns ásteres nas rosas colhidas e leva o buquê para dentro. A sra. Randolph está ocupada com um filho doente, por isso ele pediu a Moll que o ajudasse no jantar. Ele entrega-lhe as flores e pede que ela busque um vaso para colocá-las. Ela parece cansada, mas pega as flores e aperta a mão dele. A presença dela é algo que ele ainda está negociando. Dói ter em casa uma moça que tem a mesma altura que sua filha, que conhecia sua filha, embora ela já esteja ausente há dez anos agora. Quando vê Moll, ele lembra-se de Helen aos dez anos de idade, com catapora, e então sente um nó na garganta porque se lembra de que essa menina está morta. Não, não é ela; é Tabitha. Tab é a menininha. Ele faz força para evocar o rosto dela. Então onde está Helen? Ah, Helen também se foi. Quando Moll lhe traz as rosas num vaso de vidro azul, ele se ressente da vida que ainda aquece suas mãos, ainda move seus pés ruidosamente de um lado para o outro no piso de pedra.

Com as flores no centro de uma pequena mesa de jantar, e os dois guardanapos de pano abertos ao lado das taças de vinho, e as tigelas de porcelana à espera da sopa, a sala quase parece viva de novo. Asa senta-se e esfrega a haste da taça, um ato no qual tradicionalmente encontrava conforto. Dentro das finas colunas de cristal há duas fitas entrelaçadas, opacas, como gotas de tinta despejadas na água. Seus olhos as rastreiam, separando-as, seguindo o rastro de suas espirais, do bojo até a base, onde as fitas desaparecem numa poça grumosa, clara, com uma única bolha aprisionada. Ele começa de novo no topo.

John encontra-o sentado, encurvado sobre a mesa, os olhos cravados na taça de vinho.

Apertam-se as mãos e durante os dois primeiros pratos falam do trabalho na fazenda e da geada que se anuncia e do que a Assembleia Geral vai decidir acerca das taxas de exportação. Quando a colher de sopa de Asa treme no seu queixo e algumas gotas pingam e salpicam sua camisa, John olha para baixo. Eles caem em silêncio quando Moll traz pratinhos com fatias de maçã. Há homens que são capazes de ficar sentados em paz sem trocar palavras, mas não quando um vazio do tamanho de uma criança está na sala com eles. Nem um nem outro sabe como agir. Mexem suas maçãs de um lado para o outro nos pratinhos.

John começa a falar, mas sua garganta seca e suas palavras transformam-se numa tosse assustadora. Asa tem um sobressalto, e sua colher derruba uma fatia de maçã amanteigada na toalha de mesa branca.

— Há uma coisa — desculpe-me. Uma coisa em que venho pensando há algum tempo — diz John.

Asa não quer ouvir gritos quando Moll descobrir a mancha na toalha de mesa. Ele come a fatia caída e puxa a taça para mais perto, a fim de que a base cubra a marca marrom. Ela não vai se lembrar de que lado ele estava sentado.

— Estou tendo dificuldades — diz John.

— O Senhor nos põe à prova. — Asa não sabe ao certo o que está em discussão.

— Acho que não consigo continuar levando um tipo de vida comum. Aqui.

Asa está à deriva de novo. Um tipo de vida comum. Ele não é capaz de imaginar o que isso significa. Já entardeceu agora, e o sol está transpassando o cristal e irradiando pequenos brotos de luz para todos os cantos da sala. Nem todos os homens se casam, ou têm filhos, e eles também fazem parte do rebanho de Deus. Todos têm um papel a desempenhar nessa encenação, certamente, e a paciência é recompensada. Asa deve acreditar que Deus está observando. Lembrando disso, ele sorri para John a fim de encorajá-lo.

— Um homem com quem eu costumava ir para o mar encontrou uma fazenda no interior e um trabalho na derrubada de árvores. A terra é barata e precisam de braços. É fácil passar uma esponja no passado e recomeçar, ele disse, e se erguer de novo.

Asa assente. Ele pode ver seu corpo de fora, um retrato da tolerância, um Jó moderno.

— A oeste das montanhas. Eu não queria partir sem consultar o senhor. Ver se o senhor precisa de alguma coisa, claro.

— Você vai fazer uma viagem?

John corre as mãos para cima e para baixo nos braços de madeira de sua cadeira.

— Estou pensando em comprar terra nova lá no Oeste — diz ele. — No Território Sudoeste, perto de Watauga. Tenho algum dinheiro guardado, e receberia um bom salário para cortar madeira nas florestas de lá. Fartura de velhas árvores de madeira de lei, mais do que sobraram nos arredores de Beaufort.

— Para construir navios? Não, isso é longe demais para navios, não seria possível levar a madeira até o porto.

— É para construir casas, imagino, e assentar estradas e cercas — diz John. — O Oeste está crescendo.

— Sim, casas. Isso faz um homem, construir sua própria casa. — Asa gesticula um dos braços apontando os quatro cantos da sala. — Isto aqui, é claro, um dia já foi nada, apenas estacas e tábuas.

— Meu plano é partir na semana que vem, se conseguir arranjar um comprador para a minha parte da loja.

— Por que você vai deixar a loja?

— Vou me mudar para o Território Sudoeste.

— O Território Sudoeste — diz Asa. Franze a sobrancelhas. — Mas e Tabitha?

John espera para ver se Asa esqueceu, se sua distração é de fato senilidade, mas não consegue decifrar o rosto do velho. Sua culpa flui, coagula-se em sua garganta.

— Imagino que o fantasma dela jamais irá me abandonar.

— Você é otimista?

Moll entra para tirar a sobremesa e encontra os dois homens entreolhando-se, aturdidos. Quando pergunta se pode trazer o decantador de vinho, Asa olha para ela, as sobrancelhas soerguidas, num apelo.

— John disse que vai nos deixar.

— Isso é verdade? — Com uma das mãos na cintura, Moll se posta atrás de Asa, formando uma aliança. — Não consegue aguentar a dor?

John põe-se de pé e com movimentos ágeis do pulso redobra o guardanapo.

— Ofereceram-me uma oportunidade fora desta cidade, e eu prefiro ser útil. Com licença. — Sai para a varanda da frente e senta-se numa cadeira de balanço, sem ser rude o bastante para deixar por completo a casa de seu anfitrião.

Após o intervalo de tempo que uma mãe geralmente dá a uma criança emburrada, Moll sai e senta-se ao lado dele.

— Não passei com ela tanto tempo quanto eu gostaria — diz ela. — Ela me fazia lembrar de Helen, e é claro que eu tinha as minhas próprias crianças para criar. Você fazia um bom trabalho cuidando dela sozinho, eu não me preocupava com isso. Mas agora sinto que queria tê-la conhecido melhor. — Ela desata o avental da cintura e enrola-o até formar uma bola. — Você tem certeza de que quer abandoná-lo?

— Não sirvo de muita coisa para Asa.

— Imagino que os homens têm dificuldade em ver que serventia têm para os outros. Ele vai ficar mais solitário se você for embora, tenho certeza. E você... o que vai fazer sem um único amigo no mundo?

John se mantém em silêncio.

— E você vai para lá sozinho?

— Não planejei os detalhes da minha viagem, Moll, mas não sou uma criança recém-nascida.

— Só pensei que seria bom ter alguma alma com quem conversar ao longo do caminho todo. Se você já se decidiu, há pouca coisa que eu possa dizer. Mas para mim você é um covarde. — Ela espera, e depois toca brevemente o braço dele.

O mar hoje está calmo e sem ondas e parece um céu prateado. É isso que ele vai deixar para trás; é isso que o faz lembrar-se dela.

O quartinho dos fundos da loja cheira a suor e canela. Alguém pediu linha de pescar e Davy está parado no vão da porta, esquadrinhando as prateleiras abarrotadas acima do colchão molenga em busca de rolos de crina de cavalo e cordas de tripa. O quarto está na penumbra, e objetos não identificados refletem lampejos de algum lugar. Ele está com medo de entrar.

— Não, senhor — diz ele. — Estamos em falta disso tudo.

O freguês olha desconfiado para o menino.

— Mas temos uma porção de groselhas. — Davy estica o braço atrás dele, exibindo a parede de potinhos. — O senhor tem esposa? A minha mãe me daria beijos por um punhado de groselhas. Todas as senhoras estão usando nos bolos. E é claro que a gente pode comer também, não pode? Com groselhas não tem erro, senhor.

O freguês sai da loja sem abrir a boca, e Davy contrai as bochechas para fazer uma careta pelas costas do homem.

John retorna e encontra o menino com um canivete abrindo sulcos na madeira da lateral do balcão.

— Entalhando o seu nome?

— As pessoas não compram de mim.

— Ouvi dizer que é o contrário. Não mostrei onde ficam guardadas as mercadorias?

— Aqui parece uma caverna de espíritos. Vi olhos me encarando onde não havia motivo para ter olhos. — Davy agacha-se atrás do balcão, ilustrando seu medo.

— Quantos anos você tem? — John sabe a idade do menino. Lembra-se do corpo arredondado de Moll quando ele e Helen deixaram Beaufort, e do bebê cheio de cólicas que ainda estava aprendendo a ficar de pé e balbuciar quando regressaram para trazer ao mundo a própria filha. Mesmo à distância, o menino sempre foi uma régua para marcar o crescimento de Tab, a linha traçada pouco acima dela.

— Venha aqui — diz John. Acende uma lamparina e entrega-a ao menino e o conduz ao quartinho dos fundos. — Fique aqui enquanto eu procuro os demônios. — Com movimentos espalhafatosos, exibe-se tirando caixas e potes do lugar, fuçando atrás de barris e ficando na ponta dos pés para perscrutar as prateleiras mais altas. — Nadinha.

Davy aponta para o colchão, que ele encara como uma gigantesca cobra estrangulada. John revira os lençóis e as roupas que usou no dia anterior.

— Aquilo — diz Davy, apontando mais enfaticamente para a pele reluzente que ainda parece respirar.

John pega a longa peça de seda azul, com seus veios de rosa e verde. Desde que Davy a trouxe para ele, embrulhada em papel pardo, John dorme toda noite com o presente de aniversário de Tab. Na calada da noite, as infinitas horas de vigília noite adentro, a frieza da seda em seu rosto, o faziam se lembrar da pele da filha antes da febre. Depois da febre. O corpo dela ainda estará frio no barril de rum, acomodado como um ovo no fundo de seu ninho de terra? Ele não costuma pensar nela desse modo, o corpo físico dela, a inevitável decadência. Sua filha não está realmente lá, naquele silêncio. Onde, então? Neste pedaço de tecido amarfanhado, entrelaçado ao corpo adormecido dele? Ela — ou um fragmento dela, uma alma — está com Deus? John está cansado de procurá-la, e não consegue parar. Onde quer que ela esteja, certamente Helen também está.

— São apenas uns metros de seda. Não é fantasma nenhum. — Ele estende o tecido, mas o menino se afasta, gingando

— Isso aí não é coisa para um homem se deitar todo enrolado. É artigo para se dar a uma mulher que possa usá-lo. Aposto que consigo cinco dólares por ele.

É claro que ele deveria vender a seda. Ela está vazia. Ele poderia entregá-la a Davy nesse exato momento para que ele a levasse para Moll. Dar a ela um pouco de beleza em sua vida. Ele dobra o tecido e coloca-o debaixo do braço.

— Agora me diga onde está a linha de pescar.

No final da tarde, John entrega ao menino um pano e o incumbe de tirar o pó. Senta-se atrás do balcão num banquinho sem encosto e observa

Davy mover as mãos pelas prateleiras, nos espaços entre as caixas, ao longo das tampas dos potes. John pode ouvir o murmúrio de uma canção. O menino sacode o pano com um floreio, como se sua vida fosse um deleite. Moll está certa. Se viajar sozinho, John talvez não passe das montanhas. Agora ele carrega dentro de si instintos que deixam pouco espaço para esperança, para movimentos adiante. Não é impossível que ele encontre uma pedra em formato de criança e a agarre e se enrodilhe ao redor dela até que as neves caiam e ele fique soterrado. Ele precisa de um guia no ermo. Um pássaro que cante para lhe mostrar o caminho em meio à escuridão.

Ele deve deixar para trás a filha e ainda assim seguir vivendo, para provar que isso pode ser feito: que o homem determina sua própria vida, e que seus pecados são somente seus.

No domingo, John encontra Asa na igreja. A cabeça do homem mais velho está curvada, e ele permanece inerte enquanto os outros se levantam e cantam e sentam de novo. John senta-se atrás dele e observa os sutis movimentos dos ombros dele, o cabelo ralo preso numa fita na nuca. Alguns fios tremem quando Asa exala. A homilia arrasta-se, sem rumo. Palavras como caridade e tolerância pouco significam. Um fio de cabelo prateado se solta e se enrosca no casaco de Asa, e John estende a mão para retirá-lo. Distraidamente gira o fio no dedo e depois o lança no chão. A mulher ao seu lado recolhe o pé para se esquivar.

A porta da igreja foi deixada aberta para o vento frio de novembro, e o ar carrega consigo o murmurejar suavizante da água. A voz do cura ergue-se acima desse som como uma boia, e a congregação assente. A cabeça de Asa continua encurvada, seu corpo dobrado. John pensa em um homem ainda mais velho sentado no céu olhando essas reverências. O que pode fazer um só homem, mesmo sendo Deus? Arrebatar nossos entes queridos, e depois levar embora a nossa dor? Nesse jogo não existe outro propósito a não ser um capricho. John põe-se de pé. Apoiando-se nos bancos à sua frente, ele vai passando por várias mulheres, pisa num pé, pede desculpas. Está mais frio à luz do sol. Ele se envolve com mais força no casaco e espera que o culto termine. Uma égua amarrada a um poste comeu toda a grama que foi capaz de alcançar e começa a bufar. John afaga o pescoço dela e com puxões desfaz os nós de sua crina. A égua mastiga pensativamente a ponta do casaco dele. John ainda consegue ouvir o cura dando testemunho de uma onisciência que não é possível conhecer.

Os fiéis sempre se alegram de serem liberados; marcham manhã afora com planos de bater os tapetes, visitar negros adoentados, escrever cartas atrasadas para os primos. John chama a atenção de Asa, e os dois apartam-se da multidão, caminhando a passos lentos na direção da beira-mar.

— Você deveria esperar até a primavera — diz Asa. — Não demora muito e os desfiladeiros vão ficar cobertos de neve.

— Então vou atravessá-los antes.

— A terra vai estar congelada quando você começar a construir uma casa.

— Melhor terra dura do que lama. Ora, não há razão para eu ficar aqui o inverno inteiro.

Uma dupla de pescadores está limpando suas redes junto ao cais e os homens cumprimentam John e Asa com um aceno de cabeça. Suas mãos estão esfoladas e vermelhas, e um deles assobia. Há cenas que não se repetirão do lado mais distante das montanhas. John se detém quando avista uma bolacha-da-praia seca e quase a pega para Tab.

— Vou parecer um velho agora, mas você não acha que vai se sentir solitário? — Essa talvez seja a primeira vez que Asa disse a palavra em voz alta. Será que alguma vez ele havia pensado nisso quando era mais jovem? Ele se lembra de que sentia falta da mãe quando ela saía a cavalo para visitar as amigas, mas desde a meninice não se sente como esse dolorido estilhaço humano. Agora tudo que ele vê são as lacunas vorazes de sua vida, as ausências que ameaçam engoli-lo. Ele está sozinho em sua solidão também? Este homem, o marido de sua filha, o pai de sua neta, que encara uma bolacha-da-praia com uma expressão que pode ser de melancolia, ele agora está desatrelado de Asa, e provavelmente agradecido. Asa se abaixa para pegar a concha branca, que tem o peso de um passarinho. — Leve. Você vai sentir falta do mar.

Todos os homens-feitos sentem falta do mar.

— O senhor ainda é dono de Moll, não é? — John faz rolar a bolacha-da-praia entre a palma das mãos enquanto caminham de volta a Long Ridge. — Cogdell não a adquiriu depois do casamento com Moses?

— Não, ela ainda é minha.

— Eu gostaria de saber se posso comprar uma coisa do senhor.

— Você quer Moll?

— O filho dela, na verdade. O mais velho.

Passaram pela orla e estão numa vereda margeada de árvores que serpenteia a nordeste rumo à plantation de Asa. Metade das folhas já caiu, e as que restaram tiritam no vento. Asa não se considera um homem sensível, mas tira o corpo fora dessa proposta.

— Seria um duro golpe para Moll, sem dúvida.

— Tenho motivos para acreditar que o menino não se importaria. A decisão cabe ao senhor, é claro.

— A decisão é minha? Bem. — Isso parece injusto. Asa mexe e remexe um botão do casaco, fuçando um fio solto. Faz anos que Moll não traz o menino, mas Asa ainda o vê nas noites quentes, esgueirando-se pelos campos com um pequeno grupo de crianças barulhentas. — Não sei que serventia ele teria para você. Você o colocaria para carregar suas malas, esse tipo de coisa?

— Melhor ter dois homens numa trilha do que um. E ele pode me ajudar a arar o solo para o plantio.

— O plantio?

— Quando eu estiver lá, comprarei um pedaço de chão.

— O que você vai cultivar?

— Ele será util.

Asa tenta se lembrar de para onde seu genro está indo. Algum lugar no Oeste. Ele não poderá cultivar arroz se for seco, mas talvez algodão. Pinheiros, eles têm pinheiros em toda parte, mas parece que vão derrubá-los. De nada adianta ensiná-lo a mexer com terebintina. Sobre que assunto John conversaria com um negrinho? Mas, pensando bem, quase tudo é ainda um não dito. Eles poderiam conversar por dias a fio e não alcançar o fim.

Antes de chegarem à casa, ele aperta a mão de John e promete que vai pensar no caso.

No caminho de volta para a cidade, John atira a bolacha-da-praia numa sebe de azevinho cheio de frutos.

Dentro da casa, numa poltrona macia, uma xícara de chá na mão, Asa julga que John está dizendo que sim, ele é solitário, ele sente saudade da filha, ele quer carregar consigo alguma história. Não cabe a Asa negar-lhe consolo. E o que ele não disse foi que Moll pertence a Helen. Pertencia. Portanto, o menino é por justiça e direito de John, em qualquer tribunal que trate da partilha de propriedade. Num tribunal superior, Asa tem suas dúvidas. Quem é que mais merece uma criança? Ele pousa as mãos nos braços da poltrona e fecha os olhos, esperando que alguma coisa caia dentro da palma de suas mãos abertas. Ele quer preencher quaisquer buracos de que John esteja crivado, pois sabe que não restou ninguém para preencher os seus próprios. A luz além de suas pálpebras definha. Ele adormece.

— É muito longe?

John está varrendo a loja enquanto Davy está sentado no balcão e balança as pernas, chutando a madeira com os calcanhares. Ele e o menino começaram uma pilha de itens de que vão precisar para a jornada; um homem de New Bern está vindo essa tarde para buscar o restante do estoque. O dono do imóvel concordou em procurar outro locatário, mas John precisa recuperar seu capital com os sacos de farinha e os pacotes de café em grãos. Está vendendo a casa na cidade para um proprietário de terras interessado em um presente de casamento para a filha. Ele também tem algum dinheiro guardado do dote de Helen, a soma tardia que Asa lhe dera quando ela regressou do mar, grávida e com dor nas costas. Bronzeada e sorrindo. Quem poderia negar-lhe? Sempre ávida pela próxima experiência, Helen teria dado a John sua bênção, teria desejado que o dinheiro fosse empregado exatamente dessa maneira. "Para *mim* ele não tem serventia nenhuma", ele pode ouvi-la dizer, as costas da mão fria no rosto dele. "Em que eu usaria o dinheiro, aqui onde estou?" Ele se concentra, num esforço para ver o corpo dela; implora ao seu devaneio que inclua Tab ao lado dela. As mulheres juntas, não lúgubres e pálidas, nem perdidas, tampouco mortas.

— Eu perguntei se é muito longe.

John apoia-se na vassoura e observa as partículas de poeira subirem nas colunas de luz: mesmo o que é inanimado ainda está vivo. A única cura para o pensamento é a ação.

— Uns seiscentos e quarenta quilômetros, mais ou menos.

— Cada um vai ter seu próprio cavalo?

— Eu não faria você ir a pé. Vou colocar você na mula junto com as sacolas e os cantis. — Ele empurra a porta para varrer a sujeira para a rua. Uma mulher atravessa para o outro lado.

— Vou querer um quarto e refeições e pagamento.

— Pagamento?

— Não serei forçado a fazer as coisas. — Davy desce de um salto do balcão e enfia a mão num pote de vidro para pegar um marzipã de amêndoa. Come o doce olhando para o rosto de John.

— A sua mãe não vai sentir saudade de você?

— Ela tem as minhas irmãs pra se preocupar. Além disso, eu só me meto em encrenca.

— Bom, com certeza eu não quero levar meninos encrenqueiros comigo.

Davy empertiga-se e ajeita a camisa.

— Eu só estava brincando, senhor. Vou trabalhar duro. Desde que seja remunerado.

— Onde você arrumou essas palavras?

— A minha mãe que me diz, só por garantia. Que eu devo me preparar para tirar proveito da fortuna.

— Você sabe o que é fortuna?

— Acho que é o senhor me levando pros territórios, senhor. Com remuneração. — Davy pega outro doce e começa a esfregar o balcão com um pano umedecido em azeite. Ele não deve lealdade alguma ao mar, nunca aprendeu a nadar, não olha para a água quando caminha ao longo da Front Street. Sempre olhou direto para a frente, e tem interesse apenas nas coisas que nunca viu.

De súbito alguma coisa irrompe pela porta da frente com um estrondo, e Asa derrama sua sopa. A toalha de mesa está virando uma coleção de nódoas, manchas de cores suaves. Suas mãos começaram a tremer desde o enterro. Mesmo o pente arranca fios acidentais na sua toalete matinal. Ele parece estar sempre hesitante. Abotoar o casaco é uma dificuldade. A caneta saltita de um lado para o outro entre seus dedos. Ele esfrega o pontinho dourado no tecido, lambe os dedos, e esfrega de novo.

Moll entra, e antes que suas saias enfurecidas parem de esvoaçar com um rodopio, ela aponta o dedo e diz:

— Seu filho de uma *puta*.

Há nesse gesto uma exatidão que Asa não consegue evitar. Ele afunda dois centímetros na cadeira e limpa a boca com o guardanapo, erguendo os olhos para ela feito um aluno.

— O senhor, que deveria *ter discernimento*.

A sra. Randolph surge atrás dela, cambaleando e com a expressão de quem pede desculpas.

— Por favor — diz ela, com um dos braços estendidos na direção da porta, como se Moll pudesse ser pastoreada.

Asa ergue uma das mãos e meneia a cabeça para a outra mulher, que recua, pensando no seu pão quase pronto no forno. Ele põe-se lentamente de pé e estica a mão e puxa uma cadeira da mesa.

Os olhos de Moll estão vermelhos, seu rosto inchado.

— A que preço? Isso é alguma vingança?

— Sente-se.

— Prefiro ser chicoteada. O que a filha do senhor diria?

Asa senta-se de novo e gira no dedo um de seus anéis. O fogo atrás dele está mantendo suas costas aquecidas, um conforto muito humano. Ele sempre foi um senhor zeloso, e sustenta seus escravos à base de lenha, roupa e carne fresca aos domingos. Não é um bárbaro. Não vendeu Moll ao senhor do marido dela porque não confiava plenamente na autodisciplina de Cogdell, tampouco em sua fé cristã. Os poucos escravos que Asa tem levam uma vida melhor aqui, sem dúvida, do que nas plantations de arroz e tabaco, e decerto recebem melhores cuidados aqui do que se tivessem sido deixados na África nativa, vítimas de leões e à mercê de sabe-se lá que outras criaturas. E Helen não lhe havia ensinado as letras e alguma educação moral? Olhando em retrospecto agora, ele pode ver o valor disso. Foram criados como americanos.

— Pensei que talvez você pudesse ver isso como uma oportunidade — diz ele. Essa é uma palavra engambeladora que tem seduzido homens para os campos de batalha e mulheres para o altar.

As mãos dela agarram o ar.

— Eu gostaria que existisse alguma coisa que o senhor ainda amasse só para eu roubá-la do senhor.

— Não é assim que eu vejo a situação. Você tem outros filhos, não tem? E John diz que o menino está entusiasmado para ir.

— Seu filho de uma *puta* desalmado.

Ele põe-se de pé e passa roçando por ela em direção ao corredor.

— Não terei esse tipo de conversa.

— O senhor *tinha* uma filha — diz ela.

Ele está na varanda, e ela o seguiu.

— Eu sinto muito — diz ele, evitando os olhos dela. — O menino parece tão empolgado, e acho que a companhia seria boa para John.

Ela começa a assentir.

— Entendi. Entendi. Uma criança substituta.

— Não é nada disso. A estrada é difícil, e ele vai começar um novo lar.

— Difícil para um homem cavalgar cento e sessenta quilômetros sozinho.

— Tem sido difícil para todos nós, sem ela.

— Pegue o que é meu, então. Todos aqueles anos de pregação de Helen, os sermões em que ela alardeava que nós todos éramos pessoas, umas iguais às outras, aquilo era uma mentira. — Suas últimas palavras saem entre lágrimas.

— Devo lembrar você de que o seu filho me pertence e posso vendê-lo se quiser. A verdade é que essa não é uma questão passível de debate.

Ela desaba de joelhos, e ele recua, com medo. Ela coloca as palmas das mãos no chão e começa a arrastá-las pelas tábuas do assoalho. A madeira velha, que havia anos precisava de uma nova demão de verniz, lasca-se nas mãos dela.

— Pare com isso.

Ela arrasta e puxa com força as mãos. Seu rosto se contorce de dor.

Ele se abaixa para agarrar os ombros de Moll. Trava os braços dela. Ajoelha-se, segurando os punhos dela juntos. Ela está aos prantos, soltando gritos de parto. Asa está aterrorizado, mas agora os punhos imobilizados de Moll estão flácidos nas mãos dele enquanto ela soluça.

— Eu sinto muito — diz ele. — Eu sinto muito. — Está frio, e ele pode ver as gotículas de sangue congelando nas mãos trêmulas dela.

Quando recobra o fôlego, Moll fulmina Asa com os olhos e se afasta. Ergue as mãos para lhe mostrar.

— Eu não vou viver assim — diz ela. — O senhor não pode me fazer viver assim.

A loja está quase vazia agora. O homem de New Bern levou numa carroça a maior parte das caixas grandes, e outras mercadorias foram despachadas para Charleston por mar. No quartinho dos fundos, John e Davy enchem alforjes com víveres. Davy enfia em sua bolsa um vidro de doces, e quando vai buscar alguma coisa nas prateleiras principais, John retira o pote. O menino trouxe de casa todas as suas roupas — dois pares de calças, duas camisas de linho, um sobretudo e um chapéu de homem, provavelmente roubado do pai — e enrolou-as todas numa bola. John desembola as peças emaranhadas, dobra-as em quadrados meticulosos, e ajeita-as dentro da bolsa de Davy.

— Posso ficar aqui hoje à noite?

John senta-se sobre os calcanhares e estuda o quarto. Terá de tomar cuidado para não sobrecarregar as mulas. A despeito do que tinha dito para

Asa, não está ansioso para cruzar o estado no início do inverno com um menino de onze anos. Mas é a única maneira de sobreviver. O pensamento do agudo desconforto é preferível ao peso que inunda seu peito oco toda vez que ele dobra uma esquina ou encara o mar aberto e não encontra a filha. Moll sentirá tanta saudade do filho? Não, ninguém é capaz de sentir tanto a falta de uma criança.

— Você vai passar a noite com a sua mãe, e vejo você aqui ao amanhecer.

— E se ela me matar antes disso?

— Daí eu terei mais espaço para carregar biscoitos. — Ele entrega ao menino alguns pacotes de carne-seca embrulhada em papel e barbante. — Divida esses pacotes entre as nossas bolsas. Vou dar uma última olhada nas coisas.

O salão principal da loja parece menor vazio. Ele encontra uma caixa de pregos no canto de uma prateleira e um rolo de velas de sebo. Debaixo de um chapéu jaz uma pilha de excrementos de rato que a vassoura não alcançou. Tab costumava pendurar-se pelos braços do cabideiro quando era pequena, do tamanho de um macaquinho. Atrás do balcão ele encontra a madeira arranhada com as primeiras letras de um nome de menino: D-A-V.

De volta ao quartinho dos fundos, Davy está com as mãos enroladas na metragem de seda azul.

— O que você está fazendo fuçando a minha bolsa?

— Achei que o senhor tinha dito que ia dar isto. — Davy enfia de novo a seda na bolsa e tira as roupas de John e um copo e as maçãs e os pacotes de carne. Sua voz fica mais baixa. — Não sei o que senhor vai fazer com isto. Desperdício de espaço. Podia levar um cobertor extra.

— Como é que é?

— Com certeza seria mais fácil passar a noite aqui, senhor.

— Você vai embora agora. Eu termino. Vamos, vamos. — John enxota-o do quartinho. Davy solta um grito de protesto e depois, já a caminho da porta, martela a mão sobre o balcão num ritmo vigoroso. A força de sua saída deixa o quartinho zumbindo. Crianças, mesmo as mais tímidas e caladas, transbordam toda a sua agitação no mundo. Não existem reservas, nenhum poço fundo onde a emoção afunde e seja enterrada. John precisa recorrer a toda sua energia simplesmente para alcançar a porta e fechá-la.

Quando amanhecer, ele obrigará seu corpo a se mover. Continuará movendo-se até que suas pernas desistam, e então os fantasmas poderão carregá-lo para casa.

Moses raspa as laterais de uma fôrma de madeira para sapato dentro do fogo. Ganhou queimaduras demais trabalhando como ferreiro e por isso agora está praticando para ser um assistente de cordovaneiro, mas não consegue dar forma a um molde decente. Quando tenta fazê-lo encaixar dentro de seu próprio sapato, as laterais de couro desmoronam. As aparas estão besuntadas de óleo e levantam fagulhas que ricocheteiam em meio ao fogo. Moll está sentada sobre um colchão e trança um tapete com sobras de tecido. Ela nem sequer olha para Davy. O menino tirou as meias e está cutucando um furúnculo no dedão.

— A senhora não pode me prender — diz ele.

Moll se abaixa para pegar outro pedaço de pano de dentro da sacola. Recosta a cabeça para aliviar a dor do pescoço.

— E eu também não sou mais um bebê — Davy joga sua meia para o outro lado do quarto. No segundo colchão, duas meninas pequenas rolam e dão chutes uma na outra.

Moll detém as mãos e olha para ele. Moses se remexe em seu banquinho e solta um grunhido de frustração. Sua faca é cega demais. Quando ele põe de lado a fôrma e engatinha para o colchão grande, Moll apaga a vela para ele e vai terminar seu trançado junto ao fogo. Davy coça as pernas. Há muito pouca coisa no barraco com que ele possa ocupar as mãos. De repente ele levanta e se debruça sobre o berço, onde a recém-nascida está dormindo, e passa os dedos pelos cabelos da irmãzinha. Moll bate duas vezes o chão e Davy recolhe a mão.

— A senhora nunca vai me deixar crescer.

— Shhh. Quieto.

Ele chega mais perto do fogo e começa a separar as tiras de pano. Dobra o corpo e fala no ouvido dela.

— A senhora ouviu o que o papai disse.

— Ele não é o seu dono.

— O homem está me pagando um ordenado. Em um ano posso comprar a minha liberdade.

Ela balança a cabeça.

— A senhora não quer que eu seja livre, é isso.

Moll morde um pedaço de tecido e rasga-o com os dentes. Limpa com as costas da mão o nariz e depois os olhos, e depois deixa de lado o tapete e enfia a cabeça entre os joelhos. Davy estende a mão, mas não a toca.

— Mamãe — diz ele.

Ela não pode dizer o que quer. O que uma mãe como essa pode querer para o filho? De nada adianta dizer-lhe que ele está partindo seu coração. Ele vai desaparecer desta cidade, como que levado pelo vento, para longe dos braços dela, será sempre um menino, lutando por onde quer que esteja. Ela soergue o rosto e joga os braços em volta de Davy e o embala até o ombro do menino ficar molhado de lágrimas. Deus jamais viu a família dela. O catecismo que ela aprendeu e repetiu até que Helen parasse de corrigi-la foi sempre uma mentira. Ela acredita na ressurreição do corpo e na vida eterna? Ela não morreu uma centena de vezes sem ver ressurreição nenhuma? Do outro lado desta vida, do outro lado da escravidão, do lado mais distante deste mar, o que existe lá à espera? Vazio; é só o que ela viu até hoje. Ao amanhecer, seu filho cavalgará rumo a esse vazio e nunca mais voltará. É liberdade se ela não estiver lá para testemunhar? É amor se não houver objeto presente?

Depois de enrolar o menino num cobertor ao lado das irmãs, Moll senta-se e acaricia as costas dele, desenhando oitos até ele adormecer. Ela conheceu uma mulher que cortou os tendões dos tornozelos do filho para que ele não pudesse andar. Ele não podia trabalhar, não podia ser vendido, não era capaz de ficar de pé para ser açoitado. Durante um ano ela alimentou-o com suas próprias porções de comida e ensinou-o a escrever e dormia com a sua mão sobre a dele, até que um dia ele rastejou rio adentro com pesos amarrados à cintura. Aquilo não era vida. Moll toca os pés do menino, sente a trama de músculos finos que desce até os artelhos, a grossa saliência no tornozelo. Ela ajeita o cobertor sobre os seus pés e os esfrega até achar que estão bem aquecidos.

John não é um homem ruim. Ele está roubando o filho dela — comprando o filho dela, o que é pior. Ele amava Helen, e amava a menininha. Mas os homens brancos não costumam amar mais do que isso. Ela não tem escolha aqui. Ela reza, esquecendo-se de que rejeitou Deus por ser uma fraude.

— Venha a nós o Vosso reino — ela murmura. Ela implora: — Venha a nós o Vosso reino.

No meio da noite, Moll acorda com o choro do bebê. Ela caiu no sono com o corpo desajeitadamente dobrado por cima das pernas de Davy. Quando ela se senta, a dor irradia-se por suas costas. Ela arrasta-se até o berço para dar de mamar à recém-nascida. Todos os seus filhos a estão matando. Ela não sabe como não amar, e morrerá disso. E Deus a levará para onde Ele quiser, e ela se entrega a isso. Se for mais dor, ela reconhecerá. Se for o vazio, será bem-vindo. Contanto que Deus traga logo Seu reino.

Asa joga o cobertor sobe os ombros e sai de casa, abrindo caminho lentamente escada abaixo no breu. Ele quase pode ver seu pai parado de pé na grama por cortar, fitando com os olhos semicerrados a estrutura que se ergueu onde outrora havia apenas suas tábuas e estacas. Quem restará para subir esses degraus, ter essas visões? Agora, na grama, Asa para. Esqueceu os sapatos. Feito uma criança. Roça os pés pelo relvado, sem se incomodar com o fato de que a grama está úmida, e percorre a vereda que serpeia a oeste através da floresta rumo à cidade. A terra está salpicada de seixos e carumas e pedaços afiados de folha que raspam seus pés. Mais perto da água as árvores rareiam; aqui os carvalhos têm a metade do tamanho e se retorcem fugindo do vento ao largo da água. Os galhos buscam desesperadamente a parte afastada da costa. Ele lembra-se de outra caminhada, uma dúzia de anos antes ou mais, com Tab. Não, deve ter sido com Helen. A menina tinha subido numa árvore, que ela achou engraçada. Perto da copa, ergueu as mãos e as moveu numa lenta dança. Os braços dela e os da árvore feito alga marinha. Asa sorrira, e vez ou outra, nos anos que se seguiram, quando ele ia pé para a cidade, a árvore parecia de fato uma espécie de estranha protuberância disforme. À noite, porém, não há como se confundir.

Ele se detém antes de chegar às primeiras casas e descansa sobre uma pedra que alguém havia rolado para perto da água. Do outro lado do canal matizado de lua, os baixios parecem uma miragem de terra seca. Um cavalo selvagem deixado pelos espanhóis pasta nas aveias do mar. Seus resfôlegos reverberam sobre a superfície da água até chegar aos ouvidos de Asa. Na noite quieta, ele quase pode ouvir os dentes do animal nas raízes da grama.

Se ele tivesse pedido a John que se mudasse para Long Ridge, talvez conseguisse mantê-lo aqui. Podia ser que o homem quisesse apenas um gesto que lhe indicasse que Asa precisava de companhia. Em vez disso, está partindo com um menino rumo ao desconhecido sem fim. Viajar para o Oeste não é melhor do que viajar para o Leste, por causa de todos os monstros que a pessoa pode encontrar. Esse é o modo de vida de alguns homens, embora Asa jamais compreenda. É somente na estabilidade que existe satisfação; só cresce quem é constante. Ele poderia tentar de novo com John. Mantê-lo na casa por um mês e ensiná-lo a extrair resina de pinheiros, e talvez ele começasse a se apaziguar. Asa poderia criá-lo.

Esse é o vazio nele falando. Ainda que agora ele esteja agoniado, a paciência, a fé e a vontade de repetir seus movimentos diários estão certamente fadados a devolver-lhe de novo a paz. Ele não pode salvar outras vidas, não é sua responsabilidade. A família é ilusória. Existe Deus, e existe o homem. Existe a terra, e existe o mar. Existe esta lua, este cavalo, a grama molhada sob seus pés. Se há vermes no solo, não cabe a ele vê-los.

Eles param em Long Ridge de manhã. Davy espera com os cavalos e as mulas enquanto John sobe a escada da frente, que nos dias em que fazia a corte a Helen pareciam intransponíveis; agora é apenas mais uma barreira a ser transposta. Asa aparece à porta num roupão. John recusa-se a entrar, mas lhe oferece uma pequena caixa.

— Não pretendo abandonar o senhor. Não é a minha intenção.

Asa pega a caixa.

— Vou escrever, se o senhor permitir.

— Você vai ficar?

John encara-o com um olhar sem expressão.

— Pois bem. Não me ressinto da sua nova vida. Cada um de nós segue seu próprio caminho. — Com uma das mãos Asa enrola-se um pouco mais no roupão, protegendo-se da brisa da alvorada. Está cansado, e seus pés estão machucados. — Todos nós queremos acabar em algum lugar diferente.

— No paraíso, não é? — John sorri. Asa parece mais velho em sua touca de dormir. A luz mergulha nas rugas em seus olhos, os sulcos abrem talhos ao redor de sua boca. Provavelmente John não voltará a ver Asa antes que ele morra. O pensamento o faz lembrar-se de todas as pessoas que ele não pode rever, e o inunda.

Asa fuça o barbante que envolve a caixa, mas John refreia sua mão.

— Abra mais tarde. Eu queria dizer adeus.

Asa desvia o olhar para o gramado, onde Davy está tentando agarrar a cauda do próprio cavalo, que não para de sacudir.

— Bom ter um jovem.

— Quero agradecê-lo por ter me dado o que o senhor me deu. Por sua filha.

— Eu já disse que não guardo rancor de você.

— O que nós sentíamos, e o que estamos sentindo agora, não é tão diferente. Vai ser mais fácil quando não estivermos aqui para lembrarmos um ao outro.

— E disso você tem certeza.

— Quando nos encontrarmos depois de tudo isso, o senhor me dirá que estava tudo bem.

Asa recua um passo para dentro do corredor. É cedo demais para isso; dói. Mais fácil continuar fechando a porta, manter-se quieto e imóvel, rezar.

John estende o braço para um aperto de mão.

Asa fica parado na porta até os homens e os animais darem meia-volta para iniciar sua jornada rumo ao norte. A estrada que terão pela frente surge em lampejos diante dele — as florestas e pradarias abertas e a infinita mixórdia de montanhas —, e quando o menino solta um grito, duas garças alçam voo dos pântanos e deslizam em direção ao horizonte, que ele já não consegue avistar.

Dentro da caixa está o pequeno rosto de Helen, pintado em cores simples sobre um pedaço de marfim. É a expressão no semblante dela naquele dia de verão quando seus sapatos enlameados estavam à porta, e o som de seus pés descalços correndo da sala de visitas para a varanda parecia os passos de uma criança. Inocente, ele não havia percebido que ela estava apaixonada; o pensamento de esperar por essa prova de afeto dela o havia encantado. Ele tinha se esquecido disso? Não, porque não o surpreende encontrar a miniatura em sua mão, tantos anos depois.

Ele fecha a porta da frente, se ajoelha sobre o tapete no corredor e junta as mãos. Poderia rezar pelas crianças que perdeu, ou por John, ou pela mulher cujo filho ele vendeu, mas seu coração está sossegado agora, e tudo que ele consegue exprimir são alguns murmúrios por sua própria alma, que ela seja acalentada e protegida.

2

A TERRA ESCORRE por entre os dedos de Cogdell. É marrom-pálida, areia misturada com marga. Ele pega as carumas e descasca a cápsula vermelha que mantém juntos os glomérulos.

— Não anda sendo muito bem cuidada — diz ele, erguendo os olhos para Asa, que está encostado num tronco.

— Para as árvores serve bem.

— O negócio de terebintina não foi grande coisa depois da guerra, aposto. — Cogdell levanta-se e revolve com a ponta do pé o trecho exposto de terra. — E também não deve haver muitos escravos. Quantos você tem?

— Quatro, mas eu arrendo outros para fazer as coisas. Veio um bom tanto.

— Ficando velho, é isso?

— Há outras coisas a serem feitas.

— Com todo mundo indo embora da cidade, não há muitas. Em dez anos eu ficaria surpreso se o lugar todo não for transformado numa grande plantation. Despache tudo rio acima ou por mar. Ninguém precisa viver aqui. É melhor irmos para Wilmington, onde estão as mulheres. — Ele espera que Asa responda, mas o homem mais velho ainda está olhando para o chão. — Desde que o seu genro se foi, você não consegue comprar nem mesmo um bom quilo de café.

— Estão plantando de novo.

— Parece que tudo está sendo levado embora de Beaufort pela maré. Você é sábio de vender.

Cogdell volta para a casa, e ao longo do caminho vai batendo a palma das mãos nos troncos das árvores. Asa pensa que ele vai ter uma trabalheira para remover com água a resina.

— Vou precisar abrir canais por aqui a fim de trazer água suficiente para o arroz. A terra ficou seca por causa de tantas raízes. Os preços subiram desde a guerra, mas ainda estamos vendendo mais barato que as Índias, e o nosso cozinha melhor. É o que eu ouço dizer. Em New Bern tem gente mandando carregamentos inclusive para o estrangeiro. — Ele não olha para trás, por isso não consegue ver que Asa parou na borda do pinheiral, relutante a sair para o descampado.

É início de março, e o solo degelou há pouco. As árvores de madeira de lei estão desfolhadas ou enfolhando. Asa enterrou o chapéu na cabeça e levantou a gola do casaco, mas suas orelhas ainda estão expostas, e doem no vento. Mesmo com as perturbações dos homens, que ano após ano desbastam a vegetação rasteira entre os pinheiros, os hectares estão mais uma vez derramando as primeiras flores silvestres. Elas parecem moedas novas. Lírio-martagão, nabo-selvagem, podofilo. Ao lado da casa, jasmins-amarelos pendem no topo de um pequeno carvalho e exalam cheiro de cetim. Essas são as coisas que sua esposa teria notado, por isso Asa repara nelas em seu lugar.

Dentro da casa, Asa redige o contrato da porção posterior das terras; está vendendo metade em vez de um terço, mas ainda terá árvores suficientes para produzir algumas dezenas de barris por ano. Cogdell lê de cabo a rabo o documento, acompanhando com o dedo o manuscrito.

— Seis hectares — diz ele. — Não parece muita coisa.

Asa aponta sua pena para o papel.

— Você vai ficar com a terra e as cinco mil árvores também, para fazer o que quiser. Sempre há mercado para madeira. Desde que o conheço, a sua vontade é ampliar os arrozais.

Cogdell coça a bochecha, depois assina. Apertam-se as mãos, e Asa acompanha-o até a escada dos fundos. Uma senda de terra foi aberta desde o pequeno jardim, cruzando o regato, até as terras do vizinho. A vereda passa em meio às habitações dos escravos e à fieira de barracos vazios. Mesmo daqui, eles podem ouvir no ar a melodia de uma canção entoada nos campos, onde homens e mulheres lavram terra e lama a fim de abrir sulcos para as sementes. Uma galinha-pintada empoleira-se no pé da escada, sacudindo as penas numa nesga de terra, e não se move quando Cogdell tenta enxotá-la com a ponta do pé. Os homens desviam dela.

— Não vai demorar muito para você vender o resto — diz Cogdell.

— Talvez.

— De nada adianta aferrar-se à terra por causa de orgulho. Um homem tem de aprender a viver sozinho.

Os dois vizinhos nunca foram próximos. Poucas vezes sentaram-se à mesma mesa de jantar. A esposa de Cogdell jamais aprovou o comportamento das mulheres de Long Ridge e dizia às amigas que, vez ou outra, via fantasmas de vestido caminhando entre os pinheiros à noite. A esposa de Asa achava que a mulher era rabugenta. Asa contará a ela sobre este último desaforo. Ela lhe dirá que eles não precisam de mais amigo nenhum, e apertará o joelho dele. Isso é uma grande intimidade.

Mas quando ele sobe de novo a escada, a casa está escura e quieta. O único fogo está no fogão da cozinha. Equilibrado sobre trêmulas pernas de graveto.

A sra. Randolph pega as mãos de Asa e as mergulha na tigela de água leitosa.

— Não há o que temer — diz ela, e adiciona o fermento encharcado e cem gramas de manteiga. — Vá em frente, mexa com os dedos. — Ela bate dois ovos em outra panela, usando o garfo para transformar a gema em fios amarelos, e despeja na tigela de Asa. Ele sente os prazeres da infância, do contato direto com o desconhecido. A bem da verdade, ele lembra-se muito pouco de ter sido jovem; a maior parte de suas lembranças ele criou, para mostrar como chegou longe. Ele nem sequer amava a mãe e o pai? Os abraços eram poucos. Seu pai, quando menino, havia sido um criado; sempre teve a expectativa de que Asa se desse melhor na vida, e que o filho de Asa fosse dono de uma colônia inteira. Mas Asa não teve um filho homem, e seus pais já não estavam vivos para ver o que Long Ridge era, ou o que estava se tornando.

A sra. Randolph acrescenta a farinha, e suas mãos ficam cansadas à medida que a massa endurece. Ela cobre a tigela com um pano, e munidos de xícaras de chá, os dois sentam-se em banquinhos sem encosto, para esperar a massa crescer. Asa cutuca as unhas, tirando a farinha. O fogo está de bom tamanho, e a cozinha está bem aquecida e com um cheiro doce.

A sra. Randolph está começando a se sentir velha, e seus filhos estão crescendo, e para ela já não é confortável trabalhar em Long Ridge com todas as mulheres ausentes. Ela permaneceu depois da morte de Helen por causa da menina, que ainda era pequena e precisava de muitos cuidados maternais, e continuava visitando a casa-grande aos domingos, quando assava pãezinhos doces recheados com frutas cristalizadas e lhe mostrava como dar laços em fitas. Agora que restou apenas Asa, é hora de voltar para sua própria família. Ela não acredita em assombrações, mas tem a sensação de que corre risco quando está tirando o pó da mobília de Long Ridge. É uma casa solitária agora. Ela lamenta abandonar Asa, mas pode ensiná-lo a cuidar de si mesmo, e quanto mais coisas ele tiver para se manter ocupado, mais feliz ficará.

Eles conversam sobre os filhos da sra. Randolph e sobre as famílias que partiram de Beaufort desde a guerra, e sobre a esperança de uma primavera chuvosa. Quando a massa fica pronta, Asa divide-a em pedaços e enrola-os entre os dedos para formar bolinhas, que a sra. Randolph enfileira numa assadeira. Desliza-as sobre uma plataforma acima do fogo e os dois observam os pães dourar. Asa anota num pedaço de papel o tempo de assadura: um quarto de hora de um lado, um quarto de hora do outro lado. Assim que ele aprender a fazer pão, o mingau e o presunto para o café da manhã serão simples. Ele prometeu a sra. Randolph que é capaz de aprender, que não precisa contratar uma jovem criada. Ela foi benevolente em acreditar nele. Asa saca o relógio da algibeira, olhando de relance para o ponteiro dos minutos e de volta para o fogo. Ele vira os pães com um pano úmido e a sra. Randolph faz que sim com a cabeça.

Embrulham os pães em guardanapos e levam para a sala de jantar, onde Asa corta-os e passa manteiga para um lanchinho matinal. Ficaram sem assunto. A sra. Randolph está feliz por ser servida pelo menos uma vez para variar, e observa os movimentos de Asa como se ele fosse uma jovem pupila. Quando ele lambe a manteiga dos dedos antes de passar num dos pães para a sra. Randolph, ela ri e diz:

— Creio que o senhor nasceu para ser solteiro, senhor.

— É mais fácil.

— Eu não devia ter dito. Mas sim, agora o senhor não precisa ter tanta cautela para dar cada passo.

— E quem garante que eu terei paciência e não vou me afobar para fazer um pão decente? Se a senhora me visitar, talvez me encontre procurando restos de comida nos galinheiros. — Asa sorri para deixar a mulher à vontade. Os pães não estão tão bons quanto os que ela faz por conta própria, mas ele nada diz.

— O senhor vai ficar bem, senhor.

Ele está relutante a deixá-la ir embora. Ela será o último pássaro a partir, e a floresta dele se tornará tão silenciosa quanto o inverno.

— E aquele é qual? Ali em cima, no galho torto. Olhe ali, estou apontando.

John balança a cabeça.

— Não é um pica-pau, disso eu sei. — Davy refreia de chofre o cavalo e vira para o outro lado a relutante cabeça do animal. — Vê a cauda longa?

Eles estão numa trilha que circunda o povoado e passa atrás dos campos de derrubada de árvores. É um dos primeiros dias quentes, e Davy trota com seu cavalo para cima e para baixo, levantando as camadas de cobertura morta que se romperam após o inverno. John está em missão de reconhecimento; o homem e o menino percorrem o perímetro uma vez por semana à procura de indígenas hostis, com quem nunca toparam. Em vez disso, Davy o atormenta pedindo informações sobre o mundo — pássaros, cheroquis, matemática, fantasmas. Recentemente John tomou consciência de sua própria ignorância.

— Vamos jantar com Foster hoje à noite. — Agora John está bem à frente na trilha. O menino vem galopando atrás dele, ultrapassa-o, dá uma guinada brusca com uma das mãos nas rédeas, a outra erguida no ar. John não consegue evitar um sorriso.

— Ele só come peru — diz Davy, sossegando na sela de novo.

— Tem uma porção de perus para a gente comer — diz John. — Talvez aquele que você viu seja um.

— Eu acho que era um papa-moscas. Eles chegam até aqui no Oeste, tão longe? — John ensinou-lhe todos os pássaros que ele conhece, que não são muitos. Em questão de poucos meses, com comida escassa e irregular, Davy cresceu pelo menos dois centímetros, e ele sente isso. Em toda oportunidade o menino se flagra estendendo os braços e as pernas, esticando os pulsos e os tornozelos e o pescoço, como se, ao estirar o corpo, fosse capaz de forçar mais um par de centímetros. Toda manhã ele diz a John que sua cama está encolhendo.

As casas aqui mal se parecem com casas: tábuas grosseiras encostadas umas nas outras, chanfradas de modo que não desabem com o vento, encimadas por galhos ainda com folhas e tudo. Eles moram num lar inacabado que emprestaram de um homem que se mudou antes do inverno, e aos poucos vão acabando a obra, levando em consideração as ideias do próprio Davy. Ele insistiu em talhar uma janelinha na porta para que pudessem ver as visitas, chegando e indo embora.

— Que visitas? — John havia perguntado.

— Quando a gente for rico, elas virão — disse Davy. — O senhor vai ver só.

As prateleiras guardam alguns sacos de feijão seco e carne de caça salgada, e há um martelo e um verrumão, e na prateleira mais alta uma caixa de madeira com um fecho de metal em que Davy guarda as plumas que ele encontra. O menino não consegue entender as outras coisas dentro da caixa: vidro, corda, uma pedrinha encarquilhada. John disse que eram os tesouros de sua esposa, por isso Davy acrescenta os dele próprio, que são muito mais bonitos.

Os homens no acampamento não queriam permitir que Davy trabalhasse, mas ele jurou que tinha dezesseis anos, e John encolheu os ombros, sem desmenti-lo. Eles passam seu tempo nas florestas, em casa, nas casas de outros homens, ao longo de trilhas que se embrenham entre as montanhas, ficam acordados até tarde da noite, tiram dias de folga, nadam quando ainda não está quente o bastante para nadar. Pelejam para encontrar comida, trabalham com bolhas nas mãos, suas fogueiras cospem chispas contra eles, e quase sempre estão com frio.

— Com quem vamos comer na Páscoa?

O cavalo de John diminui o passo na descida de uma colina. Ele tira o chapéu e enxuga o suor de volta para os cabelos.

— Achei que a gente ia fazer a nossa própria comida.

— Nada de peru — diz Davy. — A gente vai ter de fazer alguma coisa que não tenha gosto de cinzas. A Páscoa é para ser uma delícia.

— Semana passada fiz para você um esquilo que não tinha gosto de cinzas.

— Desculpe-me; tinha gosto de esquilo. — Assim que chegam de novo a um trecho plano, Davy esporeia o cavalo para fazê-lo trotar. — A minha mãe sempre me disse que a Páscoa era um dia de comer bem por causa de Jesus.

A trilha se abre numa campina, e o homem e o menino amarram os cavalos a uma árvore e encontram um lugar seco ao sol para descansar. Davy enfia os calcanhares na grama, levantando torrões de terra. John cruza os braços sobre o peito.

— Vou enterrar o senhor aqui — diz Davy. — Quando os índios acharem a gente.

— O que a sua mãe fazia?

— Ah, um presunto, e às vezes um bolo.

— Onde ela arrumava presunto?

Davy fica em silêncio por alguns intantes. Ele não sabe mais onde ser um escravo começa e termina. Vez por outra ele pode se esquecer de que existem leis, e que há sistemas a que está sujeito. Afinal de contas, o mundo é grande demais.

— Acho que ela roubava — diz ele.

Ele se vira para olhar para John, mas os olhos dele estão fechados.

— E a mãe do senhor? Ela fazia presunto?

John, meio dormindo, está surpreso. Vasculha as lembranças que ele conservou. Deve ter tido uma vida antes de Helen, mas era boa? Era feliz? Um sedimento de luto esmagou todo e qualquer prazer que ele poderia recordar.

— Acho que ela deve ter feito — diz John.

— De quem ela roubava?

— Ou talvez isso tenha sido só depois. Ela morreu quando eu era mais novo do que você, e quem me criou não tinha lá muito dinheiro.

Davy deita-se de bruços e começa a arrancar grama.

— Eu sinto saudade da minha.

A mãe de John era pequena, metade do tamanho de seu pai, usava branco e rosa. Era quieta, tinha olhos de alguma cor indefinida. Ela cantava? Talvez cantasse à noite, baixinho, quando ele estava dormindo. Havia paz nela. E depois: anos a fio procurando por aquilo de novo, subindo na direção da felicidade e desabando. Aqui está ele, deitado, num prado, além dos confins de sua terra, recordando o meio-tom esquecido de sua vida.

— É melhor o senhor dizer que também sente saudade da sua, senão ela vai ficar brava.

— Eu sinto saudade da minha também.

— Vamos escrever cartas pra elas.

Na choupana outrora usada como igreja, Moll e os outros são silenciados pelos gritos. Alguns escravos ainda reúnem-se aqui aos domingos para compartilhar uma companhia sossegada, embora raramente haja algum tipo de oração formal. Uma velha nos bancos de trás vira-se para a porta aberta. Dois homens brancos estão arrastando um corpo negro através dos campos na direção da casa de Cogdell.

— Quem é? — pergunta Moll.

A essa distância a mulher não o reconhece; ele parece uma aranha negra, braços e pernas debatendo-se entre seus captores. O restante dos congregantes se posta junto à porta. Uma mulher solta um berro. Aos trancos, ela passa pelos outros e corre rumo à casa-grande, seguindo de perto o ato violento. Moll, que deu continuidade a essas reuniões desde a morte de Helen, conduz os outros para fora. Ela vinha lendo trechos de Lucas: o filho pródigo, a parábola do pastor, a moeda perdida. Voltam para os barracos, onde esperam nos alpendres e degraus. Alguém assa bolos de milho e os distribui. Estão todos tentando não imaginar.

Moses saiu para caçar, então Moll deita-se no colchão e cobre os olhos com uma das mãos. Suas filhas estão com a avó. Dois homens fugiram semana passada, e se Moll rezasse, teria pedido para que desaparecessem. Nenhum deles tinha sua própria família ainda; ninguém havia sido abandonado. Ela nunca foi informada dos planos deles, mas ela sabia, da mesma forma como uma parte do corpo sabe da dor em outra parte. Enquanto a lua minguava de quarto crescente para uma sombra cinzenta de si mesma, todos eles tinham prendido a respiração, evitando discussões com o feitor para que, quando a hora chegasse, os homens pudessem escapulir despercebidos na escuridão. E quando os dois partiram, a esperança de todos era de que não voltassem.

Os homens teriam ido para o Oeste, pelas montanhas. Talvez tivessem encontrado um homem branco e um menino negro ainda construindo uma casa de troncos, ainda arando a terra para um jardim, ainda cortando madeira em troca de paga. Os fugitivos haviam feito o que ela era medrosa demais para fazer. Ela temia por seu próprio corpo? Já não estava suficientemente familiarizada com a dor? Pensava ela que encontraria o cadáver do filho, espancado e brutalizado numa vala a quinze quilômetros da cidade? Há coisas que ela não quer saber.

É Abel que trazem de volta para os barracos, a cabeça inchada envolta em bandagens marrons, seus olhos fechados de tão franzidos. O feitor carrega-o e deita-o no colchão, e as mulheres observam a mãe de Abel desenrolar o pano e encontrar as bordas em carne viva onde antes havia suas orelhas. Uma mulher ferve água, outra rasga tiras de pano da própria saia. Alguns conversam numa língua pouco audível e rítmica, esfregando as mãos e beijando os próprios dedos. Moll fica de pé na porta e assiste às mulheres cuidando do corpo de Abel. Sua mãe com expressão pétrea, metódica. Ele já perdeu a consciência e não consegue sentir os toques em seu torso açoitado e a suave pressão contra os buracos em sua cabeça. Sua pele é marrom-clara, com ferrugem correndo ao longo do contorno de seus músculos, como um homem pintado. A luz das velas incide sobre o sangue fresco que empoça em suas clavículas. Moll vira-se e sai.

De manhã, se Abel acordar, vão rodeá-lo e perguntar sobre o outro escravo, se ele subiu numa árvore tão logo ouviu os cães e se ele, Abel, foi lerdo demais. Perguntarão se eles chegaram longe, como era a paisagem, onde havia água fresca para beber. Alguns o aconselharão a tentar de novo, e outros vão abraçá-lo com força. A perda das orelhas não será a sua última perda. Os homens brancos arrancarão cada parte dele que não semeia, capina, colhe. Ele ficará com as mãos, os pés e a coluna. Todo o resto ele perderá.

É com isso que uma mãe sonha à noite. Ela finca os pés entre essas coisas e seu filho. Não é defesa alguma, mas mesmo assim ela não arreda pé. E essa tomada de posição é a maior proteção que um homem conhecerá na vida.

Na cama nessa noite, o bebê enrodilhado entre eles, Moll pergunta ao marido se foi melhor para Davy ter ido embora.

— Não foi uma escolha — diz Moses.

— Ele disse que poderia receber pagamento, comprar sua liberdade depois de um ano.

Moses vira-se de lado, o bebê estica as mãos para tocar suas costas.

Ela se lembra de quando Davy era pequenininho assim. Ele nunca chorava, esperava por ela toda noite com sorrisos e, mais tarde, com tesouros de seu dia. Uma lagarta, uma bola de madeira que a vovó entalhou para ele. Uma vez, pão roubado das cozinhas, pelo que levou uma surra. A mãe de Moll havia sido vendida, e ela jamais teve um pai para reivindicá-la. Ninguém para protegê-la. Ela segura os pés do bebê.

— Daqui a alguns meses, eles colocariam Davy para trabalhar aqui. Eu não teria como ficar de olho nele quando ele fosse para os campos. E você não ensinou o menino a tomar cuidado com o que ele fala, nem como deveria se comportar. — Ela escuta a respiração de todos no barraco. — Ele não teria fugido, mas muito em breve seria açoitado. E lá longe, quem pode dizer o que se passa? Eu não o sei o que está acontecendo. Tudo pode acabar sendo verdade.

Moses estica um braço por cima do corpo do bebê para agarrar a cintura de Moll.

— Durma — diz ele. — Você tem três crianças com que se preocupar.

Ela tem mesmo, e por acaso são meninas. Mas ela não consegue obrigar sua mente a se concentrar nelas.

— Há lobos no Oeste — diz ela —, e ele vai se sentir sozinho.

As mãos do bebê escorregam das costas de Moses; ela está dormindo. Moll observa seus corpos descansando e pensa no seu único filho, que se foi. O rosto dele ainda está intacto? Ninguém jamais lhe dirá. Ele se lembrará dela quando for um homem livre, com uma família livre? Até lá ela já estará morta e enterrada. Quando Davy nasceu, ela soube que ele seria uma ovelha entre as noventa e nove. A própria Bíblia dizia que essa ovelha é a única que importa.

Se houver um lugar onde as mulheres encontram de novo seus filhos, se Deus for o capataz desse lugar, ela rezará. Mas somente se puder ter certeza de que esse lugar existe. Ela espera uma resposta, uma promessa.

O bote está enterrado sob um arbusto de azevinho perene que, em dez anos, cresceu a ponto de engolir o casco descascado. Dois remos pendem na lateral, como braços quebrados. Asa tenta arrastá-lo, mas a quilha está enfiada na lama sobre a qual o bote está encalhado. Ele retorna com um par de tesouras e passa uma manhã cortando os galhos mais baixos do azevinho, somente as partes que tocam o bote, nada mais. Quando termina e sua camisa está ensopada, o bote fica assentado sob o arbusto desbastado como se estivesse atracado com uma âncora de proa. Metade da tinta azul foi lascada pelo vento e pelo tempo e pelos dentes curiosos dos ratos. As pranchas estão frias. Asa esmaga as teias de aranha com um dos remos, enrolando-as em torno da pá e depois as esfregando na grama. Verifica se não há gambás debaixo dos bancos e depois sobe no barco e se senta. Os galhos mais baixos resvalam em suas orelhas. A sombra aqui ainda tem gosto de inverno.

Quando ergue os olhos, vê um pássaro marrom encarando-o. A ave sacode a cauda enquanto Asa tenta lembrar-se do nome dele. O passarinho esfrega o bico ao longo das asas, como se estivesse afiando uma faca. Nesses momentos de concentração, Asa consegue se esquecer de tudo que aconteceu. A quem ele pode pedir ajuda? Ele terá de esperar até que chova para então arrastar por conta própria o barco através da lama amolecida.

Ainda é dia, e Asa ainda não está pronto para o jantar. Estranho como os horários se dissolvem quando um homem vive sozinho. Ele não seria capaz sequer de dizer em que dia estava; semanas se passaram desde que ele vendeu os hectares mais altos. Ninguém está lá para lhe dizer quando as coisas devem acontecer. Ele vai esperar e comerá um pouco de pão e queijo antes de dormir. Agora ele retorna ao seu quarto e recolhe a roupa de cama para lavar. Dobra a colcha e coloca-a sob a janela. Por mais que ele se deite imóvel, todo dia os lençóis amanhecem amarfanhados. Ele os alisa, retira-os, empilha-os junto à porta. O colchão de algodão ainda tem duas cavidades: a dele próprio, funda e arredondada, e uma mais rasa que somente ele sabe que ainda é a da esposa. Ele poderia virar o colchão e ela desapareceria.

Asa carrega os lençóis escada abaixo e para fora da casa, juntamente com diversas camisas, a toalha de mesa, o cesto com guardanapos sujos. A sra. Randolph sempre havia dito que ele deveria construir uma lavanderia separada, mas ele dissera que não, não com uma única filha. Enche uma tina de cobre com água do poço e despeja dentro a trouxa. Um banquinho está caído ao pé do muro do jardim, virado por algum animal. Ele levanta o banquinho e se senta nele para executar a tarefa. Enfia uma das mãos na água, que está fria e desagradável. A sra. Randolph usa algum instrumento? Ele busca na cozinha uma colher de pau e começa a mexer. Lembra-se do sabão e pega o bloco do seu lavatório. Com a colher de pau, dá batidas no sabão em torno das roupas, sob a luz minguante. Pensa em todas as mulheres sentadas em jardins daqui até New Hampshire, fazendo o que ele está fazendo na derradeira hora do dia. Ele se anima e mexe com mais diligência. Quando se cansa, tenta despejar a água da tina, que, contudo, está pesada demais para ser erguida, por isso ele tira de dentro os lençóis, que agora parecem sacos de ferro. Joga-os por cima dos galhos de algumas árvores baixas e tenta esticá-los. A sujeira de seu corpo está agora sendo substituída pela de um tronco velho, pelo movimento das formigas, por pés de pardais.

Dentro, os cômodos adquirem um verde subaquático por conta da luz incomum do crepúsculo. Lá fora os lençóis tremem ao vento. O que isso significa? Uma tempestade chegando? Ele deveria ocupar-se. Poderia ler os jornais da semana, ou escrever uma carta para seu velho amigo da Assembleia, que lhe enviou duas missivas até agora sem resposta. Mas o verde esmaece tão lentamente, e seu corpo é uma coisa difícil de mover. Ele abandona a sala de estar e evita a escrivaninha. Acende uma vela no quarto, deita-se sobre o colchão nu na depressão de seu próprio corpo, e pega no sono antes mesmo de conseguir tirar os sapatos. Seu sono é sereno, suavizado pela faina. Seus únicos sonhos têm a ver com pão e queijo.

Quando a chuva chega, ele está pronto. Amarra uma corda na buçarda do bote e prende a outra ponta em volta de um mourão, desenrolando a corda em toda a sua extensão e caminhando para trás até ficar alinhado de novo com o arbusto de azevinho. Quando puxa, a corda tensiona em volta do mourão; ao seu lado, ele pode ouvir o bote gemendo. O chão está mole e suga seus pés quando ele tenta ajustar sua posição. Mesmo com a alavanca para escorar sua força, seu corpo treme. A corda é dura para segurar com firmeza. John teria desatolado o barco com um único empuxão.

Mas a quilha se enterra e se arrasta pela lama, e a chuva suaviza o caminho, e com um solavanco o bote se solta de sua âncora de proa e estaca num trecho de grama, onde seu aspecto parece ainda mais mal-ajambrado e desolado. Asa enxuga o rosto e entra de novo no bote, dessa vez ao ar livre. Amanhã vai arear os remos. Quem adquiriu esse bote, para depois abandoná-lo? Na sua lembrança Helen nunca o havia usado; ela brincava somente na água rasa. Deve ter sido de sua esposa. Sim, ela o trouxe da fazenda dos pais como parte de seu dote. O pai de Asa, que havia ajudado a construir navios de três mastros, jamais teve o próprio barco;

certa feita, Asa roubou o escaler de um pescador para chegar ao alto-mar e foi trazido de volta para casa verde e vomitando. Ser dono de um barco sugeria prosperidade e habilidade, e quando a esposa disse que, a seu ver, não precisariam de um barquinho a remo, Asa insistiu. Era mais uma aquisição. Ele deveria ter usado o bote para levá-la a algum lugar. Aos pântanos, talvez, no pôr do sol.

Ele passa a mão nas pranchas da borda do bote, onde o nome dela costumava figurar pintado em tinta branca. Ela sempre teve estômago para o mar, e às vezes preferia remar a curta distância até o mercado de peixes em vez de caminhar de Long Ridge até a Front Street. Era uma moça sossegada, uma mulher santa. Asa já não pensa que foi ele a causa da morte da esposa — embora tenha sido a sua semente que cresceu e irrompeu de dentro dela com violência — quanto anos atrás? Trinta e dois, em breve trinta e três. É tempo suficiente para que punhos cerrados se tornem palmas abertas.

A chuva amaina; as nuvens intumescem de brilho. Os sapatos dele estão cheios de água. Tantas coisas ficam mais fáceis com a idade. Aquelas emoções medonhas que arruinaram seu corpo, arrastando-o da culpa para o ódio, do desejo para a acusação, foram suavizadas, as pontas, antes aguçadas, agora são rombudas. Se Asa aprendeu alguma coisa em seus anos lutando e planejando e culpando, é que ele não passa de um espectador no jogo de Deus. Se existe alegria na vida, ela consiste na paciência, em assistir ao gradual desenrolar de Suas criações. Limpo de qualquer fúria, ele se senta no bote e testemunha a chuva, o barco, o azevinho, as nuvens, a primavera. Ele espera.

Ela começa a guardar parte de suas rações secas numa sacola, que ela enfia entre o colchão e a parede, coberta por uma dobra de colcha. Na primeira noite, colocou a sacola sob os degraus da entrada do barraco, mas de manhã a comida havia sumido, algumas migalhas mostraram que um guaxinim ou raposa a rasgara. Esses biscoitos, essas tiras de peixe seco, a farinha de milho, ela deveria estar oferecendo às filhas, cujas barrigas já estão duras como tambores. Em vez disso, esconde comida dentro de sua própria casa, num esconderijo que um cachorro poderia encontrar, se ela tivesse um cachorro. Já é abril, tempo de plantio. Ela fica nos campos até escurecer e volta ao raiar do dia. Os corpos dos escravos são contados com mais frequência agora. Não é uma época para os homens fugirem.

Mas Moll não é homem. Ela nunca conheceu mulher alguma que tenha tentado fugir, e isso lhe dá uma ideia de proteção; ela não pode falhar. Já viu fracassos suficientes para se resguardar contra os erros de quem não teve êxito: não compartilha seu segredo, não pede ajuda, não tenta levar as filhas. As mulheres lhe perguntariam como ela podia abandonar três filhas para sair à procura de um filho, sabendo que nem mesmo Moses as amaria tão logo ela partisse. O que Moll poderia dizer? Que iria ao encalço de seu primogênito até que todas as pessoas que ela tinha amado na vida estivessem mortas e enterradas?

A lua nova vai aparecer daqui a uma semana. Moll levará sua sacola, a comida extra, um lençol para dormir, os sapatos. Todo o dinheiro que poupara ela costurou dentro do casaco de Davy antes de o menino partir. Ela ganhou apenas algumas moedas com a venda de ovos, mas não considera que isso seja um grande obstáculo. A estrada que ela vai trilhar é sagrada, um caminho facilitado para as mães. Ela não tem medo.

Depois que o sino toca no final do dia para dispersar os escravos, ela cozinha uma ensopado ralo para a família usando as sobras que não vai guardar. Enquanto as meninas comem e Moses raspa os calos nas mãos, Moll sai sob o pretexto de pedir salsinha emprestada de um vizinho. Desliza furtivamente pela fieira de barracos até chegar ao de Abel. A mãe dele já está dormindo, por isso eles conversam aos sussurros. Ela tira um ovo de dentro da sacola. Está barganhando a nutrição das próprias filhas.

— Eles conheciam o caminho — diz ele. — Cinco dias fora, e eles vieram em cavalos. Nunca saímos da floresta, e ainda teve gente que falou que eles tinham visto nós dois, apontaram para os vales onde os cães podiam sentir o nosso cheiro. Todos os outros escravos devem ter ido pelo mesmo caminho.

— E o homem com quem você estava?

Abel mastiga seu último naco de pão, sem pressa.

— Tentou fugir. Atiraram nele. — Ele pega o ovo e passa-o de uma mão a outra. — Quando avistarem você, acabou. Você tem de ficar parada e deixar que te levem. Eles conseguem ver tanto quanto o Senhor consegue.

Moll balança a cabeça.

— Tudo acontece de acordo com Seus planos.

— Você acredita nisso?

Ela olha para ele segurando o ovo, as mãos limpas, os nós torcidos de carne onde um dia existiam orelhas.

— É isso que Ele quer?

Ela não saberá enquanto não encontrar Davy de novo. Essa é a única medida pela qual ela pode julgar.

— Você foi para o norte passando por trás dos campos de arroz e então virou para o oeste depois dos pântanos. Existe outro caminho?

— Se eu fizesse de novo?

— É que eu nunca vi o interior. Tenho curiosidade de saber como é.

— Direto para o oeste, então. Eu daria um jeito de arranjar um barco e remaria em linha reta enseada afora, entre a praia e as ilhas. Embicaria alguns quilômetros a oeste, ou o mais longe que eu conseguisse, e depois seguiria a pé para Wilmington, antes de dar uma guinada a oeste de novo. A maior parte do terreno é de pântanos, por isso ninguém vai por aquelas bandas. Toda aquela água, os cães não conseguiriam me farejar.

— Você realmente faria de novo?

— Seria mais difícil sem o barco; você teria de avançar um bom tanto para o norte pra dar a volta pelos estuários antes de poder rumar para a estrada de Wilmington, e teria de atravessar rios. Dependendo de quando eles percebessem, poderiam te pegar quando você ainda estivesse nos pinheirais. — A mãe de Abel se revira no colchão e resmunga alguma coisa em pleno sono. Ele não se vira para olhar para ela. — Melhor ter um barco. Se você tiver um barco, quase chego a pensar que você poderia fugir. — Ele encara Moll para ver como o rosto dela se altera.

— Boa sorte para você — diz ela. — Prometo que não vou contar nada.

— Eu não disse que estava indo para lugar nenhum.

Moll pensa que ele talvez seja capaz de ouvir o sangue dela pulsando; as veias nas pálpebras dela estão palpitando.

— Não consigo imaginar como alguém teria coragem — diz ela, e esfrega os arrepios nos braços, tentando parecer pequena e fraca. — Eu não tinha a intenção de arrancar de você uma história dessas. Queria só oferecer o que eu puder. — Ela estaca na porta e olha de volta para ele, sentado de pernas cruzadas no chão. — Eu nunca contaria nada — diz ela.

Ele ergue a mão para cobrir a boca.

Ela meneia a cabeça e vai embora. Que estupidez perguntar para ele. Agora sua jornada apoia-se precariamente num laço de confiança, e ela foi condicionada contra a confiança, contra a dependência dos outros, tendo sido traída por todo mundo em quem um dia havia confiado.

Em seu barraco, o bebê já está dormindo, o queixo manchado de sopa. Moll deita-se ao lado da menininha, pega a mão pequenina na sua, brincando com os dedos diminutos. Moses pergunta se ela não arranjou salsinha, mas Moll finge não ouvir. Ela jamais remou um barco, mas decerto seria capaz. Ela já viu como se faz e aprende rápido. Um remo, depois o outro, fazendo semicírculos. Essa é uma cidade pesqueira. Em algum lugar há um barco desamarrado, pronto para ser levado. Deus dá o que é preciso. Qual é a sensação de estar num barco na água em movimento? De quanta força é preciso para impelir-se adiante?

Acabou a carne. O jardim dos fundos está apinhado de galinhas e frangos soltos, mas Asa não consegue abater nenhum deles. Corre atrás de algumas, mas elas são espertas e Asa respeita a habilidade que elas têm de se esquivar dele. Certa feita, saiu-se bem em atrair uma e convencê-la a ficar no seu colo, alisando suas asas e afagando o osso entre os olhos até ela fechá-los, mas a sensação era a mesma de desenhar círculos nas costas da filha quando ela ficava doente e não conseguia dormir, por isso teve de soltar a galinha. Com que facilidade a sra. Randolph quebrava o pescoço de uma galinha.

Ele pega um pouco das verduras e as salteia numa frigideira com lascas de presunto salgado. Leva o prato com seu jantar para o jardim. É isso que os escravos devem comer. Os veios da couve grudam entre seus dentes, e o presunto está com gosto de poeira. Ele poderia contratar uma moça da cidade que cozinhasse para ele alguma coisa decente uma vez por dia, mas isso o deixaria dependente de novo. Ele está velho demais para isso. É hora de assumir a responsabilidade por si mesmo e seu império em declínio. Armar as barricadas. Preparar sua alma para o cerco final.

Seu pão, queimado e mal fermentado, absorve a gordura. Asa passa o pão na porcelana e fita o prato limpo. Volta para dentro da casa e coloca-o na prateleira para usá-lo em outra refeição. Deveria caminhar até os hectares, ou o que deles restou, para inspecionar a nova mão de obra, certificar-se de que as ferramentas estão afiadas, mas em vez disso perambula até a orla. O bote está onde ele o deixou, empoleirado na última nesga de terra seca, pouco acima da linha de caniços. Ele pega os remos — ainda ásperos; ele se esqueceu de lixá-los — e dá estocadas, empurrando o bote até fazê-lo deslizar para a margem. Pisa num torrão de grama do charco e entra no bote agarrando os remos junto ao peito. Metade nos caniços, metade na água, o bote balança debaixo dele. Asa está quase nauseado. Com mais algumas pancadas na margem, consegue entrar de vez na água. Quando o bote se assenta na curva da enseada, Asa prende a respiração e espera. Um pequeno vazamento na proa, do qual espuma uma bolha de água do mar, mas de resto o barco está firme e inteiro. Flutua.

Asa dá algumas remadas hesitantes. Os remos são mais pesados do que ele imaginava, ou melhor, a água é que é mais pesada. Seus músculos pelejam para provocar o menor movimento no bote. Amanhã ele vai calafetar a fresta com piche. Desliza para o banco do meio e posiciona o sapato sobre o buraco. Consegue manejar somente um remo por vez e por isso boia em círculos, acostumando-se com a sensação de seu corpo e da madeira na água, de frente primeiro para a orla e depois para o mar, e depois para a orla de novo. Já se afastou vários metros além de seu ponto de partida, por isso abandona o treino e empurra o remo para a lama a fim de voltar para a margem de caniços. Sente-se como um caranguejo de uma pata só.

Somente quando o bote está de novo em terra firme — metade em terra firme, metade afundado nos caniços alagados — e amarrado a um tronco de salgueiro, é que Asa dá pela falta das forquetas. Ele sorri. Incompetência é uma coisa, falta de memória é outra. Claro que um homem não seria capaz de manobrar dois remos valendo-se apenas da própria força, nem mesmo John. Asa se detém e se fixa nessa imagem. Ela ameaça carregar seus pensamentos para além de seu escopo limitado, além das pequenas tarefas diárias que ele estabeleceu para si mesmo, por isso ele para. Forquetas. Amanhã irá até a cidade e comprará algumas dos pescadores.

À noite, com a única vela que ele permite acender para si mesmo, em meio às longas e oscilantes sombras que a solitária chama lança, Asa pensa no bote. O bote — suas pranchas, seu pequeno vazamento, as forquetas — bloqueia os rostos e as palavras. A terra que definha, a couve nos dentes, a culpa que ele atribui a Deus. As conversas que ninguém tem com ele. As mãos abertas, o vazio delas. Os corpos das mulheres, as mulheres que geravam homens que morriam. Seus olhos ficam marejados por vontade própria, molham seu travesseiro aqui e ali, embora ele não esteja pensando em tudo aquilo que perdeu, embora esteja pensando apenas no bote que encontrou. Ele volta a isso. Apenas o bote — suas pranchas, seu pequeno vazamento.

Dois dias depois, Asa vai com o bote de Long Ridge até o molhe. Quase dois quilômetros remando; seus braços tremem, e o bote geme. Na loja que era de John ele compra um saco de tinta em pó e um pouco de óleo para mistura. Vai diluir com sua própria terebintina e restaurar as velhas pranchas do barco. O abandono sob os arbustos será extirpado. Será uma embarcação limpa e nova em folha da qual qualquer homem teria orgulho. Ele deveria pintar de novo o nome da esposa?

No trajeto de volta, ele oscila entre a orla e os bancos de areia, embora a água esteja calma e responda tranquilamente aos seus remos. Mas ele é um remador hesitante, e seu lado direito é mais vigoroso. O barco flutua com paciência. Nas margens lodosas de Long Ridge há uma mulher parada de pé, as saias enroscando-se entre suas pernas por conta da brisa. Ele tem sorte de nunca ter se acostumado a sair com o bote, caso contrário isso certamente traria à tona todas as lembranças dos fins de tarde em que voltara remando para casa e encontrara a filha à espera na margem. Os remos descem nos toletes e ele tenta evocar essas cenas, somente para constatar que não existem. Há os fantasmas dos mortos e os fantasmas que criamos a partir do nada, apenas para ter companhia.

Não é Helen, e sim Moll. Ele gostaria que ela não o visse pelejando para chegar à margem. Ela estende a mão para agarrar a corda, que ele joga em sua direção. Ela puxa e a amarra no salgueiro, e recua um passo enquanto ele desce com muito custo do bote, um dos pés afundando na lama, lançando-se na direção da terra seca, caindo e escorando-se com uma das mãos. Ela espera até ele se recuperar. Asa sente-se vermelho e estúpido. Seu lenço se soltou e o sol encontra a sua nuca, fazendo brotar o suor. Depois de semanas de solidão, ser observado dessa maneira — ele faria qualquer coisa para estar sozinho de novo. Ajeita as mangas do casaco e enxuga a testa uma vez. Fica em posição de sentido e estende um dos braços na direção da casa, inclinando ligeiramente a cabeça, seus pés juntos. Ela, por sua vez, assente e atravessa o relvado seco à frente dele, rumo a Long Ridge. Ele olha para trás, para o bote torto nos caniços.

Ela beberica um gole do chá que ele lhe oferece e devolve a xícara à mesinha lateral. É o primeiro chá que Asa fez na vida, e ele está constrangido. A sala de visitas cheira a mofo, e há cartas e recibos amontoados no sofá. Moll olha para os próprios joelhos.

— Estou surpreso de que não estejam precisando de você nos campos — diz ele.

— É domingo.

— É?

Ele se pergunta por que a loja estava aberta. Depois de tudo aquilo, deixou no bote o óleo e a tinta. Olha pela janela. Vai chover?

— Perdi o culto — diz ele.

Para Asa é mais difícil lembrar-se agora que Tab se foi. Ele também vem evitando o túmulo dela. Ela nunca gostou disso, sentar-se num banco da igreja e ser uma fiel. Não era como a mãe, que tinha ensinado a eles todos, tanto o pai como os escravos. Onde tinha estado a religião na infância dele próprio? Sua mãe e seu pai são apenas vestígios de pessoas. Eles trabalhavam, disso ele sabia; eles labutavam e construíam e suavam e dormiam. Primeiro a terra, depois a casinha sobre estacas, depois os hectares de pinheiros. Deixaram para Asa as sementes de tudo que ele desejava. O pai havia morrido num acidente enquanto trabalhava derrubando árvores, e poucos anos depois a mãe se foi, morta de exaustão, de pesar. Eles eram apenas sombras. Sua esposa tinha sido um frouxo lampejo e Helen, por fim, tinha sido a luz.

Ele fecha os olhos para encontrar o rosto dela.

— Por que ele não me levou? — pergunta Moll.

Asa desperta de chofre. Ela está olhando diretamente para ele. Asa devia ter experimentado o chá antes de oferecê-lo a Moll. Ela vai achar que ele está tentando envenená-la.

— O seu filho por casamento é meu dono e dono dos meus filhos, não é isso que o senhor disse?

— John.

— Ele podia ter levado nós dois.

— Uma jornada dura para uma mulher — diz Asa. — Pense nas montanhas no inverno.

— Quem é o meu senhor, sem ele?

Asa hesita. Recentemente vendeu seus últimos homens, usando somente braços arrendados para trabalhar em seus reduzidos hectares. Tão logo venda o restante dos pinheirais, terá se livrado da conexão humana. Está cortando laços, não os procurando.

— É o senhor, não é?

— Creio que faz sentido vender você a Cogdell agora que Helen... agora que John se foi. É melhor que você compartilhe com seu marido o mesmo dono.

— O senhor vai me libertar?

Ele repara em como ela se senta de maneira empertigada, no quanto as suas mãos são limpas, meticulosamente dobradas sobre o colo. Os cabelos puxados para trás, longe do rosto, presos num pano vermelho. Os olhos cor de avelã, seus traços brilhosos, sugerem um dono de escravos em sua ancestralidade. Ele jamais foi um homem assim, embora a tivesse dado para um marido que ela não amava, e depois a privara de um filho. Fazemos escolhas a fim de sobreviver até o dia seguinte. O que ele deve a ela?

Moll levanta.

— O senhor vai me libertar?

Por que ele não faria isso? Mesmo agora, ele monitora seus lucros, controla na ponta do lápis o dinheiro da venda das terras, das vendas de homens, dos últimos barris de terebintina. Ele está poupando, não está dando nada de presente. Não é capaz de dizer para quem é o dinheiro. John? Até mesmo o menino escravo, no devido tempo, se ele tomar o bom caminho. Mas é um processo; a riqueza deve ser merecida, não tomada para si. Ele trabalhou durante anos, acumulando, acumulando, para provar isso.

— Tenho grande afeição por você, Moll.

Ela anui com um meneio de cabeça, incitando-o a prosseguir.

— Liberdade… acredito que a liberdade colocaria você numa posição complicada, que para uma mulher seria difícil manter. Porém, se é o que você sinceramente quer, creio que Helen teria me incentivado a encontrar uma maneira. — Ele está relutante em se envolver em qualquer coisa além dos limites de suas paredes. E espera que ela veja seu desconforto.

— Concordo. Acredito que a minha liberdade honraria a memória dela. — Não existe ferramenta que ela não usará. Ela se apoia com uma mão cerrada nas costas do sofá.

— Sim. Muito bem. Talvez você tenha razão. Veja: posso falar com algumas famílias na cidade para que comprem seus ovos, frutas, legumes. Eu mesmo darei a você algumas das minhas próprias galinhas para você começar. É melhor você guardar seu dinheiro com muita cautela, não deixe Moses pôr as mãos nele, e somando isso a outros trabalhos, em alguns anos você terá juntado uma bela soma.

Paira na sala um silêncio que parece impenetrável, apesar de todo o falatório dele.

— O senhor está querendo que eu compre a mim mesma.

Ela ainda está de pé, por isso Asa se levanta, num gesto defensivo.

— Isso me parece justo.

— O *senhor* alguma vez já comprou o direito de ver suas próprias crianças?

— Não tenho crianças — diz ele.

— E eu me pergunto por que razão Deus tomou-as do senhor.

Ele também não havia se perguntado a mesma coisa? Ter ouvido isso da boca de outra pessoa não deveria machucá-lo tanto.

— Saia — diz Asa. Ele mesmo começa a deixar a sala de visitas em busca de algum cômodo mais vazio. — Saia. — Ele está na entrada, encostado ao batente da porta da sala de jantar. Ouve os passos dela atrás de si. O som dos pés de qualquer mulher causa-lhe dor agora. Ele já está arrependido por ter gritado. — Por favor — diz ele. Asa não tem a menor ideia do que Deus quer que ele faça. Esperando com tanta paciência ser guiado, certamente suas falhas não podem pesar contra ele. Sua sensação é a de que está sendo abandonado, todo dia, de novo.

A porta da frente se abre, e ela sai. A casa mergulha em silêncio. O chá em sua xícara está intocado. Ele sobe as escadas rumo ao seu quarto. Da janela, por entre os arbustos na beira d'água, pode avistar a proa de seu bote, suas pranchas marrons e azuis. O mar além é infinito, e vazio.

A recém-nascida está resfriada. Seus olhos se fecham e as suas mãozinhas estremecem de dor quando ela tosse. Moll cobre com um pano úmido a testa do bebê e o acalenta enquanto tenta misturar uma massa de biscoito para o jantar, mas a criança não se aquieta. Moll passa a recém-nascida para o colo de uma de suas meninas mais velhas. Está usando a ração de farinha da casa, a fim de ter farinha extra para a viagem. Sua família vai ficar com muito pouco. Há mulheres aqui que encontrarão suas filhas e cuidarão delas; suas meninas não serão as primeiras crianças a serem abandonadas. Ela não está preocupada se Moses vai continuar amando as filhas, porque tanto faz.

Ela viu o bote. Tudo que ela tinha visto durante dias a fio foram barcos fantasmas, e de repente lá estava Asa em um bote deteriorado pelejando para embicar na margem. Ela fez seu apelo, embora já devesse saber o que ele diria. Há pontes de compaixão que mesmo os homens bons não podem cruzar. Foi o fim, era a sua última esperança, e agora seu caminho está livre e traçado. Helen lhes dissera, naqueles domingos calorentos na choupana, que todo o seu sofrimento eram apenas degraus na escada para o paraíso; eram uma evidência de fé, da generosidade de Deus. Moll acreditou nisso pelo tempo em que pareceu ser verdade. Mas como mulher — como mãe —, ela sabe que existe um sofrimento que transcende o próprio Deus.

A massa está no fogo e o bebê suga o peito de Moll. A lua nova vai surgir amanhã à noite. Moll mapeia caminhos em sua mente: a trilha que se estende das habitações dos escravos e adentra as terras de Asa, a senda do jardim, que se esgueira das roseiras da esposa dele e circunda a lateral da casa até o relvado, o canal entre o continente e os baixios, a estrada desconhecida para Wilmington. Ela desenha esses mapas nas costas do bebê, e eles são apaziguantes. Moses está em algum outro lugar, visitando um amigo ou uma mulher. Antes da hora de dormir ela dá biscoitos às crianças, e elas deitam-se juntas até alguma cair no sono.

De manhã, Moll está de novo nos campos. Não pensa no filho, tampouco nos seiscentos e quarenta quilômetros. Pensa na terra e na enxada e na semente, e na pausa para o jantar sob a doce árvore gumífera, ela pensa no bote, treinando suas remadas com as mãos abertas no lugar de remos. À tarde o calor aumenta, e os outros cantam enquanto plantam — uma canção em voz baixa, tristonha. Abel trabalha no final de uma fileira, sem camisa, e o sol queima as riscas em suas costas. A coragem dela cresce mais a cada hora que passa. Ela não entende por que tantas dessas pessoas jamais farão a tentativa. Por que essa terra é como sumidouro da vontade humana? E ainda assim, ela tem trinta e três anos, quase trinta e quatro, e nunca sequer tentou? Alguma vez na vida a liberdade foi algo pelo qual ela morreria para ter? Mesmo agora, não é da liberdade que ela está no encalço. É do menino, velho o suficiente para conhecer os males que tem de enfrentar, novo demais para se defender. Ninguém pode tomar um filho de sua mãe. Não quando ele é tão jovem. Nem quando já é crescido. A mãe caminhará até encontrá-lo de novo.

Moll leva uma chibatada por descansar. Um fio de sangue aflora em seu braço.

Quando deu à luz Davy, ela estava sozinha; o marido não estava lá, nem a parteira, tampouco Helen, que uma vez prometera a Moll um enxoval de roupas de cama de bebê, mas em vez disso foi para o mar com um soldado no meio da gravidez de Moll. Ela deu à luz no escuro, num barraco vazio, um pano entre os dentes. Era um menino roxo, depois marrom e quente e barulhento. Um corpo que ela tinha criado a partir do nada: de maus-tratos, de milho podre, de trabalho forçado. Ele nasceu imaculado. Ela beijou-o e levou-o, ainda preso ao cordão umbilical, ao peito. O rosto dele, os pulsos, os dedos. Impecável. A mãe de Moll a havia amado tanto? Ela era uma insignificância, foi vendida quando Moll ainda estava começando a andar. As mães decepcionam os filhos de tantas maneiras. Não Moll. Não com esse menino.

Nessa noite, ela pede a Moses que leve as meninas para o barraco da tia Caty; quer tirar o colchão e esfregar as tábuas do assoalho. Quando todos saem, ela entrouxa os lençóis e carrega para o alpendre o colchão, o banquinho e o berço. A única coisa que resta, num canto, é sua sacola. Ela a enfia debaixo do braço e dá uma última olhada ao redor do recinto. Lá fora, as estrelas estão começando a surgir. Ela não leva consigo luz alguma. No barraco ao lado do seu, uma mulher está sentada nos degraus do alpendre enfeitando com fitas os cabelos de uma menina.

Moll caminha na direção do riacho; quem a visse diria que estava levando as roupas para lavar. A escuridão logo a engole, e ela aperta o passo. Dos pinheirais de Asa, pode ouvir o uivo trêmulo de um bacurau. Quando chega ao jardim dos fundos, com seu aroma maduro de rosas, o céu está remendado de nuvens ralas. Uma luz arde atrás das cortinas numa janela do segundo andar. Ela segue a linha da casa, serpenteando ao redor dos cantos de tijolos, evitando a senda de pedregulho. Ela se detém sob a curva da escadaria da frente para espiar o relvado. A grama estende-se feito uma boca aberta até o mar. Ela espera até se assegurar de que está vazio. A única pessoa que andava pelo gramado à noite era Helen; Moll costumava vê-la demorando-se ali após o jantar, primeiro como uma menina encantada pelo oceano e pela luz das estrelas, e depois como uma mulher à espera de um soldado. Helen devia achar que suas caminhadas eram secretas, mas não tinha idade suficiente, não era sensata o bastante para vagar sem ser vigiada. Talvez Asa também se sentasse no assoalho de seu quarto e espiasse a filha de um canto da janela. Eles deixaram aquilo acontecer. Quando Helen fugiu, algum deles ficou surpreso? Moll tinha seus próprios filhos para cuidar; ela não consegue sentir culpa nenhuma acerca do destino de Helen. O círculo de pessoas a quem ela chama de família fica mais estreito a cada ano.

Moll contorna o gramado, em cuja borda uma mulher outrora plantava rododendros. Sem cuidados, os arbustos cresceram espigados e selvagens. Esgueirando-se ao longo de suas pontas, ela sente no rosto as pequenas chicotadas dos ramos. As nuvens engrossaram, e sua brancura ilumina a grama nova da primavera. Moll as contempla, e anda mais devagar. O que Moses vai fazer quando descobrir que ela se foi? Ela às vezes visita vizinhos à noitinha. Ele vai arrastar o colchão de volta para dentro e cair no sono ou vai esperar por ela até ficar preocupado? Ele nunca esperou por ela. Ela diminui o passo ao se aproximar da margem.

A corda está amarrada num estranho e retorcido nó em volta do tronco do salgueiro. Ela não consegue enxergar as pontas, e gasta alguns minutos fuçando até desfazer o entrançamento. Sente duas gotas de chuva, que caem sobre sua nuca e braços, bem acima do corte da chibatada. Segura nas mãos a corda solta e a segue até os caniços, onde agarra a proa do bote. Começa a chuviscar num ritmo mais constante. Moll joga sua sacola dentro do barco e pisa nos caniços, seus pés quase afundando, e empurra o bote para a água desimpedida. Assim que está livre, ela entra, molhada até quase os joelhos. A chuva tamborila. Ela vasculha o fundo do bote, tentando, às apalpadelas, encontrar os remos, mas seus dedos nada tocam. Ela apalpa debaixo dos bancos, na proa, ao longo da lateral externa do casco. Chuta para o lado a sacola. De que tamanho são os remos? Ela torna a esquadrinhar cada linha do bote, agora à procura de gravetos, restos de naufrágio. Nada. Agora ele vai balançando canal adentro, impelido pelo vento que carrega a chuva. O bote vira devagar, apontando na direção do banco de areia e do mar aberto. Moll, por cima das laterais do bote, tenta enfiar a mão na água, mas elas são altas, e ela mal consegue alcançar a água para dar algumas remadas frouxas. O barco continua à deriva. Ela para, espera, perscruta a escuridão que rodeia o bote. Em seu barraco, o som da chuva primaveril vai ajudar as crianças a dormir.

Ela ainda está a apenas poucos metros da margem. Remos não desaparecem. Deixa a sacola no barco e salta na água gelada. Encontra a corda amarrada à proa e volta nadando até a margem, arrastando o barco atrás de si. A água ainda é rasa o bastante para que ela encontre onde firmar os pés na lama. Ela pisa nos caniços, no chão lamacento. Deixa o bote meio encalhado no sargaço, a corda solta, e corre ao longo da borda do relvado até as dependências atrás da casa. Há um barracão onde Asa costumava guardar madeira extra para os barris e as enxadas e tesouras da esposa. Mesmo depois de secar a chuva do rosto, Moll não consegue enxergar coisa alguma. Estica os braços na direção de formas altas, e uma foice desaba com estrondo no chão. Ao longe, um cão ladra. Ele para, julga ouvir uma porta se fechar na casa-grande. Sozinho naquela casa, Asa está com medo? Ele sai à noite e perambula pelo terreno, sentindo falta da família? Ela dá um passo para fora a fim de ver se a luz na casa está se movendo. Avista um vulto escuro nos pinheiros. Sob o som da chuva há um farfalhar. Pés. Se descobrissem sua ausência, quem seria o primeiro a vir? O feitor, com uma carabina? Ela corre de volta para o relvado, passa pela fímbria de rododendros, chega ao bote. Procura desajeitadamente a sacola. Já não consegue distinguir os passos do som da água martelando nas pranchas. Ela vai morrer antes mesmo de começar?

Moll foge dos ruídos, rumo ao oeste, por entre as árvores ao longo da trilha que leva à cidade. Essa é a direção que ela tomaria se tivesse um barco e remos. Deveria ter pegado a foice, cortado galhos do salgueiro para fazer remos? Ela está tomada por um frenesi. Cometeu um erro. Pode avistar um dos altos lampiões que iluminam a rua Fronteira. Quando são cometidos, os erros devem ser esquecidos. Ela diminui o passo, segura a sacola como se fosse uma sacola qualquer. Outrora Beaufort contava com um patrulheiro de escravos, mas a cidade encolheu desde a guerra, e espera-se que os homens protejam sua propriedade. Ela mantém a cabeça erguida e se concentra em dar passos firmes. As únicas pessoas na rua são alguns homens com copos de cerveja sentados na varanda de uma taverna. Ela sorri para eles; um deles assobia. A bile está se avolumando na garganta dela. À sua esquerda, ela vê os barcos balançando nas docas. Os homens observam seu avanço. No limite da cidade, ela dá uma guinada para o norte. A rua torna-se uma trilha de novo. As árvores a cercam. Ela chega ao rio Newport, o qual não é capaz de atravessar. Ela segue adiante para o norte, ao longo da margem, rumo a New Bern, a cidade para a qual fogem todos os escravos. Assim que descobrirem que ela está desaparecida, podem encontrá-la em uma hora. Pelo que Abel lhe contou, o Newport incha-se numa larga baía antes de se tornar de novo um riacho. Não há travessia a oeste por doze ou catorze quilômetros. Se ela conseguir sobreviver até o raiar do dia, talvez tenha uma chance.

Moll amarra a saia num nó acima dos joelhos e começa a correr.

A manhã está nublada e chuvosa; a chuva abafa o som das batidas. Asa empurra as cobertas e alcança seu roupão. Fica parado de pé junto à janela, esperando que o visitante vá embora. Um jovem usando um gorro desce correndo as escadas de volta para seu cavalo, que está batendo um dos cascos numa poça. Asa se arrasta de volta para a cama sem tirar o roupão.

Sua fome o acorda. No andar de baixo, acende o fogo na sala de estar e depois desce para a cozinha a fim de buscar pão e manteiga. Na penumbra, tromba com os remos encostados na lareira. Tinha esquecido de que os trouxera para dentro a fim de lixá-los. Teria feito isso no barracão, mas estava frio demais lá fora, e esse cômodo tinha uma lareira. Está contente que não haja ninguém para ver suas fraquezas. Ele passa as mãos nos remos ásperos. Talvez amanhã, quando sair o sol. Carrega o pão e uma tigela pequena de manteiga escada acima e come sentado num banquinho ao lado do fogo, de modo que a manteiga derreta e suas mãos se aqueçam.

Sente uma infelicidade irritante e incômoda e procura sua causa. Tab? John? Não, ele se lembra: Moll. Lamenta não ter podido fazer a vontade dela. Ele perdeu boa parte de suas lutas, mas não perdeu seu senso de justiça. A pessoa não pode simplesmente libertar um escravo somente porque de alguma maneira o ama. Há uma ordem no sistema humano; a pessoa nasce numa certa camada social, e trabalha duro com suas mãos e com sua inteligência para que seus filhos sejam mais prósperos, mais felizes. Ninguém pode simplesmente pedir favores. Os filhos de Asa teriam tido uma vida melhor, e o que lhe resta de orgulho alenta seu peito. Moll também deve fazer por merecer esse orgulho. Sejam nossos filhos tomados de nós ou não, temos para com Deus a obrigação de ser honestos e resignados. Não podemos lutar contra Sua vontade. Isso reconforta Asa, e ele termina de comer todo o pão, lambendo a manteiga dos dedos. Ele não lutará, e será recompensado. Enrodilha-se no tapete junto ao fogo e adormece.

Em seu sonho, um pássaro está empoleirado em seu ombro, cutucando com o bico seus cabelos. Ele acorda, e o martinete adeja para um canto do teto, onde esvoaça de um lado para o outro antes de mergulhar e colidir contra o vidro. Asa deve ter deixado uma janela aberta antes de a chuva chegar. Ele levanta-se lentamente do tapete, uma perna formigando, e coxeia até a sala de jantar, encostando-se nas paredes para se apoiar. Fecha a janela. O martinete não tem como sair da sala; Asa espera na porta e observa-o debater-se em busca de uma saída. Azul-marinho e lustroso, seria um belo pássaro para se ter em casa. Seus chilreios apavorados são sons quase parecidos com os de uma criança. Asa poderia fazer uma gaiola, ensiná-lo a comer migalhas de pão em sua mão. Encontra a vassoura de palha que a sra. Randolph deixou para trás e enxota o martinete para o corredor. O pássaro agarra-se à cornija e espera, o peito inchando como um fole. Quando Asa abre a porta da frente, uma carta cai da maçaneta na varanda. Esta manhã — deve ter sido entregue pelo moço a cavalo. Ele achou que talvez tivesse sido um sonho. O martinete era? Ele ergue os olhos. O pássaro ainda está lá, arquejando, a cabeça pendida, esperando o próximo ataque. Asa levanta a vassoura e, após algumas falsas tentativas, convence o pássaro a voar porta afora, onde choca-se mais uma vez contra o teto da varanda antes de fugir para o ar livre, um lampejo de azul-metálico.

A carta tem uma caligrafia pouco firme; as letras amontoam-se umas sobre as outras e inclinam-se de modo insólito. Asa volta para junto da lareira a fim de ler a missiva e aquecer as mãos de novo.

Isto é para a minha mãe, diz o cabeçalho, com diversos pontos de exclamação. Ele está confuso, e se sente ainda adormecido.

> Eu estou bem, & o John está bem. Passamos apuros na travessia & conhecemos uma porção de homens e índios. Eu mesmo matei a tiros um peru & John assou ele. Não tem muita gente preta aqui, um que eu conheci já era livre, que é o que eu serei em breve. Eu ganho quatro dólares por semana, só pra carregar uns sacos & agora rachando cepos pra casa. Ela está quase pronta, só precisa de um teto. Um quarto pro John e um pra mim & a gente cozinha do lado de fora. Tem outros meninos aqui da minha idade & a gente vai nadar mesmo a água sendo duas vezes mais gelada. Fiquei surpreso de ver as montanhas, mas agora elas não são mais novidade pra mim. Quando eu for livre, vou construir uma casa ao lado da do John & plantar milho. Ele não sabe se aqui o milho vai crescer, mas eu acho que vai. Chove bastante. Eu sei que a senhora ficou com raiva quando fui embora, mas agora imagino que vai ficar orgulhosa. A senhora devia ver meus braços, estão muito maiores. A senhora ia gostar daqui. Deixo um beijo pro bebezinho & um pra senhora. Seu filho sempre, Davy.

No verso há duas linhas de John. Ele está bem e anexa algum dinheiro a ser dado a Moll para que ela compre sua liberdade. Promete escrever de novo. Asa olha a data: 3 de março. A carta levou mais de um mês para chegar às mãos dele. O dinheiro, é claro, sumiu, roubado por algum menino estafeta na estrada. Pelo menos estão com saúde, e Moll vai ficar feliz de ter notícias do filho. Que menino intrépido. Certamente é mais fácil ter filhos homens.

Passa do meio-dia, mas Asa ainda está cheio do desjejum. A chuva amainou. Ele põe um chapéu largo e botas de couro e enfia a carta no bolso do casaco, com uma nota de dez dólares do seu próprio cofrinho. Está nervoso de ir sozinho às habitações dos escravos, por isso vai primeiro à casa de Cogdell, onde é recebido por uma negra num avental branco. Pede para falar com Moll, e ela espera, como se ele estivesse prestes a dizer mais alguma coisa. Ele fica em silêncio, então ela diz:

— Vou chamar o senhor.

Cogdell está de cara amarrada. Ele para no vão da porta em vez de convidar Asa para entrar.

— Ela não está aqui — diz ele.

— Como assim?

— Não apareceu para trabalhar nos campos esta manhã. O marido não a viu. Eu já estava em vias de mandar um bilhete. Ela é sua, claro, mas já que eu a venho arrendando nos últimos anos, imaginei que devia mandar meus próprios homens atrás dela.

Asa se concentra. Teve uma conversa com ela ainda ontem, ou talvez anteontem, e a menina pediu sua liberdade. Agora ele tem uma carta para ela, com um dinheirinho, que ela vai ficar feliz em receber. Onde está ela? Decerto em nenhum lugar que justifique homens com armas. Ele não se lembra de ela ter fugido.

— Não, não — diz ele —, está tudo bem. — Ele segura o braço de Cogdell num gesto de autoridade, mas por conta do tremor em sua mão parece que está se escorando no vizinho. — Eu a incumbi de fazer uma tarefa para mim. Pedi que buscasse umas coisas em New Bern.

Cogdell abaixa os braços, obrigando Asa a soltá-lo.

— John foi embora no outono, claro — diz Asa —, e tem sido difícil sem a ajuda dele. São só umas coisas que não consegui encontrar aqui. Algumas ferramentas. Ela disse que eu devia pedir a você primeiro, e eu esqueci. Minha memória já era.

— Você a mandou para New Bern?

— Lâminas novas para abrir sulcos nos pinheiros. Lá eles fazem melhor do que o ferreiro daqui. Você não precisa mandar ninguém à procura dela.

— Você a mandou a cavalo?

Asa está beirando os limites de sua imaginação. Ele a teria mandado num cavalo? Faz que sim com a cabeça, lentamente. As mentiras estão se acumulando numa velocidade surpreendente, e ele não consegue encontrar a origem delas.

— Pode ser que ela tenha ficado na casa de uma prima. Dei-lhe uma licença de dois dias.

— Você deu.

Asa enfia a mão no bolso onde está a carta.

— Passei aqui apenas para ver se ela partiu sem problemas. Assim que ela voltar, mando-a de volta para você.

Cogdell enterra os dedos na barba loira e emaranhada. É um homenzarrão, e mais jovem que Asa.

— Ela vai ficar encharcada até os ossos — diz ele.

Asa se remexe, muda de um pé para o outro, deixando nódoas úmidas na varanda do vizinho. Já não consegue encarar o homem nos olhos.

— Eu deveria ter avisado você antes. A culpa é da minha memória. Não precisa mandar ninguém atrás dela. É minha responsabilidade.

Volta às pressas para casa.

Ele não quis libertá-la, e agora ela fugiu e será capturada e açoitada ou morta. Outra criança que ele abandonou. Mas isso não é justo consigo mesmo; ela nunca foi uma criança dele, e ele apenas obedeceu à sua consciência. Seu impulso de salvá-la agora é meramente compaixão pelos culpados. Se ela tivesse dado alguma pista acerca de seu desespero, ele poderia tê-la aconselhado. Em sua casa fria e vazia, Asa pode pensar numa dúzia de frases sábias. Ele entende por que a santidade advém dos monastérios.

Ele teria dito a Moll que havia bênção na resignação. Que a felicidade conquistada a duras penas era felicidade em dobro. Que os mortais não têm olhos para o destino. Que somos pecinhas de xadrez movidas por uma Mão gloriosa. Ela teria balançado a cabeça e chorado, e ele pousaria um braço no ombro dela e lentamente ambos teriam se resignado juntos. E agora ele pode apenas tentar imaginar onde ela está. É vão especular. Ela não é filha dele. Mas ainda assim ele se esforça. Ainda está convencido de sua própria responsabilidade.

Tudo que ele pode fazer é esperar. Perambula de cômodo em cômodo sem se sentar. Arrepende-se agora de ter afugentado o martinete. Já não há canto nenhum onde se esconder. Ele evita o espelho na sala de jantar. A miniatura de Helen sobre o consolo da lareira, as janelas que refletem o oceano. Não quer encarar a si mesmo. Tira a carta do casaco e a carrega para a lareira. Amarrota o papel, retorce-o, mas não consegue jogá-lo no fogo. Um dia terá notícias da captura dela — ou receberá novas notícias de John, descrevendo como ela surgiu das montanhas feito uma mãe ursa farejando o filho.

Ele perde o jantar também, e adormece todo encurvado numa das poltronas da sala de estar.

Faz meio ano agora & nenhuma palavra da senhora, mas o John disse que muitas vezes as cartas se perdem mesmo. Acho que talvez a senhora ainda esteja magoada por eu ter ido embora, mas aí eu penso que não, a senhora é minha mãe & me escreveria uma carta de qualquer maneira. Estou escrevendo meu endereço com letras extragrandes aqui pra senhora poder copiar bem fácil quando me responder. Tem uma escola aqui agora, acabou de abrir, & eu vou alguns dias com os meninos brancos e aprendo números. E também palavras maiores de que a senhora ia gostar. Rudimentar. Redenção. Inescrupuloso, que eu nunca consigo soletrar direito e por isso tive de procurar no livro ainda agora. Eu quero ser dono de armazém, por isso estou estudando aritmética & o John está me ensinando a preencher o livro-caixa. Tem um homem de Nova York, e ele fala muito bem da cidade então é pra lá que eu vou. Já juntei mais da metade do dinheiro pra comprar a liberdade, porque consegui um dinheirinho extra fazendo uns trabalhos pro pastor daqui, como dar aulas de catecismo na escola dominical pras crianças pequenas. Eu sabia que a senhora iria rir disso. O que eu sei sobre o menino Jesus? Bom, eu sei ler agora, então sei um bocado. São boas histórias, então eu conto com minhas próprias palavras, às vezes acrescentando uma ou duas mudanças. Por exemplo, fiz o velho Jonas rasgar de dentro pra fora a barriga daquela baleia em vez de ficar esperando que Deus fosse salvar ele. Eu encenei, sacudindo os braços na igrejinha. Todas as crianças ficaram tão empolgadas que até chuparam o dedo. A história ficou bem melhor. No Natal espero já ser livre.

> O John disse que vai me dar uma das mulas, que são mais velhas do que eu pensava, então até lá a minha talvez já esteja morta, mas senão eu vou montado nela até Nova York. A senhora gostaria de vir? Eu não me importaria, é só me avisar, que eu posso ir & buscar a senhora, & quem mais a senhora quiser que venha, mas aí teriam de se ajeitar no lombo da Brasa. Eu terei uma loja & vou vender tudo que a senhora pode pensar e serei um homem rico muito em breve. Vão colocar o meu nome nos prédios, DAVY!

Quando é acordado pelo sol da manhã e pelo cheiro de grama secando, Asa está faminto. Ele dá cabo do pão, que agora já está envelhecido, com uma camada de melaço. Ainda está com fome, e pensa na vara de pescar guardada no barracão e que Helen usara algumas vezes quando menina. Ele levará a vara e os remos — vai lixá-los outro dia — para o bote e providenciará ele mesmo a própria refeição. Precisa se redimir.

A chuva convocou as garanças, que vicejam em pedaços de terra em formato de estrela no relvado em declive. Os pássaros pairam e mergulham à procura de minhocas, mas à distância Asa não consegue dizer se algum deles é o seu martinete. Junto à margem, a corda do barco em volta do salgueiro se soltou; o bote balança vários metros dentro da água, o nó da corda tendo se enroscado nos caniços. Se um chuvisco é capaz de desfazer um nó tão firme, é melhor que ele arraste o bote para a terra firme sempre que não for usá-lo. Ele pisa com cuidado nos caniços amassados e puxa a corda, trazendo o bote para o alcance da mão. Assim que se instala e ajeita a vara e os remos, empuxa o barco de novo para a água. Rema para o oeste, canal afora rumo à cidade; ainda está nervoso de ser levado por uma maré sem ter a quem gritar. Abaixa-se para, com as mãos em concha, tirar um pouco da água da chuva de ontem. Na poça flutua um pano de linho branco grosseiro. Asa não possui material tão áspero, exceto uns cobertores velhos que Helen costumava estender nos galinheiros. Deve ter sido trazido pelos ventos do temporal, um pequeno pedaço da história de outrem. Ele é sentimental, por isso torce o pano e amarra-o em volta da vara de pescar. Para dar sorte.

É quarta-feira, e a Front Street está repleta de mulheres com seus cestos. Em sua maioria os pescadores ainda estão trabalhando no mar, e Asa amarra o bote no cais sem ser observado. Ele para primeiro na loja, que parece um estranho espelho de algo familiar. Todos os ossos do lugar estão lá: as prateleiras, as colunas, o amplo balcão. Mas onde antes ficavam os doces estão as meadas de lã, e a farinha foi deslocada para os fundos. Vários mosquetes novos estão pendurados atrás do balcão. Onde estão os doces agora? Ele costumava comprá-los para Tab. Asa pede ao proprietário, um homem que em nada se parece com John, um saco de vairões para usar como isca.

Ele deveria dar uma passada na igreja. Faz várias semanas desde sua última visita, embora o dr. Halling tivesse voltado para pregar de novo em março. Na ocasião estava chovendo, e Asa relutou em vê-lo. A porta está destrancada, e Asa caminha até a primeira fila de bancos e se senta. A luz que entra pelas janelas é quase azul. Ele não sabe por quem rezar. Aqueles a quem chamava de entes queridos estão agora além de seu alcance. Ele fecha os olhos e tenta pensar em Deus. "Por favor", diz ele. Asa chegou ao restante de sua vida, e espera sair dela guiado pela graça divina.

No cemitério, reluzentes tapetes verdes de estolho começaram a se espalhar ao longo da terra da sepultura da neta. Uma lápide foi plantada na cabeceira, mas nada está escrito nela. Ele deveria pagar ao pedreiro para entalhar alguma coisa, mas isso era obrigação de John. A princípio, Asa julgou que havia uma chance de John retornar, que o Território Sudoeste seria frio demais ou muito longe do mar para ele. Mas aqui não resta coisa alguma para ele.

Exceto olhar para essa linda sepultura. Asa pousa a mão sobre o chão cálido. Pensa no que jaz sob a pedra. Na menina enrodilhada dentro de um barril, seus cabelos da cor do rum em que ela flutua. Ela ainda está lá, seu corpo finalmente frio. E a mãe dela, sob o carvalho, enterrada num vestido branco há dez anos. Asa põe-se de pé. Do outro lado da igreja, ao pé da parede da capela-mor, sua esposa dorme. Um jardim de mulheres. Ele construiu Long Ridge para elas, e elas jamais chegaram a tomar posse do lugar.

Moll também deixou algo para o filho. Mesmo que seja capturada a meio caminho de New Bern, ela deixa uma marca, a sua ação, que um dia o menino ficará sabendo. Tudo que Asa fez na vida foi acumular. Ele esperou que suas visões dessem frutos e, na espera, gerações de jovens vivazes velejaram mundo afora com uma fé cega. Quem é ele para conceder a liberdade a alguém?

Ele falará com Cogdell acerca da venda do restante dos hectares. São imprestáveis para ele. Um homem sem herdeiro é uma ausência — um quase homem. Agora, é melhor sujeitar-se totalmente ao que resta.

A vara de pescar ainda está no bote quando ele retorna ao ancoradouro, o laço de linho grosseiro adejando. Ele rema em direção à enseada, seu estômago mais acostumado ao movimento sinuoso das ondas. A água é cinza e azul e escurece à medida que o fundo vai ficando mais longínquo. Ele saiu do estreito riacho, deslizou através dos bancos de areia para a água mais profunda. Bogue e os bancos de areia de Shackleford surgem de ambos os lados — o último naco de terreno sólido antes do oceano. É o mais longe que ele já esteve da terra firme. No espaço entre os grandes baixios, ele aciona os remos. Sua filha e sua neta viram essa paisagem e não sentiram medo. Ele tem de acreditar que elas não sentiram medo.

Ele abre o saco de vairões. Alguns já estão mortos; outros ainda se agitam na umidade do pano grosso do saco. Ele pega a vara e descobre que não trouxe o anzol para a linha. Fica aliviado. Enche a mão com alguns vairões e salpica os peixinhos na água. Espera, e logo um peixe maior surge para nadar em círculos sob eles. O sol está começando a flutuar na direção do horizonte. Seus feixes de luz, desde o oeste, incidem na borda das ondas e nas barrigas brancas dos peixes. Cavalas e sargos-de-beiço surgem, e os vairões desaparecem. Quando o banquete termina, os peixes deslizam para longe, deixando a água escura vazia de novo. Asa poderia continuar remando, além dos bancos de areia e do oceano insondável, poderia prantear sem testemunhas, poderia entregar seu corpo ao desconhecido. Mas ele está com fome, e agora lamenta não ter pescado nenhum peixe. Vira o barco novamente na direção da margem. Amanhã de manhã o mar estará aqui.

ESTE LIVRO, COMPOSTO NA FONTE FAIRFIELD,
FOI IMPRESSO EM PAPEL PÓLEN SOFT 70G/M² NA GRÁFICA IMPRENSA DA FÉ,
SÃO PAULO, BRASIL, OUTUBRO DE 2014.